台湾および落語の

田紹

彩流社

昼過ぎの坂を上がってくる都電のスピード感は、ちんたらとスムーズで笑える。人を小バカにしたような速度である。傾斜を頑張って進んでいますといった風情の割には妙に滑らかな動きのため、その滑稽さにホームで大笑いだ。いやはや人を笑わせられることに関しては随一の電車と言えるのではなかろうか。心の中で拍手を送っておこう。

これがホームにおいでなするや、シュッという切れ味の良い音と共に前後のドアを開ける。前に並ぶ人に続いて私も前方のドアから乗り込むわけだが、その瞬間、何らかの〝不可〟を伝えるアナウンスがこだまする。それが自分に向けられたものであるような気がして運転手を見れば、きっちり目があったりなんかする。だもんだからつい慌ててアナウンスの日本語を浚ってみるが、そんなことをしている間に運転席にいるはずの運転手が目の前で仁王立ちではないか。

と、この運転手、我が小脇からスケボーを踏んだくるなり、えいっとばかりに放ってくれる。そりゃカナダ産メープルを七枚に圧縮した木の板だもの、ホームのコンクリに乾いた音が響き立つ。おまけに勝手に滑っていって鉄柵にも当たる。今度は主である私の番らしい、タメのある突っ張りで肩を押され、不穏な勢いでホームに逆戻りだ。私はよろめき二歩後退、バランスを立て直す三歩目をマズって、四歩目でホームに崩れる。かたや悪党を懲らしめた運転手はいたって平然。尻もちをつく乗客未満に振り返ることなく、足取り確かに持ち場に戻っていく。これで都電はドアを閉めたら、ゆったり動き出す。失笑と冷笑を浮かべた面々と共にゆったり往く。

こちらは呆気の只中だ。その証拠に口が上手く閉まらない。とりあえず自由の利く、目と首を動かして気付くに時刻表の隣でスケボーが名指しされている。図による注意書きがあって、袋に入れなくては乗車を許さず、とな。まさか二年の不在のうちにこんなルールが出来ていたとは。

ま、別にいいや、これと言って行き先があったわけでもないのだから。そう諦めたところで尿意を催す。それも乗車が叶わなかったことを結果オーライと思うしかないほどの早急さと来ている。とりあえず来た道にあった最寄りの公園へ向かってみるが男子トイレだけ白のテープが規制線のように張り巡らされ、手すら洗えない。なのでトイレの周りを一周してみる。どんな建物にも立小便しやすい一辺があるはずだ。と、ほら、やっぱり。早速スケボーを公衆便所の外壁に立てかけ、ほくそ笑む。

ところがすかさず邪魔が入る。両手でズボンをおろし、主役を取り出そうとした瞬間だ。「なあにやってんだッ」、がなり声とともに初老の爺さんが、こちらに小走りでやってくるではありませんか。それも当人の身につけている蛍光色の可愛らしいベスト姿に随分と不釣り合いな形相だ。最早「すみません」の一言では済まない気がしてきて、私は大慌てでスケボーを手に取る。と、爺さんが小走りから駆け足に変わったからびっくりだ。物だと思ったものが急に動いた怖さがある。思わずこちらもダッシュだ、ダッシュ。

逃げながら後ろを振り返るに爺さんは足の運びもさることながら腕の振りが無駄に勇ましい。それでいて全体的にしなやかさが欠けているため、異様な迫真性が生じている。振り切りたいのはむしろ、こちらの方かもしれない。それゆえ意識的に角を選んで入念に曲がること三回。後景に爺さんの姿が消えたら、その足で最寄りのコンビニに駈け込む。さあ、尿意と向き合う時間だ。そもそも偶さか爺さんと駆けっこしている場合ではないのだ。有難いことに個室トイレは誰にも使用されておらず、一難去って迎えた便器の前で私は俄然、絶対的優位を感じながらベルトを緩める。マイナスが0に戻っただけだというのに前にはなかった安心感が加味されているわけだ。

ところが、だ。先端を便器に向かわせてしばし、あらぬ様子を下方に見る羽目になる。いやはや今回もまた、すっきり足り得ない。出るべきものがすっきり出て行かないのである。まったく運転手の形相といい、爺さんの形相といい、豊島区に嫌われたのか、と思えてくるような随分とフィジカルな牽制だ(それも未遂なのに!)。

立て続けに見舞われた出来事を振り返りながら待つも尿意に反比例するような量の少なさに変化はない。一応、御二方の名誉にかけて言えば、この残尿感は先月急に現れて以来、しばらく続いているものであって、ビビらされたゆえのものではない。都電と立小便にまつわる珍事、加えて奇妙な尿意。違和感が三つ、それも等量に並んでいる。ひとまず出せる分まで出したら、コンビニを後にする。足任せの冷やかしもこの辺で切り上げるとしてボチボチ池袋駅に戻ろう。明治通りの勾配をスケボー小脇に北上だ。

それにしても道中が以前と見違えるように小綺麗だ。具体的に言えばタバコの吸い殻が落ちていない。先程の爺さんたちの営為の賜物だろうか。猫背のまま吸い殻を捜すように歩いていれば彼女からラインをもらう。

「ササキ、今日で仕事が終わりましたよ。今日は十二時が終わり」

そう言えば日本雑貨を扱う彼女は本日をもって退職なのだ。スケボーを左手に持ち替え、取り急ぎで返信を打つ。これが途中で電話に切り替わる。

「ザイ、お疲れ様」

「はいはい、どうもどうも」

「明日、桃園《とうえん》に戻るんでしょ」

「お兄ちゃんとお父さんが車で嘉義《かぎ》に来て、荷物も桃園に帰ります。あ、水飲みますからちょっと切ります」

で、しばらくすると再度、メッセージのやりとりに切り替わる。ケータイを打っては仕舞い、仕舞っては取り出すという行為は歩調ほど軽快に行かない。だいたい片腕はスケボーを保持したままだ。このやりとりをしながら、まず電車で二駅、それから徒歩五分を経て新居の清水荘に到着。濃厚なイ草の香りを向こうにポケットの中から鍵を取り出す。

いやはや、再びの東京である。つい先日までは台湾にいた。それも台北のような大きな都市ではなく、台湾は中部の嘉義《かぎ》という地方都市だ。首都台北から新幹線で八十分前後の距離間にもかかわらず台北人の中にはこの街を訪れたことがないという人間が結構多い。じゃ、何がきっかけでその街を知ることになったのか。普段は記憶に平然と埋もれているが元を辿れば、それは退職後に暇を持て余した父親がホームビデオをユーチューブに勝手にアップロードしたことに始まる。

映っているのは子ども寄席の高座で『寝床』を演じる幼き頃の私である。ジャイアンのような父親に、まさに「ジャイアンのようなイメージで」と無理矢理覚えさせられた挙句の強制参加だった。父の暇潰しを母から伝え聞いた六年前の私は早速、削除を試みようとその画面の前に座した。ところが、だ。見るに堪えないはずの映像に対し、コメントが四つもあり、その中で唯一、賛辞ともとれる内容を繁体字の中国語で寄越してくれていたのが台湾は「嘉義」という街の人であった。それも当人のアイコン写真がこれまた随分と麗しい。すると図に乗ったバカは削除のつもりを一旦保留し、その人物との交流に励み出した。そして挙句には会う約束にこぎ着けて、浮ついた心で台湾へと飛んだのだった。

それが、まあ、フタを開けてみれば、アイコンの写真は私の知らぬ日本のアイドルであって、当人は日本留学を控えたドラえもん好きの男子大学生という始末。月並みでちんけなスケベ心が行き場を失い、俄然煮え切らない。ところが、こんな心地の相手をしてくださったのが嘉義の街並みだった。乗り物を含めた多くの足取りが、あらゆる方向へと闊歩する活気ある路上であった。市場やら公園やら、廃墟やら駐車場やら、大通りやら路地裏やら、この街に歩きまみれることで無残なスケベ心は一旦、浄化を迎え、当初の目的が消えた代わりに街への偏愛が現れた。

その後、日本語教師業の合間を縫っては訪問を二十回以上繰り返し、旅行者的ノリも薄らいでも依然として偏愛は揺るがず、加えて敬愛の念も芽生えた結果、この気持ちを信頼して引っ越しを試みた。で、就労ビザをもらい、確と暮らす日々に出会ったのが今の彼女だ。一年半前のことだ。これがまた、自分にとっては逃すわけにはいかぬ他者とあって、私は当初の永住計画を一旦、白紙に戻すことにした。というのも私がこの街に越すことを強く望んでいたように彼女はその頃すでに日本留学の希望を強く持っていたからである。

それで、これ、だ。とりあえず諸々の準備の手間も考え、私は彼女に先立って日本に移動した。そして実家のある群馬での数日を経て、本日いよいよ東京に出戻りというわけだ。いよいよ、と言ったって至る所、既視感だらけだ。錯覚でも良いからこの感覚が一旦担保され、視界の鮮度が上がるとすれば、それは彼女の到来をおいて他ないだろう。

夕方、台湾から自分が出したダンボールが六つ、夜には注文していた布団のセットが届く。ダンボールはそのままに先ず布団を広げれば、人生初のダブルサイズは思いがけぬ広さがある。ひとまず裏返したスケボーと共に仰向けに寝そべると、よく知った天井とおよそ二年ぶりに向き合う。その実、台湾以前にも長らくこのアパートに住んでいた。

「あ、あ、あいうえお」

東京二日目の明日は日本語学校で模擬授業込みの採用面接が控えている。「日本語の村」という日本語教師用求人サイトに活気あるそうな学校を見つけたのが、つい先日。発声をもう一つ、

「あなたはザイです。あなたは」

今朝届いたラインによれば、ザイは帰郷後、耳鼻科に向かうらしい。これがまた「讃美歌で自分の声が聞こえにくかったから」だそうだ。本人の口から直接聞いたとしたなら笑ってしまうような動機だ。

「大丈夫ですか」、「ザイ、ザイ丈夫ですか」

発声練習を繰り返す。

翌日、二十分という時間のうちに一級河川を一本越え、乗り換えを二回済まし、埼玉の蕨《わらび》へと向かう。道中の電車内で違和を感じるに、それは手元、それこそスケボー由来である。移動に便利ということで台湾では足に使っていた訳だが、ここは日本であって、今から面接を控える身なのである。よく考えよう。というわけで私は駅に到着するなり、真っ先にスケボーをロッカーに仕舞い込む。

歩き出して五分ほどで歩道にせり出した青の看板が目に入る。学校の受付にはブンという名札を付けた男性とビンという女性が一人ずつ。挨拶と共に面接の旨を伝えるとフロアの奥に案内される。講師陣らしき人たちのデスクの間を挨拶を口にしながら抜けていき、白いテーブルの椅子に座って

間もなく、視界の端から男性が現れ、フロアの一角で面接が始まる。男性は迫田先生と言い、主任であり、採用担当でもあるそうだ。これがまた髭面であって、出来れば無精ひげを剃る手間を省きたい性分の私は内心歓喜する。定型ばかりのやりとりが続くこと十分、迫田先生がちょくちょく時間を気にし始める。面接が終われば、次は模擬授業のはずだ。範囲は『おーい、日本語』の第三十九課と聞いている。一時四十五分から始まるという二時間目の二十分をこの非常勤講師候補の模擬授業に充てるというわけだ。

迫田先生に連れられ、階段を上っていく。踊り場には出席率に関して警告を伝える貼り紙が貼ってある。これで三階に到着する頃には三つあるトイレの個室から同時に学生が飛び出して来たり、タバコの匂いを付けた学生が下階から足早に上がって来たりと休み時間終了間際の慌ただしさが溢れ始める。案内された教室に「こんにちは」と入れば、そこには時間を貸していただくクラスの受け持ちの先生もいる。

チャイムが鳴った。今日の日直による「起立、気を付け、礼」で授業が始まる。

「こんにちは」

私は改めて挨拶を口にし、そこへ短い文を四つ並べ加えて自己紹介を済ませる。

「みんな、昼ご飯を食べましたか」

そう聞けば、五人くらいが答えてくれる。

今度は机の上の座席表を一瞥して、

「ユウカンさん」

その顔向けて呼びかける。

「ユウカンさんは何を食べましたか」

「おにぎりを食べました」

「なるほど、おいしいよね。じゃ」

座席表を一瞥、

「アンさん、何を食べましたか」

「パンを二つ」

学生へ質問を繰り返した後、リュックから昨晩準備した靴を取り出し、掲げる。そして「私は昨日、靴を買いました」、「とても高かったです」と文を二つ言う。続いて「今、私はお金がありません」とはっきりゆっくり発音しながら、この言葉をホワイトボードの左手に書く。お次は「私のご飯は水です」、これまた、はっきりゆっくり言った後、ホワイトボードの右手に「私は水を飲みます」と書く。そしたら「左と右の文章を一つにするよ」と伝えて〝ので〟の導入だ。先に記した〝ありません〟を斜線で消したら身振り手ぶりも加えて大きく言う。「〝ありません〟を〝ない〟に変えて〝ので〟にくっ付けるよ」

そんな要領だ。また文章を二つ言う、書く、それらを〝ので〟で繋げてもらう。これを三回繰り返す。で、閑話休題、のように学生に好きな物を訊ねる。とは言え、次の〝~ばかり〟という構文への導入のため。ガンさんとニュイさんに答えをもらったら今度は自分の番だ。嘘か本当かは二の次で。

「私は靴が好きです」「かっこいい靴があります」「買います」「またかっこいい靴があります」「また買います」「またあります」「また買います」

もちろん、ただ進めるばかりではあまりにもつれないから、時折は既習であるはずの単語の意味を確かめたりする。そうこうしているうちに二十分が経つ。主任曰く、校長に話をして近日中には採用の可否をお伝えするとのこと。

「ありがとうございました」

挨拶の傍ら肌寒さに際立った尿意を抱えている。できれば学校のトイレを使わせて頂きたいがお別れを済ませて早々に「すみませんが」とは忍びない。で、どうだろう。私は無論、スケボーを持ってくればよかった、と小走りでいく。途中、「人生」という名の大型スーパーが目に入り、小走りのまま店内へ。タイムセール中のじいさんばあさんを掻き分け掻き分けトイレに駆け込む。そんな時に電話だ。これを手持無沙汰の右手で受ければ父の声が一段と明るい。

「夢春師匠が久しぶりに高座に上がるそうだ」

へぇ、と答えるも集中は耳でなく眼下である。出したい気持ちと出ていく量が釣り合わず、おまけにまだ残尿があるようで気持ち悪くてたまんないのである。

「なんとか主治医からオーケーをもらえたらしい」

「へえ、それはそれは」

「それで高座が今月の池袋の中席なんだ」

「あ、そう」

「なんだ、その反応」

この言葉に息子なりにほんのり罪悪感を感じたため、下方への視線そのままに問うことで興味を示すに変える。

「いつ、いつよ」

すれば父の声が一層張りを増す。

「中席だよ、今月の」

「いいね、それは」

「良し。落ち合う時間についてはまた連絡する、では」

父親の声が遠ざかり、息子は電話が切れることへの安堵で鼻から長い息を出す。ところが、その声が勢いよく戻ってきて、

「その時、楽屋挨拶に行くから。その時、お前は謝っておきな」

「は？」

「あれだよ。許くんだっけか、いなくなっちゃっただろ。お前ね、一応彼の先生として頭を下げておきな」

「何それ」

「あの子、途中でいなくなっちゃったんだから。お父さんがね、一応謝っておいたんだから」

「思い出した。でもさ、黙って消えたわけでもないんでしょうよ」

「それは分からない。ま、確かに夢春師匠は佐々木さんが頭を下げることはないですよ、とは言った。あれは本当に気にしていないということだ思うけどな。ま、いずれにしても、息子のお前も頭を下げることで、この親子しっかりしているな、って思われるわけだ」

「へぇ」

「それにね、夢春師匠は忘れていたとしても、お前が頭を下げて誰も不幸にはならないんだよ。その観点でも下げられるだろ、頭」

「はいよ」

そんな風にすっきり答えられないのは父の提案に格好つけを感じるからである。それゆえ「考えておくよ」と返せば、父は「逃げないこと」というフレーズで会話をしめる。父が折りにつけ放りこんでくる息子に対する口癖だ。今度こそ電話が終わる。これで私はまた小さい私と一対一になる。出るのか、出ないのか、見切れないから立ち去れない。

許壽一《きょじゅいち》。

この台湾人学生の情報に触れたのは春学期を迎えた三年前の四月、以前所属していた学校で、である。日本語学校は基本、四学期制ということもあり、新入生がちょくちょくやって来る。その都度、各学生のカウンセリングシートに目を通すわけだが、ほとんどの学生が進学希望校名もしくは希望職種を書く中、許壽一だけは「落語家」とあった。私は一応、スタッフに確認をとってみたが、男はたしかに八十八万円の授業料をきちんと納めて入学したそうである。これにはスタッフの洪《こう》さんも「こんな学生初めてですよ」と苦笑した。それから一か月もしないうちに、老婆ばかりの講師陣の中で「佐々木先生が師匠を紹介してくれる」という周知が勝手に出来上がっていた。詳しくは「落語は面白いよね」と言っただけなはずだが、噂が幾度も脱線を繰り返した後、あらぬ結論に落ち着いた様子だった。

さて、この話を私はどうしたか。

父に話したのである。

父は「なんだそりゃ」と反応しながらも興味深そうに許のあらましをこちらに再確認し、「じゃ、連れてくれば」と面倒臭いことを請け負った体で、けれども嬉しさを隠せない様子で言ったのだった。で、後日、——今にして思えばおかしな話だが——私は許を実家に連れて行った。

「いやぁねぇ、なかなか厳しい世界ですよ」

父はまずこう宣った。ちなみにこの時点で私も許も言葉はほぼ不通であった。

「人によっては前座を十年以上やる人もいるからね、いやぁ大丈夫かなぁ」

と言っても、父は落語家でもなければ関係者でもなく、元地方公務員に過ぎないのである。この格好つけたい感じが先程の通話にも現れている。要するに「落語家に謝る息子、その父」といったことをしてみたい。ははは。落語を、いや落語家をめぐっての媚態希望。いやはや可愛らしい。

父は後日、親交のある落語家、三笑亭夢春に電話をかけた。すると師匠は師匠で父に気を回してか、許を含めた我々三人をわざわざ家まで招いてくれたのだった。

とりあえずトイレを離れよう。残尿感がないと言えば嘘になるが、ひとまず仕舞っても大丈夫そうだ。「頑張った」、私は労いの一声を掛けながら小さい私を収めるべきところに収める。スーパーから駅までは幅広くも車線のない比較的新しいアスファルトの通りだ。先程からアシスト自転車の流れるような往来が多い。もしかすると幼稚園が終わる時間帯なのかもしれない。かたや、通りの端には足を止めた年寄りの、手を震わせながらの喫煙姿が随所に見受けられる。それも示し合わせたかのように等間隔を保っている。加えて言葉なり顔なりで分かる外国人の往来もそれなりに多い。

電車に乗る前にスケボーを再び手にする。最下段ロッカーゆえ、しゃがんで取り出せば何かが漏れそうな気配を奥に感じるからスリルだ。電車で県境の一級河川を通過する。風が強いのか、はたまた斜めに見下ろしているせいか、川面の揺れが小ぶりで強い。暗い色の水流が太陽の光をあちこちに反射して輝いており、これがやけに眩しい。そうして赤羽で乗り換えた電車が池袋駅のホームに入ったところでザイから着信だ。これが聞こえにくいに加え、長引きそうなため、私は次の乗り換えを差し置き、最寄りの出口から地上に出る。

「ササキぃ、太りましたよ。五十九キロですよ」

「別に大丈夫でしょ」

「うちのお姉ちゃんのロジック、よく分からなくて疲れますよ」

どちらかと言えば耳を貸すばかりの内容だ。ケータイを耳にあてる時間が長くなる。だもんで我が足は、より自由にぶらつき、久しぶりの池袋演芸場の前で切符売り場脇のモニターに映る無声の高座を眺めたり、歩きの合間にケータイとスケボーを持ち替え、今度はトイレを利用させてもらうために区民施設に立ち寄ったりもする。そうしてまたぶらぶらとやっていれば、「ササキ、あばよ」と面白く電話が切れ、私は路上に放り出される。鼻先は山手通りと目白通りの交差点といった次第。これだと幾分、帰途を修正する必要がある。そこで最寄りの角に入れば、新たな視界に婆さんがいる。なかなかの前のめりの姿勢で手押し車に頼っている。車線のない粗目のアスファルトに断続的に生じる音は擬音語にするなら、ざがらざがら。ほほ、弱弱しくもなかなか過酷な音じゃないか。もしかすれば——ベビーカーを押す若者ならいざ知らず——路面の機微は制限ある身で途を往く老人の、その道具でこそ感じやすい代物かもしれない。億劫な道に出た、やら、ここは助かる道だ、など。快不快に一喜一憂するのはスケーターばかりではあるまい。その点、仲間と言えるかもしれない。だいたいスケーターは悪しき路面を思いのまま捨てられる分、甘っちょろい。

さて、ハー(ド)コ(ア)ーな婆様の手押し車は迎えた十字路で一時停止。その場で細かい左旋を継ぎ足してようやく九十度の方向転換だ。追って、そちらを覗くに今度は見違えるように滑らかな路面じゃないですか。おめでとうございます。寿ぎつ、正面を向き直ってこちらは真っ直ぐだ。

駅へ続く道だというのに人っ子一人いない。不思議がっていれば左手に広々とした公園が現れる。ここもまたがら空きだ。んじゃ、この辺から、とスケボーに乗ることを考えれば、向き直った正面に人が現れた。それも見覚えある蛍光色のベストを着ているではないか。これにはスケボーを瞬時に保留だ。

蛍光色が歩調猛々しく、こちらに近付いてくる。今にも走りそうな早歩きだ。力のこもった目つきのまま二十、十五と距離を縮め、末には「ほらッ」「ダメでしょッ」なんて叱り声を上げ始めた。なんならこちらのスケボーは小脇に収まっているわけで怒られる筋合いはないぞ。そんなことを噛み締めた一瞬、爺さんは私を素通りして後ろへ。思わず振り返ってしまうが、爺さんに呼び止められたのは若い男だ。確かに、その指先には煙たなびくタバコが挟まれている。それも火を付けたばかりの様子でまだタバコが十分に長い。なるほど。私は気を取り直して歩き出す。

「ほらほら、あの人にも迷惑がかかるでしょ」

蛍光色の爺さんさんは相手への注意にちゃっかり私の存在を利用してやがる。いやいや匂いに気付いていすらいませんでしたよ。私は歩きながら今一度後ろを振り返る。爺さんに気圧されているのか、足止めを食らう若者は表情が硬く、渋い。試しに私が気にしていない旨のジェスチャー送ってみるもやっぱりこちらに気付かない。

それにしても、である。エスカレーターで駅の二階に運ばれながら思うに、先程の彼は私が五年ほど前に教えたネパールの学生によく似ている。もしかしたら本人かも知れない、いや日本人か。判断に自信が持てぬが、学生の名はしっかり覚えている。ニム・バハトール・ブダトキ。春先の東京で神の名のように聞こえるではないか。そうか、名前を先行して覚えているということは、その分、顔の記憶が薄らいでしまった証拠かも知れない。

学生で思い出したが、許壽一を連れ、夢春師匠を前にした時、話題が台湾語になった一幕があった。会話の冒頭の師匠は「で、佐々木先生。本当にこの青年は落語家になりたいとおっしゃってる?」「で、日本語学校にいらっしゃる?」「はぁ、それはそれは」「今日日、若者が好みで一門を選べるほど落語を聞き分けてるほうが不自然ですよ」「たまさかのお越し、これで良いんです」

そんな感じであった。夢春師匠は毎年脚本コンクールを主催してまで新作落語の脚本を募っており、わが父はまさにそれに応募したのがキッカケで師匠と知り合ったという間柄。

「許くん、台湾ではやはり台湾語ですか? 落語ばかりしてきたっていうのは言い訳だけれども、私は世の中にいまいち明るくないんだねぇ、それで訊きたいんだ。台湾は台湾語ある? どう?」

瞬間、許の「ある」という声と私の「あります」という声が重なった。それも同じく揃って首を縦に二回ふったりして、だ。

「師匠、台湾語はございます。図抜けて素敵な言語ですよ。私は台湾の中南部ばかり行くのですが、それは台湾語を耳にする機会が多いからという理由もあります。更には必ず台湾の高雄《たかお》という南部の空港を使っております」

日本語学校入りたての許に代わり、私が話し始めれば師匠ばかりでなく、許も頷いたりする。

「例えば、日本から台湾へ飛行機で参るとします。その中にはもちろん日本旅行を終え、これから台湾へ帰る方々も多く乗っておるわけですが、そういった環境の中で例えば、台湾の北部にある一番の大きな空港、そこに向かう飛行機の中ですと中国語、反対に南部の高雄空港に向かう機内では聞こえてくるのがほぼ台湾語になるのです。少なくとも僕の耳には、そんな印象が残っています。台湾へ向かう機内から台湾語が聞けることから到着する空港を選ぶくらいなのです。それくらい、ま、なんと言えばよいでしょうか。耳触りが大変良いのです。それでいて変な言い方ですが言葉自体が栄養をたらふく含んでいるように感じるのです。ちなみに台湾語は色々あって公用語というわけではありません。中国語になります。師匠、申し訳ございません。でしゃばって話し過ぎました」

「わかりやすいッ」

師匠はお唸りになられた後、腕を組みしばらく黙考の風情であった。

南口を上がって、改札機の前を通過したら北口へ。またのエスカレーターで今度は降る。その最中、駅の外から犬の吠える声が聞こえ始める。とはいえ声に違和感を感じるばかりか発声も妙なリズムだ。どのくらい妙かと言えば犬に関心のない私でも構内から出てすぐ、顔を振って声の出所を探すほど。けれども駅前には妙な犬も、妙じゃない犬もいないのだ。もし一等妙なのがいるとすれば、車輪のようなものをつけて滑る、木の板に乗った人間の姿である。あれはスケボーだろうか。やはりスケボーである。スケーターがいるのは中空で線路と直交するように掛けられている陸橋下、そこにはフェンスやらで区切られていない代わりに、人々が往来する道とは目的を隔てるような地面の色の異なるスペースがある。このスペースの意図は一見して分かり難いが、確かに広さだけを見ればスケボーを乗りたくなる気持ちも理解できる。

ちょうどスケーターの左足がスケボーの前方に乗ったところだ。地面を蹴った足がボードに乗り、身体は数秒後の技のために板の上で構え出す。滑り進んでジャンプ。バランスよく飛び上がりたかったはずだが重心が前足にかかり過ぎて、つんのめる。板が裏返ると同時に地面に当たって、音を放つ。これが先ほど聞いた犬の吠え声そのもの。

転ばずに持ちこたえたスケーターがこちらに気付いた。手を挙げ挨拶を寄越す。私も手を挙げて返しておくが、男は私が応答するなりスケボーに乗ってこちらに向かって来る。それも途中で再度、先程の技を試みる。けれどもスケボーの板の後ろを地面に叩く音が弱い。それゆえジャンプすれど、板が地面から跳ね上がってこないために板とともに跳べていない。やはり先程同様、スケボーが音を立て、主の足元から離れる。このスケボーをほったらかしのままスケーターは再度こちらに向かって手を挙げる。だからこちらも手を挙げる、するとまた手を挙げ返す。だからこちらも挙げ返す。

面と向かえば私はつい自分の方から挨拶している。

「こちら、滑って大丈夫です？」

「いや、大丈夫ですよー」

スケーターは明るく答えるが妙に顔色が悪い。それに大丈夫と言っても駅舎の脇には交番があるわけで。試しにそちらを見遣れば、巡回中の札が出ている。

「一緒にやりませんか、もし良かったら。もし良かったら、俺ビギナーなんで、連絡先とか交換したら一緒にやりませんか、俺よくここにいるんで」

スケーターは随分と駆け足で喋る。それでいて歩み寄りの言葉を口にしているというのに顔が笑っていない。これでまた誘いを繰り返す。確かに技を試みるスケボーも楽しくはあるが、なにせ場所が場所だ。後々注意されることが分かっている。イマイチ気が乗らない。だいたい、そこまで通行人を無視しきれなければ、スケボーで人の顰蹙を買うのは極力避けたい。だもんで丁重に断ってみるが、

「いや、大丈夫です。俺、ここによくいるんで、もし良かったら、今度一緒にやりましょうよ、俺ここらへんによくいるんで。ビギナーなんで」

やはり早口の性分らしい。とにかく早い。口調からするに二十二、三と言ったところだろうか、けれど三十過ぎに見える。加えて何があったか、上の前歯とその両脇の歯、計四本が欠けている。スケボーでこしらえたものだろうか。それゆえスケーターの口から出てくる言葉には口腔を通り抜けてきた空気の音が伴う。中国の中国語に向いた口元かもしれない。私は偶感を浮かべながら踵を返して薄暗い商店街のアーケードに入り込む。

空気がすうすう出ていくような音も聞こえなければ巻き舌も使わない台湾語。結果的に許壽一が入門(のようなもの)を許されたのは台湾語の存在があったからに違いなかった。それはどうしてか。二十年もの間、毎年、副賞五十万の新作江戸噺脚本コンクールを個人で主催するほど熱量のある三遊亭夢春は、三年前にガンを患って以来、落語に対して違うアプローチを考えていたらしい。曰く

「実はですね、これからまた違う形で広く落語を知ってもらう機会を探ってるんですね。そこで考えていたんです、じゃ、英語でするか。いや、すでに幾人もおります。これはいけない。じゃフランス語はどうか？いや、難しそうだ。これもいけない。じゃロシア語、体が冷えそうだ。じゃ中国語、これもいる。じゃあ、どんな言葉が良いかしら、と」

師匠がこんなことを言い出す前、私は許壽一の希望は却下されると踏んでいた。それがどうだ。私は許可の運びが見て取れるや、ビザやら出席率やら後に言い添えておいた方が良いことを頭の中で列挙し始めた。

「おおお、ということは、まさか」

父が合いの手を入れると師匠はまじめ腐った視線を後援者にゆったりと運んでは深く頷き、

「やってみましょう。君は日本語落語、私は台湾語落語だ。ははは」

新境地の開拓方向を決定した落語家の気勢の上がり具合とはいかがものか。もちろん分かるわけはないが、私は忘れないうちに許壽一の日本語の状況を含め、年々厳しくなるビザ審査、そのためには出席率が重要であることなど冷静にお伝えしておいた。それを理解してくれた上で三笑亭夢春は許壽一と定期的に会うということを結論付けたのだった。

ところが結果的に許壽一は夢春師匠の前から消えたという。父から聞いたのは台湾生活一年目の暖かな冬だった。

アーケードが進んだ先で商店街と交わっている。歩行者天国の時間も人は少なく、いたって歩きやすい。角を曲がってこの通りから離れるほどに人の数が一人、また一人と減っていく。誰もいなくなった路上に一つ気づくことがあってアスファルトの上に小石一つ落ちてやいないのだ。まさかとは思うが、小石拾いもあの蛍光色の爺さんたちの仕事のうちなのだろうか。だとしたら恐れ入る。

ちなみにスケーターの視点で言えば、小石なき道は有難い。それは道に脅威がないということを意味している。例えば、車のタイヤにあたる部分をスケボーではウィールと呼ぶのだが、直径が決して大きくないウィールの場合(五十五ミリ以下)、うずらの卵以上の大きさを持つ石を迎えたらまず転倒する(これはどちらかと言えば石より注意の浅い人間の方が悪い)。

それでは小豆程度の場合は、どうか。これも転ぶ。身もふたもない。いずれにせよ、転ぶのである。ははは。ただ、うずらの卵が路上に落ちていたら気づきは易い。一方で、小豆は気付きが難い。そして、このサイズの石こそが目視しにくい分、地味に厄介なのである。というのも両足を板に置いている時に乗り上げる分には構わない。危険なのは地面を蹴るに備えて後ろ足を宙に振り上げている瞬間だ。その際、板の上でバランスを取るのは前足の一本だけとなる。この状態のまま小石に乗ったりなんかすれば、板がミリ単位でずれ、この規模ですら身体が傾ぐ。すると嫌な冷汗が出るのだ。これが随分と気味が悪い。むしろ転倒なんて良い方だ。そもそも〝転倒〟なんてスケボーの幸福な予定調和なのだから。あっという間に転んだら、冷汗なんぞ出る幕がない。逆に、冷汗をかいた直後に走行車とあらぬ接近をした日には仮死に継ぐ仮死への動揺に夜もぐっすり寝られやしない。

しかし、よくよく考えてみれば、この道に小石がないのは私のせいかも知れない。一回りも年下の月島と共に夜な夜な、——確か三年くらい前の話だ——つま先や足の側面を使い、路上中央の小石を立ち並ぶ民家の足元へ除ける感じで蹴り弾いていた。小石は強く弾かれたところで大した音を立てない。というより可愛らしい音を立てるので、——例えば、同じく足を使った雑巾がけに比べたら——背徳感が生じない。ちなみに私たちは五ミリから七ミリサイズの小石は否応なくリュックへ仕舞い込んだ。一番タチの悪いサイズなのである。これでリュックが一杯になったら今度は、小石が風景に溶け込む場所を探しに出るわけだ。良い地面を見つけ次第、小石をリュックからじゃーッと落として地面を融和さす。ほぼ毎晩その繰り返しである。

　そろそろ三丁目が終わる。日差しが右手に並ぶ家々の二階あたりを照らす今、小石なき道は日陰で大人しい。この道が八軒先の民家で角度をわずかに変えている。そこを過ぎれば四丁目だ。四丁目の向こうっ端には月島の部屋があったりする。

　月島はいないらしい。ノックをしても反応がない。試しに郵便ポストを開ければ何やら沢山溜まり放題。仕方ないので片付けてやったら不要なチラシが辞書のように厚い。だもんで小脇のスケボーを足元に用意だ。このかさばりを早いとこポイしたい。ところがスケボーに片足を乗せようとした瞬間、十字路からひょっこり現れた爺さんがあって、これがまた蛍光色のベストを着ている。おまけにこちらを目に入れるなり、牽制なのか脅しなのか、方向を変えて向かって来るではありませんか。これには私も早歩きだ。肉厚なチラシの束をばささ、小脇に挟んだスケボーをがたがた言わせながら帰途に就く。

チラシを捨てる段になって気付いたがスケボーを持つ時間が長かったために指の腹がどれもザラザラだ。試しに指と指を擦り合わせれば掠れ乾いた音がする。この音を楽しむこととしばし。言い換えれば尿意を逃れている今、迫ってすべきことがないわけだ。それじゃ、六畳間に鎮座する台湾から送ったダンボールでも開けようか。

手始めに一個を開けてみれば、真っ先に見えたのはビニール袋で、中には台湾時間で動く腕時計が四つ入っている。東京でも使うなら時刻を一時間遅くしなくてはならないわけだが、現在の己の爪はすっかり噛み終えた状況で、リューズを摘まむにはあと十日は待たねばなるまい。なので歯でリューズを噛み、引っ張り出してみる。そんなやり方で時刻を直していれば、文字による連絡が月島から入る。

「東京に到着したんですか」

こちらが返信するよりも早く、次のメッセージが続く。

「佐藤さんがソファを佐々木さんのと取り替えたいらしいですよ」

私はふと思いついたことがある。と言っても、ソファのことでもない。ひとまず月島ではさておき、まず彼女に連絡し、フェイスブックの中に「許壽一」に当たる人がいないか、探してもらうことをお願いする。

「眼鏡をかけている人、日本に留学していた人、それから、あなたと同じくらいの年齢の人をお願い」

やや雑駁、とは言え、それっぽい特徴三点である。間もなく彼女から私に「オーケー」と返信があり、私は月島に「オーケー」と返信する。

月島の部屋に私のソファがある。それが月島の物になるか、再び私の物になるかは私が東京に戻るか戻らないか次第で変わるという条件で二年前に月島の部屋に移動したソファである。結局、元のさやに戻ることになったわけだが、戻ってすぐ佐藤のところへトレードという運びらしい。

月島が「どうぞ」と寄越すので部屋を出る。スケボーなら月島のアパートまで二十秒ほどの距離だ。本日は歩いて向かうが、それとて一分とかからない。ノックをすれば、スーツ姿の月島が微笑で出迎え、

「ほんと、さっき戻ったんですよ。どうもお久しぶりです」

私は一つ思い出すことがあり、

「そういえば、お父さんに暮れに寒中見舞い出したけど、あれ届いてんの？」

「あら、届いてたら母経由で連絡が来ると思いますし、届いてないんだと思います」

「あれ、お父さん、まだ出てきてないんだっけ？」

「はい。まあ、あと二年はいるでしょうね。そういえば佐藤さんのソファ、一人と半分掛けらしいですよ」

「知ってる。高いんだよな、あれ」

月島が部屋の中に戻る。ロフトにかかった梯子を上る音がして、間もなくソファを抱えた月島が

現れる。ソファの背面から左右の肘掛けそれぞれ左右の手で掴んでいる。いかんせん幅狭い玄関口だ。両手の甲を白の壁に擦らせながら上がり框の縁までやってくる。たたきには革靴二足とスニーカーが一足。

「相変らずあるね、これ」

私はスニーカーの向きを直してやりながら言う。

「父さんのお下がりなんですよ」

「知ってる」

月島には肘掛けの左側を持ってもらい、我々はソファを間に西へ往く。一方通行路から桜の木が立ち並ぶ千川通りの交差点を渡り、隣の区に入る。すると先程と道幅の変わらない路面は艶やかな新しいアスファルトになっている。

「ここ良いですよ。何回か滑ってますけど、気持ちいいですよ」

「だろうな、肌理が細かいもの。交通量を前提にして路面の質を変えたりするらしいよ。ここ通る車が少ないでしょ。そういう道は細骨材っていう砂みたいな素材をアスファルトと混ぜるらしい。さっきの千川通りの路面は小石が埋まってるようにも見える路面だったでしょ。路面としては、あっちの方がタフだし、水分もよく吸って雨の日も快適らしい。ま、車にとって、の話だけど」

「ところで台湾の道ってどうですか」

「悪くない。違いがあるとすれば台湾は殆どの通りに名前がついてんさ。中国大陸から国民党がやって来た時、中国の主だった地名をその街に移植というか、配分したというか。方角にも照応関係があったりして。例えば台北に東京の原宿みたいに若者で賑わう場所があるのよ、それこそおしゃれの聖地みたいなさ。そんな場所に昔は西蔵って名前の通りがあったりしたらしい。要はビルなんてない時代、小さい家が密集していて常に薄暗く、日当たりが悪いとかで」

「ほふぇー」

月島は甲高い声質で相槌を打っては、

「ところで佐々木さん、僕、名前変わったんですよ。加藤になりました」

そんなことを唐突に教える。とは言え、月島の「月島」という名字自体が本当の名ではないのだ。その理由を詮索したこともないが、この際以前の名字を訊いてみるに、

「いしだいら、です」

道を左に折れる。

「それじゃ随分とすっきりした」

私がそんな風に言うと、

「あ、ほら、すっきりしたな、と言えば、『夜間飛行』のゼミのレポート出しましたよ、共通科目の」

話がスケボーのように飛ぶ。

「飛行機のライトって懐中電灯みたく前方を照らすけど、例えば行灯は周りを照らす。それに周

囲に自分がいることを暗に示したりする意味があるとか佐々木さん話してくれたじゃないですか。あの言葉をヒントにして、レポートの冒頭を飛行機の固有性について書くことから始めたんです」

「俺、そんなこと話したっけ」

「言いましたよッ」

その語勢がやたらと強い。

「だって、そのゼミの話、うっすら記憶にある程度だぞ」

「いや、話してくれました」

「ちなみに、そのレポートの結びは？」

「灯りは光と闇が対立されているものではない、だったかな」

右折すると前方はゆったりとした長い下り坂だ。

「ところで、ほら、学部で優秀論文を取りました」

「おお、テーマは？」

「古典期の修辞学。副題は断念、それでも尚語ること、でした」

ここで私は月島が受けたという冬の院試に話題を変える。

「あれです、あれ。フランス文学科の修士に入るため三か月独学でフラ語勉強して秋の院試に臨んだわけですよ。でも面接では論文を褒めてもらえましたけど、語学のテストがてんでダメだったわけですよ。それでやっぱり一年ぐらい、それこそ留学も視野にいれるぐらいに本腰据えてフラ語の勉強をしたいと思うんです。それからやっぱり母さんのいる大阪に戻りたいわけですよ。阪南で今、一人暮らしですしね」

月島は、にやっと笑い、ソファは左に曲がる。中学校の壁沿いを進み、今度は右に、また壁沿いを行く。学生がちらほらと出ていく校門を過ぎ、突き当たったら左だ。二百メートルほど先の駅と一直に繋がる道に出る。と、突然尿意が来た。だもんで視界の一番手前にある小池酒屋の前で一旦ソファを下す。それから私は酒屋の店内で瓶のコーラを一本購うことと引き換えにわずかな時間、ソファを店先に置かせていただくことを請う。

「月島、これ飲んで待ってて」

そう言うと大急ぎ、月島を置いたまま、関口米店を挟んだ隣のコンビニへ駆ける。けれども結局、急いだ割に尿の量は少なく、それでいてキレもない。イヤな感じだが仕方ない。そうしてコンビニを出るとソファに腰かけたまま中空を仰ぐ月島の姿が目に入る。酒屋の前で待たせたのは私の案だが、よく見りゃ変わった光景だ。おまけに右手には瓶コーラ、左手には火をつけたタバコだ。煙を吐き出した口は煙を吐き出すには終わらず、何やら喋っているらしく尚も動いている。さりとてはっきり現れている耳にイヤホンははめられていない。歩み寄って分かるに月島は歌を歌っているわけでなく、フランス語を発している。

「何それ」

こちらが問えば、

「いやあ、今度、みんなの前で自己紹介をしなくちゃいけないんです」

「何それ」

こちらが問えば、

「ほら、前に佐々木さんが勧めてくれたじゃないですか」

「何を」

「目白にある大学の市民講座。ほら、フランス語会話の授業ですよ」

「そんなこと言った？」

「言いましたよッ。それで、来週が全八回の最後の授業で、最後に一人五分で愉快な自己紹介をするんですよ、発表です」

私は「なるほど」と反応しておくが、まったく記憶にない。

「あの時、日本語学校も半年に一回くらいでスピーチコンテストがあるって話もしてくれたじゃないですか」

そこまで言ったとなると月島の信憑性は高いかもしれない。

「そうそう、今佐藤さんからメールが来て、根元書房の前で待ってて、とのことですよ。でも佐藤さん、どうやって来るんでしょうね、お金も体力もないし」

月島はこう言ってから酒屋に入り、空き瓶と引き換えた五円玉を手に戻ってくる。

「行きましょうか」

また双方からソファを持ち上げる。

目的地の古本屋は遠くない。小池酒屋から米屋にコンビニ、服の修理屋を通過すれば店先に到着だ。店長はちょうど店頭で三冊二百円の本棚をいじっているところだ。私が無沙汰の挨拶をすると、

「あら、お帰り」、言葉がそっけない。

「店長、悪いんですけど」

お願いを切り出してみると、

「別に問題ないよ」

思いのほかあっさりソファを置かしてもらえる。店内はより窮屈になっている。奥に繋がる三つの通路のうち二つが平積みされた本で塞がり始めている。

「新ルソーイーズあります?エローの」

月島の在庫確認に店長は店の中へカニ歩きで入って行き、しばらくして文庫本を片手にまた同じ歩き方で戻って来る。手渡された本を月島はわざわざソファに腰を下ろしてめくり出す。しかも深々と座った挙句に膝まで組んで。題名はおろか著者名も平然と間違えているというのに様子だけは一丁前だ。それにスーツだ。落差が笑える。

そうこうしているうちにタクシーだ。個人タクシーがやって来て、店先に停まった。それもトランクが開きっ放しだ。この不可思議な背後に気を取られていると助手席から佐藤が現れた。

「グレート義太夫見かけたわ」

二年ぶりに目を合わせた佐藤が、無沙汰の挨拶をすっ飛ばして、開口一番にそんなことを教える。その割には別段喜んでいるわけでもなく、楽して移動して来たはずなのに息が上がっている。ま、いつもながらの佐藤ではある。ダブルのスーツも相変わらず、両手には紙袋を二袋ずつ重たげにぶら下げ、これらを「お願いします」と店長に手渡す。それから振り返っては腰をかがめ、今度は車内の運転手に「少々お待ちを、すみません」

さては古本を売った金でタクシー代を払うつもりだろうか。だとすれば片道分か、それとも往復分だろうか。店長が紙袋から本を取り出し、商品である雑誌の束の上に平積みしていく。佐藤は息を整えながら店長を待ち、ソファに座ったままの月島はニヤついた表情で、この様子を見ている。他方の運転手さんは乗客の家具を地面に下ろしている最中だ。

結局、佐藤の持ち込んだ本には九百円の値が付いた。案の定、佐藤は受け取ったこの九百円をタクシーの精算に充てるわけだが、

「あのさ、その体力のなさを見越して、このソファを俺と月島でお前さんの部屋まで運んで、お前のソファと交換してまた戻ってくる予定だったんだけどさ」

私の言葉に「あ、なるほど」、佐藤が応える。

「俺は二人暮らしに丁度良いソファが手に入る。お前はタクシーだから半分家にいるようなもんだ。災難は月島だよ」

月島はソファに座ったままニヤついている。

「それに、ここで交換したところ一人で持ち運んで帰る気力も体力もないだろ」

私が言えば、

「じゃ、ここに買い取ってもらおう」

佐藤が提案するが、

「無理」

会話を耳にしていた店長が直ちに却下を示す。

「じゃ、一旦ここに置かせてもらうのはいかがでしょうか」

これにはオーケーが出た。そこで佐藤たっての要望で我々は喫茶店へ向かう。三人で揃うのは二年ぶりだ。とは言え、それもまた日常の一部であり、やりとりに無沙汰の感はない。

「こんなサイズの粒、見たことない。プラスチックみたいじゃないですかぁ、ふぁふぁ」

休息に浸かって言葉らしい言葉を何一つ発しない佐藤の傍ら、月島だけがガラス容器内の砂糖にすら、さも愉快そうに反応する。

店を出る頃には風が強くなっている。月島の髪が逆立ち、乱れる。佐藤はスーツのジャケットがばたばたと音を立てているが当人は一切頓着していない。だいたい革ブーツの靴紐がほどけていることすらも気にしていないのだ。気付いていないというよりも、気付いていながらも億劫さが勝っているパターンであろう。そんな佐藤が——左折したら先程の古本屋という——十字路の手前で、

「あのソファ、姉のギャラリーで使ってたやつよ。悪いものじゃないよ。それじゃ」

そんな風に言い遺しては平然と右折する。この分では店頭のソファのこともきっと忘れてしまっているに違いない。

「店長、どうも、また来ます」

本棚に入りきらない書物が、その本棚の前で人の背丈より高く床から積み上げられている店内だ。ただでさえ狭い本棚の間がより狭い。この隙間を狙って挨拶を飛ばせば、奥から「はいはい」という声だけが届く。

月島に手伝ってもらい清水荘に運び込まれた佐藤のソファは以前の私のものと変わり映えがない。一人半掛けとは聞いていたものの、そんなことはなく、私のより拳一つ分、尻の置き場が広がった程度だ。けれども思いがけず座り心地が好いせいで胡坐を組んで座しては、ついぼーっとしてしまう。そして爪を噛むことに没頭しているとザイから電話をもらう。

「ササキ、許壽一さんを探しましたけど、たくさんですよ。同じ名前の人で若い人が三十人くらい、年上の人が四十人がいましたよ」

「なるほど。眼鏡の人とかプロフィールに留学した日本の学校の名前とか」

そこまで言うと、

「そうよ、しっかり若い人の中から調べましたよ」

むくれる二歩手前の言いっぷりになったため、

「ああ、了解了解。じゃ、ササキもちょっと見てみますね」

そんな風に言っておく。

「あ、そうそう」

不意にザイの口調が明るくなった。

「就学ビザをもらった連絡を学校によってもらった」

これには私も一安心だ。祝いの言葉を口にしつつ、ついつい胡坐の上に置いたスケボーを拍手がてら叩いてしまう。電話が「シャワーを浴びる」との理由でひとまず切れる。時刻はあちらが八時三分でこちらは九時三分だ。

私はスケボーを裏返し、ウィールを擦ってくるくると回す。ウレタン製のウィールには紫のシミが付いている。帰国直前の台湾の路上で踏み付けた檳榔《びんろう》の汁だ。買った時には白いウィールが使い込んで黄ばむのと同様に、踏み付けた際には赤かった汁がいつの間にやら紫に色を変え、表面からより奥へと浸透しつつある。いやはや就学ビザがおりたとなれば、いよいよ本格的に留学が始まるわけだ。ザイもさぞかし楽しみにしているだろう。

再びケータイの画面が明るくなる。今度は月島が電話を寄越している。

「明日の二時に恵比寿でロメールの映画がやるので行きませんか、池袋駅で落ち合いましょう」

この会話が短く済んだところで、今度は佐藤からのメッセージだ。台湾の薬があったらなんでも良いから寄付してくれとのこと。

翌日、私はスケボーを持って外へ出る。なにしろ暇なのだ。それにソファ運びを手伝ってもらった分、月島の相手をしてやらねば可哀そうだ。徒歩なら五分の駅までの道のりはスケボーなら一分半となる。けれども近くで道路工事に遭遇したため、いつも真っ直ぐ進む道を左に折れる。すると、いざスケボーに乗る段になって、道の先に妙な体勢をとった人の姿が目に入る。まるで漬物石を地面から持ち上げるような恰好だ。またちょっと歩いて判明するに女性は「老婆」と呼ばれるに十分ふさわしい風情であり、その貧弱な両腕で作った輪っかの中に紛れもなく犬がいる。それも老婆はこの犬に喋りかけている。

「たけ、歩かないと健康にならないよ」

大型犬ではないものの軽くはないはずだ。それでも老婆は己の股下で寝そべる犬に対し、その腹に両手を差し入れ、なんとか持ち上げようとしている。「せーのッ」と掛け声もう一つ、老婆なりに気張れば、今度はゆっくりと胴体が持ち上がり、両手足の先っぽもわずかだが地面から離れはする。けれども犬自体が問題だ。体はぐったりとハリがなく、両手足にも反応がない。だもんで一旦、地面に戻すほかない。

「たけ、歩かないと健康にならないよ、せーのッ」

三回目のトライだ。が、やはりだめ。犬の四本の手脚はただだらりと伸びきっている様子で、どの一本とて地面を踏みしめる意志が見えない。私は犬の表情が見たくなって、老婆の背後から前に回ることにする。

と、顔と頭が一緒クタになって、まずい。妙な膨れ上がり方をした顔が重いのか、頭が首根っこから地面に落っこちている。そして、うなだれた先でなんとか呼吸をしているといった有り様。

「へへへ」

私の妙な現れ方に老婆がはにかんだような声を出しては、

「たけ、歩かないと健康にならないよ」

怠惰な犬をたしなめているような言い方を繰り返す。

「おばあちゃん、お家を出たばかりですか」

「さっきよ、なのに、この子がどうにもダメ」

さすがに「犬がまずいですね」とは言えず、「なるほどなるほど」と答えておくが、この際、私の頭の中には近くの犬猫病院の存在がある。

「おばあちゃん、あの角を右に曲がったところに動物の病院があるでしょう?」

「ええ、ジュピターさん」

「そうです。年がら年中、狂犬病予防接種会場の張り紙を貼っているジュピターです。実はあそこで獣医をやっているのは私の姉なんです。よろしければ行ってみませんか。一昨日もいらしたんですよ。おばあちゃんのお犬さんと同じような顔をした犬が診察に訪れたんです」

ちなみに私には特に愛情を寄せる動物はいない。むしろ苦手だ。けれども事態が事態だ。ウソをより大事にせねばいけない。

「念のためです、念のため行ってみませんか。姉も真剣に診るはずですから」

「まいっちゃう。困る困る、この子ったら」

不景気な犬に感ける老婆に、こちらの提案は聞いてもらえていない様子。そこで老婆の注意を引くべく、スケボーの胴体をポンと一叩き、

「ジュピターに行くには、これが便利です。この板を使えば、犬にとっても、おばあちゃんにとっても楽なはずです、さあ」

こんなことを言ってはスケボーを地面に置く。と、老婆は「何かしら、それ」、反応が返ってきた。我がスケボーは長さ約八十センチ、幅約二十センチ、この不景気な犬に正しくちょうど良い。それに、こうも元気がなければ私が触ったとて抵抗を示すこともなかろう。「スケボーです。任せてください」と私はしゃがみ込む。嗚呼、辛い瞬間だ。そもそも景気の良い犬すらも苦手なのである。けれども私の頭の中に一匹の犬が、それも私のスケボーに興味を示したばかりに車に撥ねられ、びっこになった憐れなる台湾の犬が控えているのである。海を越えての贖罪だ。いよいよ両手を置かれた犬の下腹に入れる。嗚呼、温くて気味が悪い。冷えてもいなければ温かくもなく、この煮え切らなさが余計に気味が悪い。

そしたら今度は持ち上げねば。触れるならまだしも、犬を持ち上げるのは人生で初めての経験だ。こちらの歳月が揺り動かされている感じすらある。肋骨の凹凸の上を皮膚が滑り、ごりごりとした感触が手のひらに生じる。嗚呼、まだ持ち上げ切っていないというのに、うなだれている首から先が随分と重いのが伝わってくる。それから「せーのッ」と気持ちに勢いをつけ、息を止める。次の

瞬間、不景気な犬をスケボーの板にさっと移す。よし、圧倒的な成功だ。思わず気勢が上がって、「行きましょうッ」、快活な声が出てしまう。

有難いことに犬にはヒモが付いている。それにスケボー表面には滑り止めであるグリップテープが貼られていることだし、ちょっとやそっとで落ちることはないだろう。こうして私はジュピターー動物病院へとスケボーに乗せた犬を引いていく。この際、老婆の注意は犬ではなく、むしろスケボーにあるようで、こちらが微妙な方向転換をするたびに「あらら」やら「へえ、すごい」など繰り返す。

間もなく迎えたジュピターはこじんまりとしたサイズ。駐輪スペースすらもない。というより、自転車を置くはずだったであろうスペースにタイヤのないスクーターが四台も雨ざらしの状態で鎮座している。現在、待合室には誰もおらず。カーテンを垂らしていないからすっかり丸見えだ。自動ドアが開く。私はスケボーの両端を持ち、景気悪いこの犬を院内の上がり框に移動させる。この一連の動作音に奥から先生がやって来た。私は勢いそのままに「早く早く、診察室へ」と即席で険しい表情を作ってそのかす。するとプロはお手の物。うまい具合に病犬を抱き上げ、診察室へと持ち運んでくれる。

こうなると今度は老婆を急かす番である。

「おばあちゃん、ようこそいらっしゃい。どうぞどうぞ遠慮なく」

こんなことを並べ立てつ、スリッパの用意を最後に老婆と前後入れ替わる。では、さようなら。

妙なもので心の中で挨拶を送れば一仕事を終えた感がある。そう、映画を見終えたに匹敵するとでも言おうか。そうこうしているうちに映画よりもトイレに向かう必要が出てきた。

二時過ぎ、佐藤からの連絡だ。どんな薬でもいいから余ってたら頼む、とのこと。連絡は立て続けに三件だ。残りは日本語学校から採用の旨、はたまた父親から夢春師匠の高座日時のお知らせ。

三時過ぎ、言葉通りに佐藤がおいでなする。駅にして二つとは言え、気力、体力、財布のことを考えれば、来ないことを当然のように想定していたこちらとしては「よく来た」と言うしかない。

「映画どころじゃなかったよ。起きて外に出るまで一時間使うほど体がダルいんだから。薬、なんでもいいんでお願いします」

試しに未開封のダンボールを探れば、これが結構ある。なにしろ保険料の安いということもあり、こちらにいた時よりも何かと病院を訪れることが多かった。それゆえの数だ。そのすべてが聖馬爾定《サンマルティン》という嘉義市民御愛用の病院でもらったものばかり。

「はい、これ咳」「はい、これ解熱剤」「これ皮膚の」「痛み止め」

大した語学力でない手前、例えば「咳定康優膠囊」なんて薬名の文字列も発音できるのは「定」と「康」のみだ。「膠囊非炎」なんて読めやしない。ま、この際、大切なのは意味の方だ。

「なんでもいい、なんでもいい」

佐藤はオレンジの錠剤を七つも口に放り込み、自ら持参したペットボトルのココアで飲み込む。

それから「いやぁ助かった」と心の底から発したような一言と共に安堵の表情を浮かべてはカバン

の中をまさぐり始め、

「二ヶ月の家賃の滞納で訴えられて、裁判所から告訴状が届いたわ」

別段本人も驚いていなければ、男と付き合いの長い私も特に驚かない。

「ほら」

カバンから取り出した封筒の中から三つ折りの紙を抜き取って、私に見せる。確かに訴状の紙ぺらの上で佐藤は保証人である父親と共に被告となっている。

「で、それとは別件で今から小岩の裁判所に行かなくちゃなんないんですよ」

理由を訊くに、

「片耳イヤフォンで自転車乗ってたら警官に呼び止められて、それだけで近くの駐在所で裁判所に行く手続きよ」

佐藤が腰を上げ、玄関で帰る支度だ。ブーツに足を入れようとするも上手くいかず。結局息を切らしつつ、手を使う。片方のブーツの紐はほどけたままで先端などは潰れて、ざんばら。それを本日も佐藤は結ぼうとしない。ダブルのスーツなどは来た時もダブルのスーツなのだから帰る時もダブルのスーツである。それにしても区境を四つ越えての地方裁判所、一時間二十分で間に合うだろうか。こちらが五時の閉所を想定して心配をする傍らで、

「小岩にステッキの老舗があるらしい。キッカケもらわないと外出しないし」

佐藤は妙に楽しそうだ。ここで佐藤のケータイが鳴って、

「月島からだ」

メッセージは私にも届いており、そこに映画の感想がある。

「アンナ・カレリーナはやっぱりショートよりロングの方が可愛いんですけど、彼女が娼婦の元締めと会う場面の背景の壁がね、騙し絵みたいにカメラと同時に動くんですよね。どうなってるんでしょうね。さすがＪ・Ｌ・ロメール」

＊

それから数日が過ぎて十三日、行き交う通行人を前に池袋演芸場を背にして佇む父親の姿が目に入る。重さではち切れそうなナップザックを背負い、手には色の違うチラシを三枚携えている。午前の部の開場までまだ時間があるようだ。合流すれば父から提案があって、我々は演芸場から一旦離れ、近くの喫茶店に入る。

そこで注文を済ませるなり、父が話題にするのは、倅のうら若い彼女についてだ。実際に会ったことがあるというのも大きいのかもしれない。留学準備は予定通りか、成田に到着するのは何時頃か云々。関心ははっきりと濃い。

「もちろん、一通り揃えて、不便ないようにするつもりよ」

こちらが応えれば、

「その辺、しっかりやれ。スケボーしたいって言ったら貸してやれ」

父の目玉が我がマンデリンの表面でじろりと動く。これにはつい、

「もう乗れんのよ。わざわざ律気に習得してくれたのよ」

そう言いたくなるが、父の威勢を挫く必要もないので、「はは」と笑っておき、話を変えるべく本日の番組表を見せてもらう。どうやら夢春師匠は奇数日出演らしい。また、出番は中入り前ということだ。父が宣言するように、

「夢春さんが終わったら、楽屋にお邪魔しよう」

そうは言っても師匠は前座を抜いても八番目の出演で、あと二時間は先だ。こちらが迷っていると父は矢継ぎ早に比較的出番の早い演者の名を指差し、「この二つ目がだいぶ良い」と教えてくる。とは言え、こちらは発掘という楽しみは特に携えていない。加えて久しぶりの生まの落語だ。体力にも自信がない。途中で食傷気味になるのは寄席後の気怠さに繋がることもあり、正直避けたい。そんなことを考えている私に父が背負ったナップザックをそっくりそのまま寄越す。中身は母からの白米五キロだという。いやはや随分と頼もしい体力である。

十二時二十分。父と戻った演芸場で訊くに客入りは五割程度だという。出演者の顔ぶれを考えれば、中入り前にどどっと客が増えるとは思えない。

「一時間後にまた来るよ」

父にそう告げようとしたところ、こちらを察してか、「逃げるな」と戒めてくる。別に逃げるつ

もりではないわけだが、おかしなもので、この昔から聞いてきた口癖を聞き流すには紐の細いナップザックに入った五キロの白米は、ちっとは重くもある。というわけで久しぶりの生まの寄席である。最後に訪れたのは七年前、腰骨骨折明けの佐藤とまだ現役の川柳川柳《かわやなぎせんりゅう》を聴きに来たのだった。

開演時間を迎え、緞帳が上がる。

前座を除いた最初から五人目までの演者はどれも初めて聞いた名だ。四番手に出てきた父親の推す二つ目は確かに悪くない。ただ六人目の演者を前に私は手洗いに向かい、漫談を耳にしながら十五分を小便の時間に費やし、次の三遊亭上遊の出演時間をロビーで過す。幕間に席に戻れば、桂冬丸の代演で三遊亭遊百が八番目の高座に上がり、得した気分にもなる。

父親は横で前席の背もたれに付いたテーブルを広げている。手元には小さいメモ帳だ。そこに本日の噺家名、演じたネタばかりではなく、元教師の性分か、自分なりの感想一言と「○」や「△」といった評価までも書き込んでいる。そんなメモ帳を昔からいくつも見てきたこともあり、息子の感想は「よくやるよ」程度だが、妙に笑えるのは父親の感想とこちらの感想がよく似ているということだ。

そしてようやく夢春師匠である。

鳴り始めた出囃子は初めて耳にするものだ。考えてみれば夢春師匠の高座を聴くのは初めてなのである。師匠が姿を見せるなり「待ってました」、右手の方で声がかかる。師匠が座布団に座り、お辞儀をする。その際の高座に手をつく両手は、指先まで伸ばしたものではなく、拳を握るタイプだ。

「へぇ」

新しい発見に、そんな感嘆詞が口から出かかった瞬間、

「たっぷりッ」

過剰な程威勢を持った声が真横から上がって私は右にのけぞる。つい父親を睨むも、その眼差しと両耳は高座にのみ向けられている。肝心の師匠はマクラにて、今では誰もやらなくなったネタです、と前置きした後、『出世夜鷹』なるネタをやると先に言う。

「この噺、実に面白くないんです」

五割五分ほど埋まった客席がクスリと反応し、隣では父が「やった、やった」と小声の独り言ながら唾を飛ばすほど喜んでいる。

二時から二時二十五分。結果的に夢春師匠は二十五分もの熱演となった。で中入りだ。私より先に立ち上がった父親はもう客席に戻るつもりはないらしく、荷物のすべてを手にしている。「おい」と父に急かされ私も立ち上がる。小さい客席を出て、狭いロビーを抜け、奥へ十数歩進むと楽屋がある。ただし、父は楽屋の三歩手前で足を止め「五分待とう」、師匠の着替えの間を考えている。

「お前、よく見たらスケボーか」

「こんな大きいんだから、うっすら見ても分かるでしょ」

そんな風に応えるも私は私で父が右手から菓子折りを下げていることに今になって気が付く。それから五分どころではなく、十五分だ。父がようやく「すみません」と楽屋にかかる暖簾を前に控えめに挨拶する。これに頭を丸めた前座さんが顔を出す。父が名を名乗って要件を伝えれば「少々お待ちくださいませ」、一旦引っ込んで、間もなく、シャツとジーンズ姿の師匠が登場する。

「これはこれは、はるばるお越しいただきありがとうございます」

「どうもご無沙汰しております。今日は余分に息子も連れてきています」

私は頭を下げる。

「これはこれは」

師匠が早速、楽屋に上がるよう言ってくださる。まず靴を脱ぎ、足を踏み入れ、「どうも、失礼いたします」、我々は挨拶を口々に会釈。今度は座布団に腰を下ろす前に膝をつき、正座で挨拶。そこに「どうぞどうぞ、ぜひ足をお崩しになられてください」

師匠の丁重な促しがあって、私たち親子は座布団に足を崩して腰を下ろさせていただく。と、重い声で「おい」、これに若い声が「はい」、師匠は自身が座るはずの座布団を前座に命じて、片付けさせる。前座の動きが心配になるほど機敏だ。そんな前座を傍目に、

「座布団があるとかえって下半身が辛くてですね」

師匠が父に説明を加える。そしてまた前座に顔を向けると、

「これ、私のバリアフリーって覚えておいて。他の前座にも言っておきな」

「承知いたしました」

この前座と入れ替わるように今度は「お茶が通ります」との一言と共に別の前座がやってきて、

「お茶でございます」

お茶を丁重な動作で置いていく。これが去ったタイミングで父が師匠に手土産を渡す。

「つまらないものですが」

師匠は師匠で、

「まあまあまあ、佐々木さん、構わないでくださいよ。そうだ。忘れる前に言っておかなくちゃ。

先日は大変おいしいお米をありがとうございました」

「いえいえ、大したものでもなくて、お恥ずかしい。こちらこそ御丁寧なお手紙をわざわざありがとうございました」

「でぇ、今日は息子さんとご一緒なんですね」

「それがですねえ」、父がこいつに話させんと目線をこちらに寄越す。なので私はようやく、「改めましてご無沙汰しております」、次に「父がお世話になっております」、それから「その節はお世話になりました」

すると師匠が「そうだ、そうだ、そうだ」と大事なことを思い出したような口ぶりで連呼する。

そればかりか目元に皺を寄せ、心配そうな口ぶりで、

「どう？　台夢《たいむ》、元気してるのかな、今」

気持ち首を傾げ、私に問うてくる。しかも、こちらの答えを待たずにすぐ自ら言い継ぐ形で「いやぁ、昨年の療養中もね、なかなか思い出すことが多かったんですよ、彼を。特に六、七、八、九と暑くて水っぽい夏にね」「なんで帰ることになったか結局、訊けず仕舞いだったなぁ」「それにしても彼は元気かなぁ」

これに父が「ええ」やら「そうでしたかぁ」やら反応する。

「そういえば、師匠から昨年頂いたお葉書の中に奥日光のものがありましたね、確か八月ぐらいのお葉書でした」

「そうなんですよ、あの時は家内とあちらに羽を伸ばしに行っておりましてね」

私は目の前のお茶を啜らせてもらう。それにしても師匠の問いかけが意外だ。確かに私がこうして父親にお供する理由には許壽一にまつわる出来事への仮初めの謝罪が含まれているという認識がなくはない。けれども、どちらかと言えばむしろ「知り合いの落語家のいる寄席の楽屋を訪れる」という——父本人は無自覚だが、子にしたら容易に見え透く——父親の悦に付き合っている感覚だ。つまりは師匠も気にしていないことを、わざわざ倅の不始末として受け入れ、倅を寄席の楽屋で謝罪させるという寸劇に参加してやる。よく言えば親孝行というパフォーマンス。だからこそ私は、師匠の気持ちのこもったような許壽一への関心ぶりに思ってもみない意外性を感じる。実を言えば師匠の頭に許壽一が存在しているなんて想像もしていなかった。

中入り終了のブザーが鳴り始めた。下座さんたちの演奏で三味線と太鼓の音が鳴る。畳を六畳横並びにした狭い空間の中に先程から我々以外のもう一方《ひとかた》がおり、この鏡味顕二郎師匠が高座に向けて私の横を畳目に沿いつつ、滑るように過ぎる。ものの五秒で「よろしくお願いします」という前座の声、木戸の滑る音と共に、一続きとなった空間の向こうから拍手が聞こえてくる。

ひとまず、である。先程の師匠の問いかけ方で分かり得たことは一つに、師匠は少なくとも壽一のことを気にかけていること。もう一つに、許壽一は正式な入門というわけでもないのに、「台夢（字面を訊ねるまでもなく、この漢字二つに違いない）」という名をもらっていたこと。この二点である。それはつまり二人のコミュニケーションが少なくとも単なる言語の交換のようなものではなかったということであるだろうし、許壽一は師匠に何かしらの痕跡を残しているということだ。

こう考えると自省が芽生えなくもない。二年半前の私はとりあえず父親経由で師匠に橋だけ渡したきりだ。今になって、許壽一と師匠の関係の始まりにほとんど関心を注いでなかった気がしてくる。全員にとって良い思い出づくりになるなぁ、その程度に思っていたに違いない。

それは例えば許壽一が自分のクラスの学生ではなかったからだろうか。許壽一のクラスが第一校舎で私の授業があるクラスが第二校舎だったからだろうか。はたまた許壽一のクラスが午前授業クラスであり、私の担当クラスが午後クラスだったからだろうか。いやはや分かりかねる。

目の前では後期高齢者間近の二人は健康談義で盛り上がっている。父の健康法に師匠が「おお、そうですか」、聞き手話し手が変わっても同じようなやりとりだ。それゆえに私はタイミングを計って、

「師匠ッ」

「はいッ」

「ちょっとよろしいでしょうか」

頷く様子が許壽一の情報を待っているように見えるのは気のせいか。

「実は私も私で彼の現状が分からないのです。大変不義理で申し訳ありません」

「いえいえ、とんでもない」

「同じ日本語学校に所属していた身ではありますが、彼と私のいる校舎がそもそも離れておりまして」

私はそんな言い訳を口にし、また、

「師匠をご訪問させていただいたのが七月、そして八月は学校が夏休み、私はその一か月間は短期留学の学生を相手に過ごしておりました」

奥から高座を務め上げた鏡味顕二郎御師匠が戻ってきた。お後はどなただろうか？　お、萬太楼師匠ではないか。いやいや、それどころではない。

「それから九月になったわけですが、十月は台湾に行く一か月前ということもあり忙しく、学校は月末数日前に辞めまして。台湾に行ったら行ったでこれまた忙しく」云々。

鏡味顕二郎師匠は間違いなく八十を過ぎているはずで、なおかつ今さっき、和傘をぐるぐる回転させいたはずなのに息の上がっている様子がない。にもかかわらず私は言い訳でへろへろになりかけている。

「あれは十一月二十六日ですね、父から許壽一が辞めたという電話があったのは。はっきり覚えております。なぜ日付まで覚えているのか、と言えば、それが選挙の前前日だからです」

「ええ」

「わたくしのいた街は嘉義という台湾の真ん中よりやや南に位置する街でございました」

「ええ」

「十一月下旬とはいえ、気温がまだ二十五度を上回るほどの晩の十一時、わたくしは部屋を出て、新榮路《しんえいろ》にございます開業七十年の映画館の前を通り過ぎ、民族路《みんぞくろ》へ出たのでございます」

「ええ」

「夕飯時までは交通量も多く、にぎやかな民族路も十一時となるとバイク用の車線を含めた片道二車線が閑散としております」

「ええ、ええ」

「そんな民族路を東へ向かうわたくしは右に文化公園を過ぎ、国蹟の廟のある、ま、日本で言うところの神社ですね、呉鳳北路《ごほうきたろ》との十字路も越え、大雅路《だいやろ》を目指します」

「ええ、ええ」

「ちなみにわたくしはスケボーで移動しております。深夜のスケボー散歩と言ったところです」

「ええ」

「ところが背後に阿里山《ありさん》の控える嘉義の街。平坦な民族路が阿里山の裾野も裾野に至る時、坂の始まる十字路で民族路は大雅路と名を変えるのです」

「なるほど」

「何を隠そうわたくし、この大雅路を上がって行きたい。片道三車線になったこの道をひいひい言いながら右足で地面を蹴り、スケボーをなんとか滑らせます。スケボーに乗せたままの左足は体重に耐えつつ、バランスを取らなければなりませんから疲れるのなんのって」

「なるほど」

「それでもわたくしは諦めません。坂の中腹にある大きな夜の病院にビビることなく、友人のバーに脇目もふることなく、やはり上っていくのです。それから十分ほどでしょうか、それまでは檳《びん》榔《ろう》の店、コンビニ、バーなど明かりがなくはなかった通りから、俄然、明かりが消えて行くのです。左右に並ぶ、台湾特有の縦に細長い民家はどの家も就寝時間を過ぎた様子。民家の並びが途絶えた頃、左手に深夜の押し黙っている軍隊の基地が現れます。無論、暗く、奥行きがあるせいでこれがなかなか怖い。そこを過ぎたら過ぎたで、今度は右手に蘭潭池《らんたんいけ》という名の広大な湖が臨めるようになります。師匠、こちらの湖、雨の極めて少なかったある年の夏には水位の下がった水底にいくつもの墓石が覗けたそうです」

「おっと怖い」

「さあ、これからです」

ここで私は崩していた足を直して正座だ。

「その湖を臨める位置、ここから私はスケボーで来た道を下ります。道を斜めに横切るのです。センターラインを越え、右車線の深いところ、要は一段高くなっている歩道ギリギリのところまで行ってカーブを試みたりするのです。これでまた背後に気を付けながらまた左車線に向かいます。で、また左から右にカーブ、等速直線運動を左に右に殺しながら、バイク用の車線を合わせれば、全六車線の豊かなスラロームを繰り返すわけでございます」

「野良犬なんていないのかしら」

「よくぞ聞いてくれました。おります。おるのです。困ったことに、この大雅路には五匹の野良犬の一団がいるのです。それも嘉義高校の正門傍のバス停。そのバス停の脇の木々の茂みから急に現れたりしてくれます。ある日のことです。坂の大雅路を上がっている深夜でした」

「それはさっきの上ってた道ですよね?」

「あ、その通りでございます。さっき上っていって、今滑り下りている道です」

「日にちは別だよね」

「失礼しました。そうでございます。十一月のある日を想起している途中に犬を巡って別の日が思い出されたというわけでございます」

「オッケー、オッケーです」

「深夜、大雅路の右側をこの日もスケボーで上がっていたのです。この通りは上り始めと先程お話しした湖が見えてくるあたりが随分と暗いのです。車のタイヤにあたる私のスケボーのウィールは材質が柔らかいこともあって、走っていてもそこまでうるさくはありません。むしろ静かであります。ですが、どうでしょう。先ほど、お話しした野良犬の一団に見つかってしまったのです。なぜか分かりませんが日本でも台湾でもスケボーを見るなり、犬は反応が激しくなります。ましてや、この時は野良犬。三車線を挟んだ向こうから、こちらに向かってやって来るではありませんか」

「おお、それはそれは」

「まずいッ。そう思ったわたくしはスケボーを下りて、手に抱きかかえたのです。すると次の瞬間、センターラインを越えたばかりの一匹の犬が急に興味を失ったのか、突然回れ右をしたのです、ところがどうでしょう。この時、上から車が一台やってきていました。この車にドン！　犬が振り返った瞬間に車の側面にぶつかってしまったのです。その衝撃音に、きゃんという甲高い叫び声、ぶつかった衝撃で犬の体は歪な回転を三回いたしました」

「あれ、それは大変だ」

「犬は五秒ほど呆然とした後、なんとか立ち上がって、後ろの右足でびっこをひくような歩き方で再度、仲間たちと合流し、茂みに消えていきました」

「ああ、よかったあぁ」

「死なずには済んだかも知れませんが、わたくしの心持ちはめっきり重く冷えました。今でもあの犬を思い出すことがあるほどです」

ここでふと気づいた。私は何を話しているのだろうか。好きな街のことだから、ついつい興に乗ってしまうとはいえ、これではトイレに駆けこむ寸前に要件をまくし立てているようだ。

「師匠、話が長くなって、申し訳ございません」

「いえいえ、どうぞ続けてください。私は聞き上手ですから心配なさらず」

「これは有難き幸せ。とにかく下り坂をスラロームで滑りおりたわけです。それで今度は坂のもとの十字路を民族路に戻らず、右に折れまして新生路《しんせいろ》を滑って行きました。その通りを二百メートルほど行ったところにありますのは、この街のメインストリートである中山路《なかやまろ》でございます。ただし、新生路と交わる地点は、嘉義駅を始点にした中山路の終点とも言える嘉義公園のそば。ですから私は今度は駅に方、西へ向かってみます。道の両端には随分と高さのある電灯が等間隔に並んでおり、ナイター感覚であります。それに中山路は見通しが良い分、寝静まった街の、七万人の嘉義の、ガラ空きの風情が際立ちます、これがまた雅」

「ほうほう」

「それから新生路との十字路から六つの大小の十字路を過ぎると左手に市役所があったりしますが、そこを通って呉鳳北路との十字路を」

「あ、さっきも横切った道だ」

「おおお、その通りでございます。それから呉鳳北路との十字路を過ぎますと、進行方向に何やら一体の像が見えてくる。中山路は商業の通りですから、数多くのお店が立ち並んでおります。昼間でしたら中空に目立つのは左右に立ち並ぶビルから横に突き出た漢字だらけの看板です。ただ深夜ともなると、そういった様子は鳴りを潜め、もっぱら、球を放ったピッチャーの像ばかりが際立ちます。これが、まあ大きい。その像は五本の道が交わる叉路、その中心に円の形をした噴水があり、噴水の真ん中に屹立する形で立っているのです」

「野球の街なんですか」

「よくぞお判りで。それについては後ほど話させていただくとしまして、いざ、その横をすり抜けます。すると嘉義駅が遠くに見えてきます。平坦な中山路をやはり車が来ないことをいいことに左右にスラロームです。いつもそんな感じでスケボー散歩をしているわけです。ただ、です。この日は中山路を滑りながら、ふと気づいたことがございました。というのは今から七十年以上前に台湾の各地で同時多発的に起こった事件がございます。それは当時の国民党が一般市民を弾圧、虐殺した事件なのでありますが、嘉義にてその事件が起こった時、駅前で不当にも銃殺された方々がおりまして、その方々が縄をかけられ白昼、連行された道こそがその中山路なんです」

「えええ」

「それをふと思い出して、わたくしはなんとなくスケボーを下りたのです。ちょうど中山路と民生北路《みんせいきたろ》の十字路手前でした。そしてスケボーを手にてくてく歩き始めると目の前を横切る民生北路の右も左も通行止めとなっていたのです。実質遊歩道状態と言えましょう。更には、そんな路上に何やら大変重厚なフェンスのようなものが置いてあります。気になったので何かと思って近寄ってみたところ、頑丈な支柱をもったバリケードなのです。高さも幅も二メートルもあろうかというほど巨大です。有刺鉄線は決して形だけのものではなく、鋭利な刃も付いています。試しにバリケードを数えれば、横に二メートルもあろうかというバリケードが五十以上もあるではありませんか。ただ、それはすでに配置済みというより、これから配置するためにそこに準備しているといった様子でした。実際のこのバリケードは次の日、つまり選挙の前日のためなのです。その日は選挙に立候補している候補者たちの最終演説ならぬ最終パフォーマンスがピッチャー像のある噴水の周りに集まり、支援者たちと一緒に自分の名前と番号をとんでもない爆音で連呼するのです。バリケードはその際、中山路を左と右に分断するように車線のセンターラインに沿って並べられておりました。二大政党の支持者、支援者たちの衝突を防ぐためであります。それはそれとして……」

まったく何をべらべらやっているのだろうか。まるで自分相手にしゃべり倒しているようではないか。それも自覚が芽生えたのは随分前だ。そもそもスケボー散歩の始まりから話し出したのが間違いなのだ。それにスケボー同じく、進むほどに口先が興に乗ってしまうのだからタチが悪い。いや正直に言えば師匠の相槌にどっぷり甘える形で話したいだけ話していたんです。「まあ、この際もういいや」というように。さて、いい加減に当時の推察をお伝えしなければ、

「バリケードを近くから眺めながら思ったんです」

「ええ、ええ」

「台夢は投票のために帰ったかもしれない、と」

最初からこの一言で良かったはずである。済んだはずである。

「あああぁ、そういうことですかぁ」

「実際に日本語学校では、台湾から来ている留学生たちは選挙のある度、多くの学生が国へ戻ります。総統選、統一地方選関係ございません。わたくしの以前勤めていた日本語学校の会長は八十代の台湾籍のおばあちゃんですが、この方も戻るほどなのです」

「いやぁ、知らない事情というものが、たくさんございますなぁ」

「それもごくごく平然と、です」

師匠は「はあぁぁ」と感心したような声を漏らす。

「いやぁ、考えてみるにつけ、いつもは『ありがとうございました』と言う台夢が、その日に限っては『たくさんありがとうございました』なんて言っていた気がしましてね。普通、たくさんありがとうございました、なんて言い方なかなかしませんでしょう。だからこそ、先ほど、気がする、と言いましたけれども、多分、実際に言ったんですよ。今となっては理由を訊ねなかったことが大変惜しい思いです」

台夢の自己完結的な言い方か。どちらにせよ、急にいなくなったならともかく、しっかり礼は言っているわけだ、なるほど。

「だいたい、うちの弟子たちが気が利かない連中ばかりでしてね。フタを開ければ連絡先を聞いた者がいない。困ったもんです。実はですね、台夢は四か月とは言え、毎週土曜日、欠かさずに通ってきました。その間に、日常会話もままならないというのに日本語だというのに噺をすっかり二席も覚えましたから大したものです。意味は自分でパソコンを使ったりなどして調べていたのかな。所作等はさておき、とにかく覚えましたよ。その点ははっきり言えますね」

感嘆している父の横で私は師匠に対して訊きたいことが一つ浮かんだ。台湾語落語は完成を迎えなかったとしても台湾語の単語の一つや二つ覚えたりしたのだろうか。俄然、興味深い。

「師匠、大変恐縮ですが」

師匠はこちらの質問を最後まで聞いた後、崩していた足元を正座に作り直し、構えた。そして次の瞬間、

キナリヒョウクンリソーイランヅォホエキチンスイサライキィビョウレェバイバイ

環境上控えめな音量だが一息で台湾語が随分と出てくる。それも声調による起伏が細かければ威勢もいい。それゆえ何かにぶち当たったような熱のある音が入り混じる。

ボエガアションスイエサァテツラエ

「ハキネ、ハキネ」

「アバァ」

「ア、インナァドゥンダヤ、ヤ、ヤ、ま、こんなところでしょうか」

「おおお」高座中の手前、拍手は無しだが親子揃って確と唸る。師匠は恥ずかしそうに笑うが私の驚きは腹から湧いている。これでは現地で耳にするものと同じではないか。父が感嘆の只中にいる倅をさておき、

「ああ、なんと素晴らしい『初天神』でしょうか」

「おお、さすが佐々木さん」

「いやいや、勘ですよ勘」

師匠の示した感心に父は喜びを隠せていない。それより師匠はこの続きをどこまで覚えたのだろうか。見事な台湾語に更なる興味が湧いて来る。『初天神』はマクラなしなら十分ほどの噺なはずだが。

「五分の一と言ったところでしょうか」

師匠が教える。

「なるほど、いやぁ、全部聴いてみたいです」

「機会があれば、お客様の前でやってみたいですね。何しろ日本語以外で落語なんて私とて初めてですからね。初めてはきっと良いものですよ」

私たち親子は揃って「ええ」と反応。

高座が終わったらしい。客席から拍手が聞こえ、囃子が鳴る。萬太楼師匠と入れ替えに存じ上げない師匠が高座へ。出囃子が鳴る中、師匠と父は飲み出るということで話をまとめている。

というわけで私は一人お先に失礼。寄席の奥から階段を上がって地上に出ると空気が妙なほど新鮮に感じられて、これを吸っては吐き、吸っては吐き、昼下がりのロマンス通りを背に池袋駅前を横切る。芸術劇場が西口公園共々新しくなっている。おまけに何かイベントがあるのか、広場には結構な数のパイプ椅子を並べた光景が見られる。太陽の下で銀色の集合体が妙な光沢を湛えた一帯だ。その向こうでは一角に集う植樹の葉の群れが揺れている。落語の前後で帰り道が向かい風に変わったようだ。

やはり電車で帰ろうか。落語と楽屋で座り疲れたせいか、どこかに座って休みたい。それに楽屋の外に立てかけていたこのスケボー、裏面の泥汚れを前座さんが拭いてくれたらしく、すぐ乗ってしまうには惜しいほど様子が良くなっている。更には背中に五キロの白米だ。私は結局、楽を選んで途中を省き、電車に揺られて間もなく最寄り駅の北口に降り立つ。

あとはアパートまで一方通行路を行くだけだ。再入居となるアパートの名は清水荘。公道から一本入り、住人だけが使用する小径には左右に植物が植わっている。これが突き当たって右にあるのが第一で、左が第二だ。二軒とも大家である清水家の敷地内にあるため番地も同じ。この清水荘に住んでいたのが台湾へ越す前の十三年。それでまた今月から清水荘の住人というわけだ。改めて聞いたところによれば築年数は六十年だそうだ。その月日を踏まえて眺めれば、奥まったところで随分長く息を潜めていた様子に見えてくる。いいじゃない。傍で立ち小便したら画になりそうだ。

*

次の日の昼下がり、スケボーで大根をおろしているところにノックあり。ドアを開ければひょろりと突っ立つスーツ姿の月島がいて、真っ先に伝えてくるのは来月をもって閉園するという近場の遊園地の話だ。

「フランスだとこういう場合、文化保存という方向で歴史ある遊園地は守られるはずなんですよ」

「へえ。お前、あの遊園地行ったことあるん？」

私が訊けば、

「ふぁっふぁっ、バカ言わないでくださいよ、行かないですよ、子供っぽ過ぎますよ」

月島は失笑する。

「じゃ、お前が半ばディスる遊園地をフランス政府は文化とみなして遺産扱いするわけね」

要件を聞けば、今晩に発表を控えるフランス語の自己紹介を聞いて欲しいとのこと。こちらの返事を聞くなり、月島は「ではまた」とニヤけた顔で帰っていく。外階段を下りていく月島の足音が何歩で消えようと興味はないが、語学繋がりで私は師匠の台湾語を思い浮かべる。台湾語を耳にするのを心地良く感じる者として、それがネイティブと変わりなく聞こえたのは確かだ。もちろん台湾語が話せる台湾人が聞いたら、どう反応するか私には想像つかない。けれども師匠の口から出てきた台湾語は、「台湾語が上手い」と同じ台湾の人から褒め称えられる台湾人の口先同様に走っていた。弾けるようにも聞こえるが音調は決して軽くなく、むしろ厚みがある。抜けた音がなく、どれも耳にずっしりと来るほど勇ましい。かと言って、うるさいわけでもなければ、大人しいわけでもない。極めて活動的であって、それでいて潔さがある。そして——素敵な台湾語を聞いた時の私の感じ様だが——口から出てくる言葉に栄養が含まれている、ような印象を受ける。

三時にまたノックがある。おいでなすった月島は先程にも増して念を押すように「お願いだから発表の予行練習をさせて下さい」、こっちはちょうど玄関脇のトイレの中で、わがままな膀胱に手こずっているものだから窓の外に向かって、

「はいよ、暇だからな、確実に行くよ」

月島はきっとニヤけた顔で踵を返したはずである。外階段を下りていく月島の足音が何歩で消えようと興味はないが、音の聞こえているうちに一つの話を思い出す。昨日、師匠と飲みに行った父が夜になって電話を寄越した。父が師匠の口から聞いた話によれば、なんでも台夢がきっかけで一人の弟子が破門になったというのだ。

事は先ず台夢が消えたタイミングと軌を一にする形で師匠宅の稽古部屋から備え付けの座布団とめくりがなくなっていたに始まる。それを一等年かさの前座が気づき、台夢がホシであるかのごとく師匠に告げた。けれども師匠は特に気にも留めず、——台夢が実際に持って行ったかはさておき

――「ありゃ私がやったんだ」と伝えた。本来ならこれが事の終わりを示す師匠の言葉であるはずだが、前座は尚も責める口調を交えながら台夢にまつわりねちねちとごねたらしい。

その態度に師匠は、

「仮に座布団を持ってってたところで、めくりも一緒くただろうが。落語をよく分かっているというふうになぜ解釈できないッ」

そんな風に言ったらしい。正式な弟子が門外からやってくる者への小言のせいで破門になるなんて本人もさぞ無念だろうな、というのは父の苦笑まじりの感想であるが、そんなエピソードを踏まえつつ、昨日の壽一に対する師匠の関心を思うに、師匠に壽一の続報を持って行ったら喜ぶに違いない。きっとそうだ。

夕方、私は言われた通り月島の部屋に向かう。久方ぶりである月島の楽屋はタバコの匂いがより濃くなっており、狭い空間の中央に鎮座する長机の上にはフランス関係の書物と食べ終わった惣菜のトレイが等量に積み重なっている。

遅れて佐藤がやって来ると月島は佐藤のためにお好み焼きをこしらえる準備だ。どうやら食い物で釣ったらしい。これを「助かるわぁ」と薬を呑むように佐藤が平らげれば、お次は内ポケットから繁体字をまとった錠剤を取り出し、食べるように呑み込んでしまう。これでタバコに火をつけたなら佐藤は事足りる。

さて、独演会の時間だ。月島の厚めの唇が上下に離れ、私と佐藤は耳を澄ます。いやはや、のっけから耳慣れない声域だ。予行練習とはいえ、余所行き前提ということもあって緊張しているのか、声が普段より輪をかけて高い。そのせいでフランス語云々より、聞き慣れない月島の声の方が際立ってしまう。痙攣しているようで体内に響いてくる声だ。そんな声で繰り出されるセンテンスの数々は自分の紹介の割に作家やら映画監督やらの名前をたらふく含んでおり、これがかなりの割合で固有名詞を取り違えている。おまけに詩の朗誦まで挟んだりしている。それも試みが大胆なことを本人も自覚してか、声が震え始めもする。まるで自己紹介に何かを賭しているかのような有り様で、こちらも緊張を強いられる。

「ありがとうございます」

詩の朗誦が終って後、月島はお辞儀をするが、これが私たち二人に対するものなのか、予行練習の一部なのか、よく分からない。とりあえず拍手を送ってみるも、

「拍手なんかしてないで早く行きましょう」

移り身素早く真顔で急かして来やがる。

というわけで日の暮れ始めた時間を南に向かう。スーツにお父さんのお下がりのスニーカーという出で立ちの月島が軽快さのないスキップで五歩先を行く。同じくスーツの佐藤は早くも息切れの様子。そんな二人の背後で私は手頃な石ころを見つけ、これを月島に向けて蹴ろうと試みる。それも八回だ。けれども、どうにもこうにも空振りばかりで上手くいかない。以前なら五ミリ程度の小石ですら地面に靴底を掠らせることなく、つま先だけを当てられたというのに、どうしたことか。

一センチもの石にすら掠りやしない。空振りを繰り返していれば区境でもある通りが目の前だ。左に右に走り去る車はどれもヘッドライトが点いており、横断歩道はこちらから向こうまで波打つぐらいタイヤに擦れて摩耗している。信号が青に変わり、この波打つ区境をすたすた渡る。対面にはマクドナルドがあり、その脇の道を抜けると白けた住宅街が始まる。通りに人の姿もなければ、家並みからどんな生活音も聞こえて来ず、どんな匂いにも掠らない。全体的に殊更のっぺりした空間になっている。それは今しがた通過した小さな公園とて同じく、存在するのは相互に連結し合う鉄の棒ばかり。ただ、その公園にトイレがなかったことで気付いた。幾度も歩いているこの地域にトイレの在り処を思い出せないのだ。すると見覚えある周囲もなかなか不慣れな視界に変わるから不思議だ。

やがてちょっとした高台に建つ、日暮れ間近の校舎が見えてくる。大学にしては高校のようなサイズで随分とこじんまりとした風情だ。月島がスキップを止める。こちらを振り返り、

「母さんに聞きましたけど、佐々木さんが送ったハガキ、やっぱりまだ父のところに届いてないらしいです」

そう言ってまたスキップを始める。ここから上り坂が始まり、我々は表の正門に回り込むような坂を学校の外壁に沿って上がっていく。

月島の足元は父親のお下がりのスニーカーだ。その父親と言えば、人間の脳にも将来にも良くないお薬を売って今は塀の中である。そんなお父様宛になんとなく送ってみた私の寒中見舞いは四か

月経った今でも届いていないらしい。はて、どんな絵葉書を使ったか。思い出そうにもイマイチ思い出せないが、送ったことには送ったはずだ。もしかすると刑務所自体が航空便は受け取り拒否なのだろうか。そりゃそうと大学に到着だ。正門前は現在学生の往来は少なく、門脇の守衛用の個室だけが妙に明るい。正門を通過して間もなく佐藤が口を開く。

「お前のフランス語が素晴らしいのは分かってるから、ここで待つよ」

月島は満足そうにニヤッと笑って「では」、律儀に講座の行われる建物と教室番号を言い残して離れる。そしたら残った二人でキャンパスの隅っこにある建物脇へ移動する。無論、佐藤が座っての休憩を所望するゆえ。よれば、私が台湾へ行って以来、生活圏がより縮小したらしい。息を整えるように呼吸するもなかなか落ち着かないのは、そのせいか。だいたい、タバコを探るために内ポケットに入れた手がポケット内で休憩したままなかなか出てこない。

「最近、月がダブって三つに見えるんだよ」

姿勢そのままに佐藤が言う。

「二つじゃなくて三つか。もう三つか」

こちらが訊き返せば、

「いや、ほとんど四つよ」

そんな答えだ。だもんで私は同じ身体に類した話で返そうと、

「俺は膀胱。最後の性交以来、膀胱が変なんだよ」

けれども佐藤はこちらの話に反応せず、

「おかしいなぁ、実は五つなんだなぁ。けど五つってはっきり分かってるってことはダブってないってことなんだぁ」

首を傾げたまま独り言のように呟く。

完全に日が暮れて、もはや夜だ。正門からキャンパスに一人、また一人と入って来る。市民講座に参加する方々なのか、平均年齢が大学生より明らかに高い。

着信音が鳴り出し、佐藤がポケットからケータイを取り出す。そして息んで立ち上がると「もすもす」、まろやか過ぎてかえって気味の悪い鼻母音を残し、より奥まったところへ姿を消す。佐藤の肩幅が相変らず青森県の形をしている。それも左右対称ではないところに見事なリアリティがある。親父さんは五所川原でラグビーと柔道を両立していたというから佐藤の肩幅も伊達ではないだろう。

佐藤は三分そこらで戻って来た。電話はお姉ちゃんからのものだったらしいが、そんなことより、と忠告を寄越す。

「台湾の、その人を探し捜しなさいよ」

なるほど。道中に私が話した寄席での話を受けてのことか。こちらが相槌を打ったそばから佐藤にまた着信だ。今度は「二番目の姉から」の電話らしい。立ち上がると、「もすもす」、お姉ちゃんに応じながら奥まったところへ引っ込んでいく。

ひょっとすると佐藤の二人のお姉ちゃんも肩幅がたくましいのだろうか。仮に佐藤の右肩と左肩がぶつけ合わせたりできたなら、さぞや大迫力に違いない。だとしたら、姉二人と弟で肩をぶつけ合わせた暁には家が揺れるに収まらないだろう。そこにお父さんも加わったりしたら……それにしても肌寒い、春先にTシャツだからだろうか、はたまた尿意のせいか。有難いことにトイレはすぐそこのD館とやらの中にあるらしい。素通しガラスの入口向こうに男女のロゴがぼんやり見える。在り処が分かって歩を進める安心感よ。D館の廊下もこちらを迎えてくれているように滑らかで心地良い。これでトイレの個室に入ったら予めウォシュレットのボタンを押しておく。こうすると放水に釣られた膀胱が騙されて尿を押し出すような気がする。が、しかし、目論見は外れる。結局は煮え切らない出の悪さなのである。これはもう仕方ない。私は時間潰しがてらポケットをまさぐり、取り出したケータイでフェイスブック上に「許壽一」を探してみることにする。

なるほど。確かに——ザイの言った通り——これが結構な数だ。試しに下に下にとスクロールを繰り返すも終わりが見えず、キリがない。だいたい登録名と表記名が違う人間も多ければ、名前の横にある正方形のアイコンは何も人の顔とは限らない。

私は覚えている。数年前に聞いた「壽一」という名の由来は有名な詩の一節であった。ただし、教えてくれたのは「許」ではなく、現在は羅東《らとう》で漁業を継いでいる「郭」壽一である。こちらの壽一はある時、中国語で「蛤蜊湯《グーリータン》(蛤のスープ)が好きだ」と言った私に、それじゃ格好悪いから台湾語で「ハァマァタン」と言えと促した。

「おお」

思わず声が出た。いや、別に尿が出始めたからではない。ケータイの画面に一等長い名前が現れたからだ。名前は検索結果の表示画面では収まりきらず、最後の一字は「…」となっている。だいたい字面も妙に仰々しい。是什麼《スーシェンマ》(何これ)? 私は物珍しさに釣られてタッチする。

と、どうだ。

「台灣阿一世界」と始まった名は続いて「偉人財神文化神総統」。それはかりかまだ続いて「三」、「笑」、「亭」、なんと「台夢」! これはこれは、おでましだ。「待ってましたッ」、つい叫べば、釣られた下の私も溢れ出す。

とにもかくにも我發現了《ウォファシエンラ》、第二幕の幕開けです。

＊

三月二十四日、私は父の運転する車に乗り、群馬から成田空港へ向かう。無論、ザイを迎えに行くためだが、当初は東京から私一人の予定が、父から連絡があり、「学校が始まるまで時間があるだろうから、それまでこっちにいなさい」云々、父がお供を希望したのだった。それに応えた息子は群馬に戻り、本日の運びと相なった。

朝四時半の出発だ。群馬最東端の町をひょいと出て埼玉、またひょいと今度は茨城に入る。入ったら入ったで、ものの十分で高速に乗る。車は時速七十キロを維持したまま暗がりの茨城を抜け、千葉に入り、約二時間程で成田到着となる。

車を停めたのは第二ターミナル付近の立体駐車場、ここから第三ターミナルへ歩いて向かう。私の足どりは随分と軽い。彼女を迎えるということで浮き足立っているのだろうか。だとすれば父もまた軽い、そして速い。親子揃って前を行く旅客をあれよあれよと追い抜いて行くから不思議だ。おまけに、父には息子と張り合おうとでもいうような風情があり、随時、より力を込めた歩調で私を追い越す。だもんで私は私で――バカくせぇと思いながらも――こちらを抜きにかかる父親に対抗を試みるわけだが、これが朝食抜きの身にコタえる。

親子で息を切らしつつ辿り着いたターミナルにはつるつるの床に寝転んでいる旅客が数多い。肝心のザイ搭乗機は予定では「6：50」の到着、あと十五分先だ。ターミナル内の見学をしたがる父に私はトイレ前での集合を取り決め、一旦トイレに入る。いやはや、自分のものだというのに思い通りにならぬボーコーだ。なかなか出て来ないせいで時間がかかる。同じ姿勢のまましばし。すれば現れたのは父の方だ。その颯爽とした足音と勢いづいた表情に息子は己のボーコーに戸惑いを抱えたまま連れられるようにトイレを退く。

「ほらほら、あそこ」

父の指差す先を眺めれば、我が視界の奥に勢いよく立ち上がる彼女あり。俯きがちな黒々とした頭の角度は、目が足元のスケボーを捉えている証拠で、ザイはすでにその左足を板の上に乗せている。そして次の瞬間、ザイの勢いを付けたスケボーは颯爽とこちらに向かってくる。ただでさえ柔らかいソフトウィールに空港の滑らか極まりない床だ。ザイは一切の音も立てず、風景を乱さず、長い距離を笑顔でしれっと滑って来る。まったくびっくりさせてくれる。おまけに今度は両手で口元にメガホンを造設、周囲を気遣った抑えめの声で「ササキぃ、お父さん、ありがとうございますぅ」、板の上から挨拶だ。私はすでに手を広げ、「さあ、いらっしゃい」と待ち構えている。空港のせいか恥ずかしさというものを感じなければ、滑り着いたザイをスケボーもろとも私が受け止める。

「ササキぃ、お父さん、ありがとうございますぅ」

私はザイの背中を叩いて、

「よく来た、よく来た」

ザイはとにかく愉快そうな声を出して笑い、腕を私の首に回して離さない。「まあまあまあ」、私はザイを落ち着かせるように宥めた後、ザイがスケボーに乗り始めた地点に荷物を取りに行く。トランクの横にプラスドライバーとT字のスケボー工具が置いてあるところをみると、ザイはトランクから取り出したスケボーをここで組み立てたらしい。このスケボーとトランクを車に積み込んだら早速、群馬へ向けて出発だ。車が走っている間、私の肩には後部座席から伸びたザイの手がずっと置いてある。当人はニコニコしながら我が父からの質問に受け答えしている。車は千葉から茨城に入り、茨城からわずかに埼玉に出る。そしてしれっと群馬に舞い戻る。ひとまず家の前まで来ると父が家の裏手に車を回すため、私たち二人を玄関前で下す。と、すぐさまザイが抱きついてきて、私の首元のにおいを大きく吸う。ほほほ。

「まあまあまあ、先に、先に」

私はザイに次の行動を促す形で玄関の引き戸を開ける。すると奥へ向かって「おかあさん」、ザイのはつらつとした声が室内に響く。私は一間遅れてトランク共々、框のザイに並ぶ。ここに菜箸を持った母親が小走りで登場だ。誠元気に、

「ザイちゃん、久しぶり」

これにザイも、

「お母さん、久しぶりです、ありがとうございますッ」

揃って大きな笑顔だ。

「さあ上がって、上がって」

ザイと母は居間に座して、まずお喋り。それからザイはぎゅうぎゅう詰めのトランクからお土産をいくつも取り出し、その気遣いが母を喜ばせる。母は三十分ほどを過ぎたところで、一旦、腰を上げる。まだ十時半だというのに昼ご飯の支度を始めるという。

「散歩でもして来る? あ、到着したばかりだね、失礼失礼、休んでて休んでて」

母がこんな思い付きを口にするなり、ザイはこちらに顔を向け一言、

「行くか、ササキ」

これには思わず、疲れていないか二回も確認してしまう。それでもザイは「行きたい」を二回繰

り返す。それも「スケボーで行こうよ」と嬉々としている。「朝ごはん食べた？」、私はこの質問も二回繰り返す。ザイは「ちょっと食べたから大丈夫」

しっかりと睡眠をとっていないことと空腹。通常、このうち一項目でも当てはまれば、ザイの機嫌は目に見えて変わるのだが、今現在は気勢が上がっていると思われる。

「眠かったら帰ってきて一緒に寝ましょうよ」

ザイの様子に「それじゃ」とスケボーの準備だ。それにしてもスケボーに乗るのが随分と久しぶりな感じがする、それもザイと一緒だ。できるだけ車線のない道を継ぐ進行方向は、とりあえず西のほう。田畑が視界のメインとなり、確固たる見通しのみの風景だ。昨晩、結構な距離を暇に任せてアスファルト上の砂利を竹箒で道端に避けておいたが、まさかこのタイミングで滑ることになるとは思ってもいなかった。

ザイが私の後ろでスケボーをプッシュしている。スケボーは前に進むためには地面を蹴らなければならない。その瞬間、スケボーの板上には片足しか乗っていない。この片足に重心を据えたままで、もう片方の足で地面を蹴る。習って二カ月も満たないというのにザイはこのプッシュが滑らかにできる。重心がブレないのだ。それゆえすいすいと進んで行き、私が掃除した距離を優に越えしまう。後ろを振り返りながら、

「大丈夫？」

するとザイは、

「大丈夫」

一応、数分毎に同じこと訊いてみるが答えはいつも同じく、そうこうするうちに隣街に入っている。視界には一昔前の風情をした分譲住宅街があって、ここはそれこそ三十年前に家族で住んでいた地域でもある。帰郷時に親の車で通ることはあれど、引っ越し後にこうして体を動かしてやってきたのはこれが初めてだ。

「ほら、ここが前に話した辺り」

振り返って伝えると、

「知ってる、聞いた」

ザイの声色が微妙に気になるが、住宅街の外枠の一辺をなぞるように進んで行く。時折、車が通過するも出歩く人はおらず。更に先へ進めば、立ち並ぶ家々の列に一軒の商店が見えてくる。ただし、玄関の素通しのガラス戸の向こうは一面がカーテンとなっている。それも年を経てくすんだ末の白さで、その向こうに主不在の風情を帯びている。ガラス戸には表面のフィルムが剥がれ、色の抜けたタバコのステッカーが貼られたまま。セーラムやらマルボロやら、アルファベットの字体の輪郭しか残っていない。子供の頃の私は父から使いを頼まれ、この店によく来たものだ。

そう言えば、ここで店番をなさっていた当時のおばあちゃんは台湾の出身だったはずだ。なんとなく聞いた覚えがある。もちろん当時の私には台湾とて実体を感じえない外国でしかなかったわけだが。

そんなことを思っていれば気になることが一つ芽生える。それはまずゴザの有無だ。ゴザ、そうゴザである。タバコ、塩、米を揃えた小さな店内にはゴザらしきものが敷かれていた、気がしなくもないのだ。加えて、その上には小粒でも緑緑しい檳榔《びんろう》があった、気がしなくもない。更には、それをガムのように噛んだ大人の、口から赤い汁を地面にぴゅっと吐き出す姿を見た気がしないでもない。

けれども普通に考えて、そんなことあるだろうか。だいたい檳榔の樹はそもそも日本にあるのだろうか、あったのだろうか。あのやたらめったら細長く、背の高い檳榔の樹。椰子の一種であり茎頂以外に葉を付けず、胴体がつるつるの檳榔の樹。

「氣高しや檳榔樹、やさしやな檳榔樹!」

スケボーの上でヴァレリーを口ずさむ。『檳榔樹』という詩の一節だ。この詩がそのまま表題作となった一冊は、はっきり一九四五年以前の、確か一九四〇年ぐらいの出版だった。ひょっとすれば、あれは訳者の堀口大學が台湾から言葉を頂戴して仏語訳にあてたのではないか。例えば『ホトトギス』への台湾からの投句にも台湾ならではの動植物などの単語が散見していたりする。だいたいフランスなんて日本より乾燥しているはずだろうに。はて、ヴァレリーは一体どこで檳榔を目にしたのだろうか。モロッコにでも行ったか。詩の続きは、こんなだ。

「一陣の砂塵を捲きてぶらぶらぶら　吹き當つる熱風に　檳榔樹むくゆるは　ただ一つの聲のみ」

ほほ、意外にも覚えているではないか。以降、ぶらぶらぶら、と二十行ぐらい連なり、最後は確か、

「ぶらぶらぶらぶら　天使は並べる、私の食卓に
　柔らかそうなパンと美味さうな牛乳と」

偶さかにも檳榔の詩の最後の動詞が「並べる」だとは。するとやはり、あのおばあちゃんは並べていたのかも知れない、店内のゴザに緑緑しい檳榔を。そう考えてみたいと思う、我が心。だいたい店内の様子を完全には思い出しきれなくも、おばあちゃんがいたのは確かなのだ。してみると私は嬉しくもあり、愉しくもあり、

「ねえねえ、ザイ」

威勢よく呼びかける。

「ここのおばあちゃん、台湾の人だったのよ」

するとザイは、

「ササキぃ、もうダメだぁ、私は休みたいんだよぉ。私は台湾から来てるのよぉ」

これはまずいぞ。調子に乗って、つい走りすぎた。確かに家を出る時より日差しが強く、ザイの

髪の生え際には汗が光り、口元は歪んでいる。

「だめだぁ、もう暑過ぎるじゃんだよ、ああ、おなかも減ってる」

まずい、これはまずい。私たちの目の前には沼を跨いだ橋、ザイが休める場所があるとしたら、この向こうだ。私はこんもりとした尾曳橋《おびきばし》を前にザイからスケボーを受け取り、自分のと一緒に両脇に抱える。

「ザイ、あとちょっと頑張ってください」

そうは言ってもザイの表情は尚も険しい。おまけに「ううう」「ううう」といった妙な唸り声が口から出て来た。ややオーバーにも聞こえる、その声は気持ちの良い春先に聞いても十分に不穏な音である。

スケボオは走る　スケボオは走る
スケボオは風を呑む
スケボオは空間を食べる
スケボオはレコオドを破る
でも無駄だ
野ばらのゴオルにまだ着かない

これもまたヴァレリーだ。堀口大學の訳したうちの一つだったはずである。

けれども、んなことはどうでも良いのだ。今、重要なのは橋の向こうだ。一刻も早くザイに休んでもらう必要がある。やれ檳榔だ、やれヴァレリーだ、やれ堀口大學訳だ、と油を売っているヒマはないのだ、アホらしい。ほら見ろ、ザイの額の生え際から汗が伝っている。これを拭ったら、いざ橋を上がる。すれば一分足らずでザイの安らぎの場所になり得るかも知れない建物の上半分が見えてくる。

科学館である。その重厚な外観は三階建てにしては並みの六階よりも遥かに高く、入口前の広場には豪勢な噴水ばかりか、不必要に大きい青年男女の銅像が堂々とそびえている。アジア初の女性宇宙飛行士となったこの街の出身者を記念して九十三年かそこらにできたはずだが、今でも市の力の入れようが窺える作りだ。こりゃ助かった、きっとスタッフも明るく、エアコンもいいものに違いない。ザイ、そこで休もう。なにせ宇宙で自らを天女に喩えた歌を詠むような飛行士を記念している場所なのだからッ。引き続きトメドのないザイの汗を拭いながら橋を下っていく。さあ、向井千秋宇宙科学館まで五十メートル足らずだ。

「ザイ、あと少しッ」

ついつい気勢が上がってしまうが、無論、自分が休みたいからではない。

「も少しだよ、大丈夫、冷たいものあるよ」

こういった口ぶりにザイの不機嫌めいたものを抑制したい一心が籠っている。いや、励ましていないのだ。励ます言葉を使い、宥めているのだ、そうだ。場合によっては科学館到着後、謝る時間が生じるかも知れない。今日はどのくらい時間を要するだろうか。

そんなことに思い巡らす最中、私はハタと気付く。この瞬間、自分たちが通過しつつある左手に科学館とはまた別の建物があることに気付くのである。平たい一階建てのグレー一色で、ひんやりと佇む。背後は名跡つつじが丘公園の敷地内から伸びるむさ苦しい木々の群れに密着され、屋根などは重みに耐えかねない枝葉たちに半ば乗っ取られ気味である。

これが、田山花袋記念文学館であることを私は今になって再認識する。

入口が北を向く田山花袋文学館は広場を挟み、向井千秋宇宙科学館と横並んでいる。広場とはいえ、これは天女科学館が建設された当時に造られた代物で花袋との関係は一切ない。ただ、面白いことにこの空間を挟むと花袋文学館はその側頭部を入口が東側に位置した宇宙飛行士に見下ろされているようでもある。風情だけで言えば、太陽の下で丸出しに照り輝く科学館より、花袋の方がずっと涼しく映る。さあ、宇宙か蒲団か。いずれにせよ重要なのは横のザイだ。試しに花袋文学館の入口から自動ドアの向こうを覗けば、受付より先に二人掛けのベンチが見えた。よしッ。

「休も、ここで休もう」

私はザイを蒲団の中に誘導した後、宇宙前の自販機で水を買って戻って来る。ザイは私からペットボトルを受け取るなり、細かい水滴を帯びた容器をまず首筋にあてる。それから三口飲み継いでは一旦静止し、また二口飲んでは大きくため息。そして床へ睨むような目を落としたまま、

「ダメだ、ぶっキレそうだ」

独り言のような口調になかなかの怒気が孕まれている。

「どうしたん？」

私の口が反射的に訊ねた。

「何が？」

私の喋り出しが食いつき気味だったらしい。逆に問われてしまう。

「いや、なんでもない」

ザイは黙ってただ一口、水を飲む。喉は潤っているはずだが口元は尖ったままだ。目線も変わらず、足元の床。

「この人の何書いたの人よ、ササキ」

出し抜けに質問だ。私はザイが口を利いたことに舞い上がり、説明するべく口を開けるが一旦思い留めて考える。

先生と教え子の、なんて言葉を使ったが最後、「ササキ、前に日本語学校で、誰か女の学生と仲良くなったことあるんだろ」とか言われ、いつもながらの過剰な想像力であらぬことを追及されるに違いない。なので私は言葉を選び、話に捏造を施す。

さっき渡った橋があるでしょ。田山さんがあの橋の上で昔使っていた布団を思い出して、それどこに行ったのか気になり始めるんだよ。それで記憶をたどって、あっちのほう、こっちのほうに出かける話だよ。

「夏ですかね、その話は。それなら暑くてぶっキレるよ」

結果、ザイの不愉快な現況を促進してしまった感じだ。ザイがまた水を一口、口を尖らせたまま三十秒ほど過ぎて、

「それ、ササキの先生は好きな小説？」

良かった。我が恩師のことだ。今度はいたって普通の質問だ。考えてみれば恩師が田山に言及してるところをまだ聞いたことも読んだこともない気がする。そういえば先生に最後に会ったのは私たちを訪れに台湾に来てくれた昨年だ。

「先生が好きなのは台湾でしょ」

こんな風に答えるにザイは、

「当たり前ですよ。台湾は良い国ですからな」

つっけんどんな言い方は変わらぬも出てきた言葉は悪くない。これに便乗して館内を見学するか提案してみれば、ザイは不貞腐れを表情に残しながらも「いいよ」と答える。というわけで我々はスケボーをベンチに立てかけたまま、自動ドアをもう一枚過ぎることになる。

入館料は今日日、二百二十円。いやはや、子供時分の二年間、登下校時に前を過ぎていたというのに中に入るのはこれが初めてだ。館内に私たち以外の気配はなく、ひっそりとしている。

文学館の始まりは田山家の系図だ。どうやら花袋の人生暦がそのまま記念館の順路となっている

らしい。その次は毛筆で書かれた小学校の卒業証書。最奥の企画展示室では今春の特集として『文豪、旅に出る』。旅好きである花袋の旅程を花袋が旅先から友人に宛てた絵葉書と共に振り返っているらしい。なんとも面白そうだ。けれども残念なことに今の私には展示を味わう余裕がない。なにしろザイの機嫌の行方がまだまだ心配なのだから。拳三個分離れた後ろからザイに付いていくような足取りだ。無論、主の眼差しを追うような構えになるゆえ、展示物の説明やら解説やらに己が目は至らない。順路も半ばでザイが言う。

「このヤマダ、小さい頃からずっと山本頭じゃん」

私はまずザイが声を出したことに安堵してしまう。それも喋り方がいつもの調子に近付いているから尚更だ。これはもう復調の兆しと言ってよいかもしれない。

「たしかに、たしかに」

山本頭か、台湾の古びた理容室のメニューに見かける髪型だ。さくっと言ってしまえば五十六スタイル。

「ねえ、ザイ」

私はザイの笑顔を取り戻すつもりで、この花袋の頭が地域の子供に与えた影響について話してみる。

ザイ、この近くに一軒、面白い床屋さんがあったのよ。普通に髪を切ると二千四百円、でも、この人みたいに短い髪型だとほとんどハサミを使わなくて二千百円。この人の頭は一般的には「ぼうず」という名前の髪型なんだけど、その床屋の店長さんは、この田山花袋さんの頭をイメージして、わざと「花袋頭」って名前を付けた。今から三十年ぐらい前はもっと坊主の小学生がたくさんいたのよ。だから坊主にすると「花袋さん」て馬鹿にされるわけ。だいたい、この辺でおふくろさんと言ったら田山花袋のことだからね。

我が前方でザイは「ふんふん」と興味がない時に見せる相槌を繰り返すばかり。それゆえ復調の気配が萎えたか、と思いきや、

「すごいなあ」

足を止めると同時に打って変わって感心したような声を出す。何事かとザイの背後から覗き込めば、ザイはまた新たにガラスケースを前にしており、中には赤の毛氈を下にして花袋愛用の眼鏡が展示されている。その縁は銀色で細く、いたって簡素なつくりである。説明によればレンズ度数を踏まえると花袋の視力は0・1だと推測できるらしい。また、レンズの形状、眼鏡自体の構造についての説明も細かい。私がそこまで把握できるのもザイのガラスケースを前に佇む時間が長いからだ。

「このデザインいいだなぁ」

ザイが惚れ込んだ様子で言う。この言葉が私にもたらす猛烈な安堵感たるや。ザイが写真に収めるべくケータイを構える一方で、私は思わず花袋の眼鏡に手を合わせる。

その先でもまたザイの足が止まる。今度は再現された花袋の書斎の前である。八畳の広さに程よ

く和家具が配置され、部屋の中央に重厚な座卓が構えている。この座卓に立てかけて、写真パネルが二枚横並んでいる。共に書斎の解説をしているわけではなく、ごく普通の写真だ。一方は境内の木を、もう一方は花火を映したものになっている。前者の説明によれば子供時分の花袋がよく登ったとされる木が近くの神社にまだ残っているという。それから後者の説明によればこの館林市で行われた花火大会にて田山花袋をイメージした花袋花火が打ち上げられたとのこと。

「なにこれよ、関係あるの？」

ザイの関心も花火にあるらしい。確かに打ち上げられた煌びやかな花火のどの点が花袋なのだろうか。ところで私は気付く。ザイの機嫌がよろしくなっているではないか。先程まで尖っていた口元が今や緩んで笑みを浮かべている。すたすた企画展示室に入っていくザイの後方で私はその様子に気を取られつつ、「花袋作品の題名同様パッとしねえな」というこの文学館に抱いた当初の感想を改めたい気持ちにもなったりする。

考えてみて欲しい。『墓の上の墓』、『行って見たいところ』、『をばさんのＩＭＡＧＥ』、『歩いた道が異なつて居た』と言った題名の身もフタもなさよ。年譜に目を走らせた際に初めて知った題名すらもまた、人を食ったような題名ばかりだった。仮に単独で来館したならば、へそが曲がるほど笑った可能性は否定できない。けれども言い換えれば愚直にも通じるこの身もフタもなさのおかげで、ザイの機嫌の行方に実存のかかる心がどれほど鼓舞されたことか。柔和な表情を取り戻したザイが企画室から戻り、私の手を握る。しめたッ。

そうして我々は共に笑みを浮かべて最後の展示品に差し掛かる。それはまったく予想外な代物で、花袋のデスマスクと来ている。無論、目が閉じられているわけだが、これが又、初めてのキスを迎える寸前の中学生の表情にも見えなくもない。もしかすれば石膏が真っ白で年齢相応の皺やらが目立たないため、そんな風に映るのかもしれない。翳りとも憂いとも縁遠い武骨な顔立ちだ。色を付けた状態で縁日に並んでいたりでもしたら、それはそれで一風景として馴染むだろう。いずれにしても、ザイの不機嫌から解放されたせいか、花袋のデスマスクを前にして私は妙に感動的な心地になっている。それこそザイが本日海を越えてやって来ていること、並びにお陰様で機嫌を持ち直したこと。そんなことを報告がてら唱えていると目の奥が潤んでくるから不思議だ。

正午が間もなくだ。さすがに帰りはスケボーとはいかず、受付スタッフに頭を下げてタクシーを呼んでもらう。

「花袋にタクシー一台お願いします」

スタッフは電話口でそんな風にコトを伝える。礼を言って振り返るとザイが何やら手にしている。指の間に文字が覗けて、どうやらそれはパズルらしい。もう片方の手はすでに財布を用意している。

タクシーがやって来る。乗車早々に私はザイの許しを得て、例のタバコ屋の前で一旦、一人でタクシーを降りる。機嫌の安全圏に至ったザイを傍らに、俄然タバコ屋の現状を探りたくなったためである。ひとまず裏手に回ってみるも、外観もまた、すでに廃屋の雰囲気だ。試しにピンポンを押したところで、そもそも電気が通じていやしない。代わりに両隣をあたってみれば右隣りが留守の一方で左隣には住人が御在宅だ。こちらに訊ねて曰く、自分が引っ越して来た時から誰もいなかった、とのこと。

正午過ぎ、ザイの来日を祝うように天ぷらのわんさか出てくる昼食が始まる。こうなればしめたものである。花袋眼鏡を機に文学館の終盤にして取り戻されたザイの機嫌は、この段に及び、みるみるうちに確固たる跳ね上がりを見せる。これで心ゆくまで昼食を味わえば満悦のザイが出来上がる。

そして今、ザイは縁側に腰を下ろしてパズルに興じている最中だ。その様子を私は庭で下半身を露出しながら眺めている。ま、眺めると言っても結果論であって、尿が気持ちよく出てきそうな予感があったため、輝く太陽の下、芝生に足を広げているわけだ。ちなみに文学館のパズルは二種類あった。一つは群馬人ならば誰もが知る——上毛カルタの「ほ」の札にも使われている——肖像画のものだ。何よりそちらには色があり、平面だった。その一方でザイが購入したものはデスマスクであって、これがまた立体型であり、石膏そのままに真っ白なのである。仮にあの銀縁の眼鏡でもあったら多少のヒントになり得たかもしれないが、さすがの花袋も死の床では眼鏡を外していたようである。これだと随分難しんじゃないか。そんな偶感を浮かべたところ……あ、ほら、出てきた、出てきた。それも勢いが良い。思わずザイの名を呼ぼうと顔を上げるが、

「ザイちゃあん」

私より先に甲高い声がした。それは家の奥から届き、間もなく畳の上を駆ける音も聞こえてくる。

「こひなッ！」

ザイと再会できた喜びに声を上げる姪に対し、ザイも笑顔で応答する。

「ザイちゃあん」

ザイは我が姪っ子を両手を広げて迎える体勢だ。姪っ子の裸足が組みかけのパズルを吹っ飛ばし、花袋の顔の一部たちが庭の地面にいくつも飛び落ちる。そうして一体になった喜びが三月の縁側で完成する。

「あ、おいちゃん、あ、虹が出てる」

姪っ子がこちらを指差し、ザイも釣られてこちらを見る。瞬間、二人とも笑顔のまま互いに顔を見交わす。なんだと思って自分の下方を見てみれば、おしっこが断続的に放たれる度に地面と触れ合う辺りで数色の光の線が現れる。ぜひとも継続的して見せてやりたいが、我が勢いは五秒出ては一旦ストップ、といった具合。それゆえ、

「出たッ」

「ほらッ、きれい」

「あ、またッ」

姪の反応も細切れだ。ザイなんて私がふざけてやっているると思っているはずだ。声を上げて笑っている。

日の暮れた夕方、ザイと私は両親と一緒に旧県道を歩いて、近くに住む妹の家へと向かう。他に出歩いている町民はいない。長年の摩耗に窪んで見える車道を夜風がひんやり通過するだけだ。

「どうやら許壽一は今、雲林《うんりん》に在住らしい」

私は亀田風呂屋を過ぎたところで許壽一を発見した旨を三人に伝える。雲林は私とザイが住んでいた嘉義の北隣の県である。とは言え、さほど大きい国でもないので居住県が隣り合うのは珍しくない。それゆえ話を持ち出したのは、また別のおまけを見つけたからであって、それはまさにフェイスブック上で目にした「台灣阿一世界偉人財神文化神総統三笑亭台夢」というやたらと長い名前に関係している。驚いたことに許壽一はそんな名前をもてして雲林県の県知事選に出馬していたのだ。ちなみに選挙権が雲林から離れた地元の桃園にあるザイは見たことも聞いたこともないらしい。

本人のフェイスブックの中には選挙前夜の写真と映像が保存されている。車道が遊歩道と化しているところをみると、どこかしらの夜市だろう。そこで許壽一は路上のど真ん中に停めたハーレーに跨ってこれ以上にない笑みを湛えている。その背後の遠く高いところには彼と無関係なはずである藍色と緑色のアドバルーンが浮いている。また、映像のミュートを解除すれば、そんなアドバルーンの方から他の候補者らのマイクで己の番号を連呼する声が響き、この叫びと変わらない連呼は両陣営から流れる、これまた大音量の音楽に乗って夜空で交錯している。

「一號《イーハオ》！」「三號《サンハオ》！」「一號《イーハオ》！」「三號《サンハオ》！」

「一」番も「三」番もどちらも台湾の二大政党に属する候補者に違いない。

この選挙当時、私が嘉義で目にしたある候補者などはＤＪブースとポールダンサー三人を余裕で乗っけられるトラックで出動していた。そこには候補者が支持者とともに乗っており、マイク片手に数時間ぶっ続けで己の番号を連呼したりする。それぞれの候補者がそんな車でやって来るものだから丁丁発止だ。車の周囲にはやはり多くの支持者が群がり、市民もこぞって詰めかける。私は私でそのうちの一人であったが単なる野次馬である私の鼓膜は一時間ともたず、翌日には聴力が半分に落ちているほどだった。

さて、許壽一はハーレーに跨っているだけで一言も発さない。他の候補者が立派な音響システムを有するに対し、所属無しの許壽一は拡声器一つだ。それも使うでなしに地面に直に置いているだけだ。太刀打ちできないということで諦めているのだろうか。また、他の候補者たちは支持者と共に誂えた揃いのＴシャツを着ている一方で許壽一はヘンテコで陽気な赤い服、というより衣装のようなものを身にまとい、自らの名と番号の入ったタスキもかけている。頭にはツバのない帽子、上半身は甲冑風情のうるさい上着、下半身がまとっているものは一見スカートにも見える。

それもあってか足を止める若者たちがそれなりにいるが、支持者というより、もっぱら見物人だ。写真を撮ってはすぐ消える。それゆえ人だかりというほどの集まりとならない。ただし、この台灣阿一世界偉人財神文化神総統三笑亭台夢は断然愉快そうである。喋らない代わりに笑顔を絶やさず、丸い輪郭の中で口角が抜群に高い。この表情に妙な明るさがある。そんなことを感じればこそ、足元の拡声器がかえって不敵なものに見えてくる。

妹の家まで二回ほど角を曲がる。足元に砂利が増えた。アスファルトの上だというのに徒歩でも横滑りしそうだ。妹宅でまず出迎えてくれたのは姪っ子で、ザイに抱きつくなり、手を引いて居間に連れていく。

「公介くんは、まだ仕事？」

父の質問に、

「うん、飲み会」

そう応える妹はシンクと冷蔵庫の間で何かを用意し始めている。私がテレビを借りて良いか訊ねれば、

「こひな、おいちゃんを手伝ってあげて」

ママの声を姪っ子が受け、テレビの電源を付けてくれる。

「ありがとう」

礼を言う私は目下、ユーチューブが観たい。理由はたった一つ、道すがら許壽一の他の映像を発見したからだ。それも政見放送と来ている。試しにその名を三文字を検索に打ち込んだだけで検索結果のトップに赤い衣装の許壽一が現れた。私は姪の相手に忙しいザイに「壽一だよ、壽一」と一応の声を掛けた後、再生を試みる。

いやはや選挙のために消えたと想像すれば、立候補しているのだから恐れ入る。主役は画面の右手から堂々の様子で登場だ。手元には何かの入った半透明のビニール袋を持っており、マイクの前

で足を止めてまず、この袋を机上のマイクの横に置く。

第一声が台湾語による挨拶で始まる。同時に画面の下部には繁体字の中国語字幕が現れる。許壽一は挨拶を済ますやいなや、ビニール袋の中に両手を突っ込み、何かを掴んで取り出す。どうやら紙吹雪らしい。握った拳からは白の紙が何枚もはみ出ており、次の瞬間、これを下手から頭上に大きく放ったりする。それも快哉を叫ぶような野太い雄叫びと共に、である。まるで主役を引き受けた宣言のようだ。ひらひらと舞い落ちる紙吹雪に今一度現れるのは輪をかけて輝く無欠の笑顔。私は画面から目を離さず父を呼ぶ。

「随分と派手るね、これは」

やってきた父が言う。

私たちの親子の前で許壽一はさも愉快そうに声を上げて笑っている。改めて眺めれば、その恰好はチンギス・ハン、そしてキョンシーにお札を貼り付ける霊験道士を想起させなくもない。下に穿いているものなどは一見してスカートと見紛うが、よく見れば過剰にかさばっている。ザイに訊けば、台湾とまったく関係ないと断定口調だ。

許壽一は紙片が顔にくっついていても関係ない。朗々とした喋りは淀むことなく、言葉を噛む気配も一切ない。こちらは何を言っているか分からないゆえ字幕を追うが、ただでさえ貧弱な中国語能力では表示時間の短い字幕に理解が追いつかない。けれども、それを差しおいても歯切れのよい喋りと奇抜な風体には見入ってしまう迫力がはっきりと、ある。

許壽一は再びビニール袋から何やら取り出す。今度は外帯《テイクアウト》された弁当であって、ポケットから箸を取り出すなり、これを食べ始める。台湾の弁当はやはり、おかずがご飯の上に総乗っかりである。その一つ一つを箸で摘まみ上げ、一旦目に近づけ眺めた後、口に放り込む。

許壽一が言う。

「ホウチャ」、続けて「o-i-shi」

台湾語に続いて馴染みのある言葉がぽっと現れる。彼の「o-i-shi」は日本語の「おいしい」だろうか、それとも「おいしい」という音に中国語の発音を充てた「喔伊細《オイシ》」だろうか。それにもまして、ここまでのところで政見放送っぽさが見当たらないこの展開は一体どのようにして結ばれるのだろうか、疑問だらけだ。

主役は尚も食べることを止めない。あーだこーだ言いながら食べ続けている。その上、随所にもぐもぐした口での歌唱が挟まれたりする。で、また食べることに戻る。心配になるくらい忙しい口元だ。候補は先におかずを食べきるつもりらしい、白米になかなか手を付けない。というより白米の上に乗っているおかずが多すぎるのだろう。ようやく白米を口に含んだかと思えば、机上のデジタル表示のタイマーが残り一分を切る。不思議なもので私は許壽一が食べきるかどうかにも関心が移行している。なので、その手元に飲み物がないことに気が付き、バカだなぁなんて思ったりする。

口が疲れだしたか、許壽一は一口目の白米の咀嚼に時間がかかっている。また、この口から歌声を出そうとするから更に時が過ぎていく。残りが三十秒だ。誰かが打った鐘が響く。合図なのだろうか、突然、許壽一の顔が上がったと思えば、その視線は彼を捉えているカメラの背後へ飛ぶのである。この動きが随分と力強い。そして、まだ米の入っている口で、

「アプン、アプン」

そう言っては誰かを手招く動作を繰り返す。

さては誰かが入ってきたのか。こちらは疑問に思うも、カメラはぐるりと回ったりせず、そちらを映さない。代わりにゆっくり引きを始めた。とは言え、それらしき人物が映ることはなく、ただ立会人らしき壁際の六人の姿が映り込むのみ。六人とも意を決して無表情を貫いている様子だ。対して、何でそんなに愉快そうなのか、許壽一は笑顔そのままに、台湾語でしなやかなに叫ぶ。字幕には中国語で「來啊這邊」、つまりは「こっちだよ、こっち」

妙な政見放送だ。許壽一の呼ぶアプンさんは会場のどこかにいるのだろうか、いないのだろうか。相変わらずカメラが向きを変えることはないが、とにかく特定の誰かを呼んでるのは確かなはずで、許壽一の目は一点をしっかり見据えている。

アプンを呼び、手を招く。これが幾度か繰り返されている最中、再生時間が終了する。呼びかけを最後に終わるというのもなかなか気味悪いが、お初の色物さんを眺めた時にも似た新鮮味もあるにはある。また、パフォーマンス先行の内容に言葉は二の次であるかのような印象を覚えるが、それとて言葉の意味が知りたくなるから妙である。

ただし、頼みの綱は今、「気持ち悪いなぁ」と憮然とした表情を浮かべている。これでは、「そう

だよねぇ」とひとまず同調するほかない。一方で嬉々としているのが父だ。

「よし、今度、夢春さんに話してあげよう」

そんなことを口にしては拳を握ってトイレに立つ。

*

昭和の日にあたる四月二十九日。この二〇〇七年まではみどりの日だった祝日に私は走っている。ついさっき突如として走り出したばかりだから、それなりの速度だ。

新年度の開始月が間もなく終わる。専門学校留学生という立場のザイは浮つくこともなく五月を迎えそうだ。どうも日本語学校などで気持ちが華やいでしまっている台湾出身の学生を見かけたりするものだから気になっていたが、ザイにはそんな様子が微塵もない。もしかするとクラスメイトよりも幾分年上というのもあるかもしれない。というより、そもそも真面目な性格であるからに違いない。昨晩などは、あのノーヒント極まる真っ白な花袋のパズルをとうとう完成させていた。これとて日々、苦心した結果だ。

一方の私は通い始めた日本語学校が真面目な学生ばかりで助かっている。加えて七月期にはシフトを週五にして頂けるようで、ゆったりとではあるが金銭面もどうにかなりそうだ。これで家庭教師のクチが一つでも現れたりなんかすれば、常勤をしていた頃の手取り二十二万と変わらないではないか。あとはザイの卒業まで二年の経過を待つのみだ。

そんなこんなで場所が変わったとはいえ私たちの同棲は異状なしと言えそうだ。十一時に床に就くというザイの早寝の習慣は変わらず、それに付き合う私の、一応一旦、布団に入るという習慣もそのままだ。五分してザイが寝付いたら私は布団を出て、隣の和室で己の時間を過ごす。これも同じく。ただ、こちらの行為をザイが——我が父の口癖を真似てか——「逃げる」と称するようになったのは睡眠にまつわる多少の変化と言えるかもしれない。朝になれば目覚めたての視界に、腕を組んで仁王立つザイがおり、「ササキ、逃げただろ?」と見下ろしながら言ったりなんかする。

けれども私にも言い分があり、台湾での最後の性交後から始まった制御不能の残尿感が、期待していた日本での最初の性交を経ても解消しないのである。蛇口の閉まりの悪さというより、ノックしたところで居留守かどうかも分かりにくい。だもんで寝る部屋から隣室への移動とは言え、読書なり、スケボーいじりなりの他に尿意との睨み合いの意味合いも含まれてくるのだ。

で、私は今、走っている。けれどもご注意願いたい、発露は不明であれ、この走りはザイに背を向ける類のものではなく、末には清水荘に帰り着く足取りの一部だ。詳しくは駆け出したのは急遽であって、何も走るために外に出たわけではない。つまりはこの走り、目的や行き先があるわけでもなく、空間や時間を埋めるものでもない。無論、急いでおらず。かと言ってジョギングなどでもない。そんな走りをなぜか行っている。

もう二十分は経過したんじゃないだろうか。さすがに疲れてきた。走っているといってもこの際スケボーに非ず。スケボーじゃないんです。仮にスケボー、それも柔らかいソフトウィールを使って滑らかに街を行ったなら、どれだけ走っても息は切れない。それがどうだ、後悔と共に限界が迫ってきている。鼻で二回、口で二回、短く息を吸っては吐き、吸っては吐き。

だいたいザイから許可のようなものをもらって、出てきたわけではあるが、こんなことをするためではなかったはずだ。ただ走っているだけなんて、いやはや自分でも説明のつかない走りだ。なんとも滑稽ではないか。それを免れるためにここは一つ、目的が欲しいところ。けどまあ疲れてきた疲れてきた。すっす、はっは。そうそう、ニュースによればまた一か国減ったらしい。すっす、はっは。ザイによれば私の陰毛の白髪の数と、すっす、はっは。台湾と国交を結ぶ国の数が、すっは、すっは。近々逆転するらしい、すっ、すっ。はっは。

＊

それから約一週間後の五月四日。二〇〇七年を境に四月二十九日から移動してきた祝日、私は噺家に呼ばれている、と解釈している。昨晩の電話口の父の話によれば、夢春師匠が私に会いたがっているらしいのだ。その旨を師匠からお願いされた父親は——急ぎではないと一言添えた師匠に対して——どうせ暇ですし、といった感じで、息子に予定も聞かずして、我が子の出向を即決したようだ。

「逃げるなよ」

父が言ってくれやがった。まあ、いいや。噺家に寄席に呼ばれていると思えば気分も悪くない。むしろ具合がいいじゃないか。ザイに臆することなく断れる。

「それじゃ昨日話した通り行ってきますね」

ザイの集中は向かいの壁際に備えた鏡台の鏡に注がれており、こちらになかなか上の空。ソファに胡坐をかいたまま、顔の向きを上下左右に変えては「私の顔はどこから見ても丸いなぁ、丸いんだなぁ」と不思議そうに呟いている。

とりあえず私はスケボー携え、外に出る。直後に先月大阪へ戻った月島からの電話だ。何やら留学先をフランスからカナダに変更しようか迷っている云々。そんな話を聞きながら角を二つ曲がって十字路だ。この住宅街を東西に伸びる道、これが東に向かえば一直線で池袋駅前に到達、西へ向かえば小学校の壁が袋小路の終局として待っているといった表情の豊かさ。それがこの際、池袋方向に向かって五十メートル程、舗装が新しくなっている。知らぬ間の早変わりだ。まったく予兆に気付けなかったことが恥ずかしいぐらいだが、それにも増して早いとこ滑り心地を試したくもある。それでは、とスケボーを出来立てほやほやの路面に下ろして、足を乗せる。路面を試す意味で舐めるように地を軽くプッシュする。これがまた肌理の細かいアスファルトで見事な滑らかさ。摩擦が微塵もないと大げさに言いたくなる程、静かな路面に様変わっている。だもんで勿体ぶって、頭を垂らしたままちょこちょこプッシュ、五十メートルの範囲で行きつ戻りつ吟味を繰り返す。

月島はもはや留学先をケベックへと変更したような口ぶり。東京の道路と同じく気変わりが早い。

「きっと寒いですよね、乾燥してるより困るなぁ。僕は佐藤さんのように雪国の人間じゃないですし」

どちらかと言えば私の耳はこの際足であって、この足は今、路面の具合に耳を澄ませている。なので電話を切らしてもらうことにして十字路の真ん中に戻ろう。そしたら新装祝いに西の端から思いっきりプッシュだ。すると一回きりのプッシュで、あれよあれよというちに東の端まで滑り切る。まるで道に連れて行かれるような軽さだ。それもこのスタートダッシュが様様で従来より六分三十五秒も早く、ものの十三分で演芸場に到着してしまう。さすがにここまで速いと幾分味気なくもあるが、そりゃそうと父が言うには師匠の出演が仲入り前とのことだ。けれどもチケット売り場脇のモニターにはすでに師匠の高座姿が映し出されている。おまけにゴールデンウィークの寄席には「現在立ち見」の札が出ている。となれば仲入りは狭い受付ロビーがお客さんで窮屈になるはずだ。ここは早いうち受付をさっと過ぎたい。私はそのまま会場に通じる階段を下りていく、無論チケットは買わなくて良いはずだ。なにしろ呼び出されているわけだから。何と便利な通行手形だろうか。

売店を併設している小さな受付に一人、女性が立っている。これがなかなか陰気な顔をしており、果たしてチケットなしで楽屋に通してもらえるのか、つい不安になってしまう。そのせいで実際に出てきた声が潜めたように小さい。

「すみません、夢春師匠からお呼びがかかっている者です」

さて、この言い方に難があったのか分からないが、女性は「そうですか」とも言わず、ただ後ろを振り返り、姿の見えない前座を「君付け」で呼び出す。ちょうどここで拍手が湧き立ち、同時に会場のドアが両開く。私の背後をまず立ち見客が酸素を求めるかのごとく、どっと現れる。

受付の女性はやって来た前座さんの耳に「夢春師匠のお客さんです」と声を張り上げる。「こちらへどうぞ」、私に進路を示す前座さんはなかなかの白髪まじりだ。私は思い巡らす。師匠にお声がけするに適した間合いは、いつが良いか。考えたことがあるわけがないが少なくとも今ではないように思える。だいたい高座を終えたばかりというのを知っていながら、間を置かないなんて無粋極まりない。うん、そうだ。前座さん、すみません。あと十分程したら、またお声掛けさせて頂きます。そう言おうしたのも束の間、前座の姿は楽屋に消えており、暖簾がひらひらと動きを止めぬうち早くも夢春師匠が現れた。オールバックに、より露骨な額がまだ汗で光っている。

「いやぁ、佐々木さん、わざわざすみません。さあ、お上がり下さい」

「師匠、どうもご無沙汰しております」

楽屋脇にスケボーを立てかけさせてもらった後、靴を脱いで上がらせて頂く。師匠はまず足を崩すように促し、

「この度はご足労お掛けしました」

こちらが足を組み直したタイミングでそう仰る。それもバカ丁寧なお辞儀と共に、だ。

「いえいえ、家が近いですし、そんなそんな」

恐縮で言葉過多となる。

「それに、せめて師匠が一息ついたぐらいを見計らって、お声がけしようかと思っていたのですが、こちらの間が抜けておりまして、すみません」

「いやいや、そんなことお気になさらず。なんてたって今日は漫談に終始しましたから、はは」

こうして始まる会話の冒頭は一定の方向性を持っている。それは師匠から私への日常にまつわるありきたりな質問であったり、我が父の存在に対する感謝のようなものであったりと、要するにお気遣いの類である。だもんで、お気遣い一辺倒にならぬようこちらも時折、師匠に対する質問を挟んでおく。訊くに、体調はすこぶる良いとのこと。

「父が聞いたら喜びます」

当たり障りのないことを言いつつ、父の命を思い出す。「出向け」だったか、「逃げるな」だったか、たしかそんなやつである。いずれにしても師匠が待ち望むトピックがあるのは間違いなく、それは推測が容易い。

「師匠、そういえば壽一の動画をご覧になられましたか」

「いやぁ参ったッ！」

師匠の表情が一段と明るくなった。

「驚きましたね」

「不思議だねぇ」

一通り同調のやりとりだ。師匠ははっきりと愉快そうな口ぶりをしている。私はここで先日の壽一とのやり取りを話し、そこから判り得た情報を師匠にお伝えしておく。師匠にとったらこれこそが肝であるはずだ。

壽一にメッセージを送ってみたのがつい四日前。すると、あっさり返信が来て、文章による小刻みなやりとりが半時間ほど続いた。これを父に伝えたことが、そっくりそのまま今日の運びとなっているに違いない。伝え届けるこちらの話に師匠は終始、案の定、前のめりな様子で相槌を繰り返す。

「じゃ普段は工房で眼鏡を作ってるんだ、そうでしたか。ちなみに台夢が出馬した街は何という街でしたっけ?」

「雲に、林と書く、雲林県《うんりんけん》です」

私はこう伝えるなり、腕を上げて左手を顔の高さに翳す。前座さんが目にしたら師匠に対して「待った」をしているように映るかもしれない。我が左手の五本指は隙間なく揃っている。その中指の第一関節に当たる箇所を私は右手の人差し指で差し、

「ここが台北《タイペイ》だとします」

次に掌と手首の繋ぎ目より一センチ内側辺りを指差し、

「ここが高雄《たかお》です。そして二つの中点にあるような街が」

今度は人差し指の付け根だ。

「台湾第三か四の都市、台中《たいちゅう》でございます」

師匠が「なるほど」と納得した様子を見せてくれる。今度は手の向きを変えてみよう。肘を手と同じ高さに上げ、手を横に倒す。噺家のオーラがまぶしいとでもいう感じにだ。

「ちなみにこの手が丸ごと台中だとしますと」

今度は左手の下に同じく横にした右手を付け、「その下が許の仕事場があるという彰化《しょうか》でして」

「その彰化の南には雲林《うんりん》が」

左、右、左、と両手を交互に下方向へ使い、再現させる大地はじょじょに中部から南へ移動する。これが屏東《へいとう》まで行き着き、それじゃ今度は反時計回りに太平洋側を、と思ったところ、

「佐々木さん、お話に追随させて頂きまして」

師匠が何やら切り出す。

「ええ、何でしょうか」

「実はその、以前、お聴きいただいた台湾語の噺、あれをせっかくなら全部通しで覚えたい気持ちがありましてね、ええ。現時点で台夢が用意してくれた五分の二程度の吹き替えが、あるわけですが、やるとなれば新たに残り分が必要になってくるわけです」

はて、壽一が元気であったことが師匠に何かしらの弾みをつけたのだろうか。

「先日、こんなことをお父様に話したところ、息子さんのお付き合いされている方が台湾の方だ

とおっしゃる。これには私も驚いてしまいましてね、そこで是非、一つ是非、台湾語への吹き替えをご協力頂けないかと思ったわけなんです」

「おおお」

私は感嘆詞で応え、師匠が続ける。

「ちなみに彼女さんは台湾語がお出来になられますか？　こないだ聞いた話では、みんながみんなできるわけではないとのことでしたが」

「そうです、そうです。でも、私の彼女は大丈夫です。できます、できますよ」

ついつい言葉が弾む。誇らしいとは変な話だが、私は自分の彼女が台湾語ができることを妙に誇らしく感じている節がある。しかも、――これが自分でも不思議なのは――台湾にいる時ですら、然り、なのである。変な言い方になるが〝養分〟を感じるのだ、台湾語自体にも、それを駆使できる彼女にも。もちろん誰かに自慢するわけではない。いつぞや、嘉義の路上にて彼女と見知らぬ老婆が言い争いになったことがあった。結果的に台湾語同士で嚙み合った争いを私は仲裁に入るでなしに――手が出ない限り――終わるまで聞き入っていた。多分、あの時の私は台湾語の応酬を笑顔で拝聴していたに違いない。こりゃ、揃ってカッコイイや、とでもいうように。言語に贔屓があるのは変だろうか。まだ機会は少ないが、今後の耳の澄ませ方次第ではこれから客家語やらタイヤル語の贔屓になることだって考えられる。

「訊いてみましょう、彼女に訊いてみましょう」

誇らしさが口調に出てしまう。そうでなければ先程の「できます」も然り、言葉を繰り返すはずがない。

「いやぁ、ぜひそうして頂けますと有難いお話です」

ここで一つ思い浮かぶ。

「師匠、ちなみに壽一から師匠の手に渡った壽一の吹き替えというのは師匠ご自身の『初天神』を書き起こして渡したものなのでしょうか」

「それが違うから驚いたんです。台湾語落語の船出としてどのネタを選ぼうか、はたまた彼に何を稽古しようか、そんなことを考えていた矢先に皆で広小路へ食事に出かけることにしたんですね。そう、若い弟子数人も呼びました。弟子の中に英文学をやってた大卒がいるもんで何かの時は、といった了見で。で初夏に鍋を食べながら、わずかな日本語、漢字で筆談、時折英語なんて道具伝いにくだらないことをお喋りしたわけです。その次に会った時にCDをくれたんですよ。これが吹き替え、これが『初天神』でしたね。なにをどう見て、どう訳したのやら。そしてこれが私のためにか、まず五分そこそこくらいの長さでして」

「なるほど、そうでしたか。では、誰のものを訳したかが分からないってことですね、なるほど。少なくともあの頃の日本語レベルを考えたら音声を聞いた上で書き写すなんて無理でしょうし、映像やら音声というより、本でも見たかもしれませんよね。ということは対訳のようなものをお持ちではないわけですね」

「私も馬鹿なもんで聞いたこともない外国語を丸暗記することばかりに集中しすぎて、そこに気づかなかったんですね。幸いなことに彼が吹き替えの中で父と子の声色を変え、上下《かみしも》を付けてくれた、うん。それで多分に助かったわけなんです。その気遣いを全体から差し引けば必然的に語りが浮かびますしね」

ここで今一つ質問が浮かんだ。今のうち訊ねておいた方が後々手間が省ける。

「師匠、ちなみに壽一の吹き替えはどのあたりで終わっているんでしょうか。お判りになりますか。万が一、音源をお持ちでしたら最後を録音させてもらえないでしょうか。そうすれば彼女と協力して、壽一がどこまで吹き替えたか推測できると思いますので」

「たしかにそうですね。ところがどっこい今日は忘れてしまいまして、いかがでしょう、今やってみましょうか」

師匠がにやっと笑う。

「おお、ぜひ。逆に楽しみです」

「五分の二の尻ですね。大丈夫です。準備ができましたら仰ってください」

私はケータイを取り出し、構える。師匠、お願いします。

「ガリタンレ　ケアッライ」

「ガヌウーラン　ラオベェ　アネゾォ？　ウンラオベェ　ズオ　パイラン　マボーヤオキン　シ

マ？　そうだ、コーヒーでもいかがですか？」

コーヒーの申し出は次に譲って頂くことにして私は挨拶の済ませてから楽屋を辞す。演芸場の前の通りをネパールあたりの父子が子供のペースで歩いている。子供の片手は団子ではなく父親の手を握っている。さて、父にせよ、子にせよ、壽一が吹き込んだ『初天神』の人物造形はどんな感じなのだろうか。その前に私は『初天神』をどこまで記憶しているのだろうか。

思えば最後に生まで『初天神』をまともに聴いたのは八年以上前だ。今はもうこの世にいない噺家が男の子を女の子に変えて演じたので印象に残っている。とはいえ、その点だけだ。だいたい三月に父と寄席に行ったとは言え、あれとて五年ぶりの落語だった。あの時、誰かが『初天神』をやっていたが、流すように聴いてしまった。というか毎回流すように聴いているのだろう。

天神詣りの父に付いていく子供。団子を買ってくれとねだる子供。最後に凧上げ。短い噺であり、構造も至って簡素。けれども久しく聴いておらず、幾分自信がない。こうなれば知ったかぶらないためにもネット上で聴き直すのも悪くない。また、それとは別に活字も手元にある方が何かとよかろう。すれば高座映像を文字起こしする手間が省ける。

というわけで西口から東口へと回り、巨きな新刊本屋へ向かう。店内に着けば九階へ、エレベーターはむしろ面倒臭く緩やかにエスカレーターで運ばれていく。間もなく現れた落語関連の書棚が類を見ない豊かさだ。一通り物色の後、手にした一冊で再認識するに『初天神』は冬の噺らしい。

ま、年初めの詣りなのだから、そりゃそうだ。教えてくれたのは噺を四季に分けて編集された四冊の文庫だ。忘れている細部もあることだろうし、私はそのうち「冬」の巻を購うことにして、これをスケボーの上で読みながら帰途を往く。幸いなことにこんな時に限って蛍光色の爺さまたちに出くわさない。

約三時間ぶりに二〇一のドアを開け、

「ただいま」

すると死角の位置から「ああ、寂しい！　寂しい！」、明るく元気な声が繰り返される。早速、靴を脱いで六畳間へ。ザイは私が部屋を出る時と同じ体勢でパソコンをいじっている。その目の前に私は正座だ。

「ただいま帰りました」

「自由はどうでした？楽しめました？」

私の挨拶に、

嫌味なザイに私は切り出す。

「ザイ様、突然ですが」

「ん」

「落語の翻訳をお願いできますでしょうか」

「なんだなんだ」

「ちなみに中国語じゃなくて台湾語で。前に話した落語の師匠が台湾語で落語をしたい。けど全部の四十パーセントしか翻訳できてないのよ」

「へえ」

「これは早めにやった方が良いかもしれない」

私が意図的にここだけ声のトーンを落とすと、

「なんで？」

よし、食い付いて来た。

「師匠は数年前にガンになった。もしかして自分が死ぬ時間を知っているのかもしれない。台湾語落語は最後の仕事になるかもしれない」

「おお、やべえじゃん」

混じり気なく快活な反応だ。

「例えば、この翻訳をザイがやったとする。相手はプロの落語家さんよ、その時点でザイは翻訳家と言えるよ。それでもし師匠がザイに名刺作りを頼んでザイが作ったりしたら、これだって立派な経歴になるぞ。『あの××師匠さんの』って感じで自分のプロフィールに入れたら落語を知らない人でも『なんかすごい感じ』ってなる。そんなもんだよ。二年後、どちらの国で働くにしても、きっとプラスになるはずだよ」

互いの今後を想えば、性格、能力、それに年齢と、ザイには伸び代しかないと考えられる。だから私はこの類の話をいつも結構マジで言っている。

「おお、良いじゃん、良いじゃん」

「ちなみに」

私は早速ポケットからケータイを取り出す。

「これ何言っているか分かる？　名詞一つとかでも良いから何か聞き取れます？」

私はケータイの画面をタッチする。再生時間は十秒程度だ。

「何これよ？」

ザイが示した反応に「台湾語だよ、台湾語。じゃ、もう一回」

私は再び画面をタッチする。十秒後、今度はザイが眉間に皺寄せ、

「うんうんうん、もう一回」

こうして再生を三回繰り返した後、ザイはまず冒頭に集中を定める。

「また始めに」

これを数回繰り返すと、ザイの口がもごもごと動き始める。師匠の発音を口元で探っている様子、次第に言葉の輪郭がはっきりしてくる。

「ガリ、ガリ、タンレ、タンレェケアッ……。川ですね、川。うんうん、分かった、ガリィ　タンレェ　ケアッライだ。ササキ、はい、次々」

ササキは再生する。

「ガンッ！　ね。ガヌじゃなくて。ガンッ　ウーラン。あ、はいはい。ラオベェ、これはパパ。アァネエゾォか。ははは。はい、次」

ササキは再生、ザイはその途中で「わかったッ」とすべてを合点したような明るい表情に変わる。

「ズウォ、パイラン、悪い人、そしてマ　ボーヤオキン、ボーヤオキンはササキも知ってるでしょ。そしてシマか。分かった」

そして、

「ガリィタンレェ　ケアッライ？　ガンッ　ウーラン　ラオベェ　アァネエゾォ？　ウン　ラオベェ　ズウォ　パイラン　マ　ボーヤオキン　シマ？」

改めて自分の発音に直し、威勢の良く、すっきり言い切る。拍手喝采の私に、

「ええとね、お父さんが子供さんに川に投げるぞって言う。それでね、子供が、そんなことして大丈夫？　良いんですかぁ？　お父さん、悪い人になっちゃいますよ〜って言ってる感じね」

その掛け合いなら買ってきた文庫本を開くまでもなく記憶がある。

「これは台湾中部あたりの台湾語かもしれない。私の桃園と単語の選び方が少し違う。けど分かりました。久しぶりに聞くの言葉があった。思い出すの時間かかった」

とにもかくにもこれにて翻訳の開始点の把握が完了する。

＊

五月の半ば、朝七時五十分の電車で豊島区から埼玉の蕨《わらび》へ向かう。乗り換えを二回挟み四十八分後には学校に到着だ。出席簿などが入ったWクラスのラックと共に講師室のテーブルにつけば、私のもとに担任の小川先生がいらっしゃる。そこで改めて本日四時間目の流れについて確認を受ける。ちょうど本日の私が行う教科書五課はコラムがくっついており、これが節分の紹介となっている。そこで合わせて節分活動を行う運びなのである。

「三時間目の休み時間に刁メメ《ボイイ》とビリグーンを寄越してもらえますか。四時間目が始まったら節分について佐々木先生に手短に解説して頂き、四時五分前に二人が突撃する予定です」

ここで小川先生からもう一つの依頼だ。休み時間にあらかじめ無駄紙を配り、丸めておくよう学生らに言ってほしいとのこと。どうやら豆代わりにするつもりらしい。

「手元に準備しておくということですね。なるほど」

「それとですね、あちらなんですが」

小川先生の指差す方を見れば、講師用のロッカーの上にこんもりと食い物がある。

「節分ということで恵方巻を注文したんですが、発注ミスで細巻きが届いてしまったんです。ちなみに一パック六本入っています」

「ああ、でも束ねれば太くなりますから前向きにとらえてしまいましょう」

「まったくすみません」

小川先生は自分がミスしたかのように謝る。

「それともう一つありまして、今日の節分イベントを行うのが、私たちのクラスとＳＪクラスなんですね。なので二クラス分あれば良いというのに、なぜか三クラス分届きまして。もし、もっと食べたいという学生がいましたら講師室にあるよとお伝え願えますか」

いやはや財力豊かな日本語学校であることが窺える。どちらかと言えば発注ミスよりも、その点に笑ってしまう。節分と言ったって教科書に合わせた模擬行事だというのに外に発注するなんて。

小川先生から最後にクラス全員の集合写真も頼まれ、これを念頭に入れた後、いよいよ教室に向かう。

日直はニュイで、

「起立ぅ、気ょ付け、礼」

授業は前日に勉強した漢字のミニテストから始まり、日本語能力試験の3級レベルの語彙のテキスト、二時間目は『学ぼうよ中級』五課の昨日から続く文法構文四つ、三時間目はその練習。さくさくと進んで三時間目のチャイムが鳴る。で、刁メメ《ボイイ》とビリグーンに声を掛け、いってらっしゃいと促す。そしたらコピー機脇から持って来た無駄紙を学生に配布だ。

十分の休み時間を挟んでニュイの号令により四時間目が始まる。学生たちの手元には丸めた紙がすでに用意されている。私は素通しのドアの外を窺いつつ、中級以下の日本語を並べながら節分を説明していき、時折は質問を交えたりする。

「フィ、豆の代わりに今日使うのは何ですか」

「これです」

フィが丸めた紙を掲げる。

「うん、そうね」

教室の外を見遣ったところに足音が聞こえて来た。私が近付いてドアを開けるなり、動作大きく、⑦メ《ボイ》メとビリグーンが現れた。共に他教室のカーテンを体に巻き付け、顔には自分で描いたと思われる鬼らしきお面だ。手にはモップを持っていたりする。私は邪魔にならぬようそそくさと教室の後方に移動しておく。ビリグーンか⑦メ《ボイ》メのどちらかが「がーッ」という声を上げる。これに追随するように「ぐわーッ」とビリグーンか⑦メ《ボイ》メのどちらかが声を上げる。普段は物静かな二人が面を付けたら、これである。両手まで広げて威嚇の体だ。こんな二人を前にクラスはまず大笑いを共有し、それからすぐ丸めた紙による豆まきが開始される。クラス全員力任せの投擲。学生によっては足元に転がった紙を再利用したり、新たに返却済みのテストを丸めて投げたりもする。こちらの説明した「鬼は外、福は内」なんて蚊帳の外だ。誰もが歓声ひたすらに全力投球に徹している。これに応じるように調子づいた鬼二体がサービス精神を発揮し、動く的としてジャンプすら始めやがる。おかげでこちらは終局を窺いにくい。写真撮影に従事する一方で終わりを告げるべき頃合いが

見計れない。試しに呼び声を掛けるも案の定、無視である。そこへ小川先生が現れた。教室のドアを開けるなり、

「ビリグーンと刁メメ《ボイイ》、早く！」

場をかたすに相応しい声量だ。これで静まり返った教室から首根っこを掴まれた二匹の鬼が退場していく。二人は隣のクラスにも出張するわけだ。

さて、小川先生から学生分の細巻きの入ったビニール袋を託された。これを一旦、教卓の上に置いたところ、暑がるアムリタが冷房を請うので代わりに細巻きの配布をお願いする。そうして他クラスから聞こえて来る歓声を耳に、こちらは「いただきます」の挨拶だ。

教卓から眺める限り、細巻きはかぶり付かれない。ほぐされ、くずされ、いじられた後、口に運ばれる。そんな最中にアムリタがまた言葉を寄越す。

「先生、この黒い、何？ ニセモノですね？」

不思議なことを言いなさる。ただし、それが細巻きを太巻きのニセモノと解釈した上で言った言葉でないことは小汚く開帳された細巻きが証明している。その言葉はかんぴょうを指した問いであるはずで、アムリタはかんぴょうの存在それ自体が絶対的にニセモノであると疑っているはずだ。食い物じゃない、という風に。かんぴょう嫌いな私は、

「そうかもしれない」

三時間目に復習した文法を混ぜつつ適当な返答をし、アムリタから妙な笑みをいただく。青鬼と

赤鬼が無言のまま部屋に入ってきた。面を外した今、至って無表情だ。それこそ二人の普段の表情なのだが、先程との落差ゆえ、反省でもしているかのように見えて滑稽だ。私は吹き出しそうになるのを堪えて、

「お疲れさま」

細巻きを二人に渡せば、共に小声で「ありがとう」、クラスメイトにあーだこーだ言われながら自分の席に戻り、幾分はにかんだ顔でパックを開ける。たしかビリグーンは回転寿司屋でバイトをしているはずだ。刁メ《ボイイ》メと違い、ビリグーンが観察する間を置かないで細巻きに食い付いたのは、それゆえだろう。

そりゃそうと授業が残り二分だ。集合写真を撮らねばならない。私は念のために白板の上の方にマーカーで「Wクラス　節分」と大きく書く。そうでもしなければ後々振り返った時、何をした日なのか分からないだろう。学生たちを急かし、全員をしっかり写真に収めて間もなくチャイムが鳴る。

細巻きは隣のクラスでも不評だったようだ。学校が生ごみ用に用意していたビニール袋に食べかけが多い。小川先生が言うには募ってはみたものの誤発注分の余りを誰も欲しがらないとのことだ。結果、私は両手から大量の細巻きで膨らんだビニール袋を提げた姿で退勤する。

四十八分後、「ただいま」と帰り着いた部屋で、

「何それよ」

ザイから真っ先に訊かれる。かくかくしかじか説明すれば、

「ほお、それどのくらい？」

計算するに一パックが五本入り、それが一つのビニール袋に十五入っている。これが二袋なので百五十本ということになる。

「五パック、私たちで食べよう。残りは佐藤にプレゼントしよう」

提案を寄越したザイはいつもと同じく、畳の上に足を伸ばし、竹製のちゃぶ台の上に置いたパソコンを前にしている。手を動かすことなく、今まで画面を眺めていた様子だ。

「ササキ、落語ですよ。その上に台湾ですよ」

これは初耳、映像を冒頭に戻してもらう。すると歳の程五十ぐらいの男が出囃子もなく画面の端から現れる。中央には申し訳程度の高さに高座のようなものが設けられており、座布団のようなものに座った男は一応正座で、

「大家好《タージャーハオ》」

手をついて半端なお辞儀をした後、中国語で挨拶をする。

「中国語の上手な日本、あれ？　もしかして台湾の人？」

私はそんな訊ね方になる。

「そうそう。結構、いろいろなところで落語してるみたい」

男の束ねた髪が脂ぎって光っている。その上、頭前方は禿げ上がって髪がなく、逆にアゴには密

度濃く髭が生えているため随分と独特な風体に映る。早口のため私にはまったく聞き取れないが男の喋りには淀みがない。きっとどこかのカフェでの公演なのだろう。画面越しでも会場の狭さが伝わる。客席には笑いがちゃんと起きている。

はて、日本の古典落語を自分で翻訳したのだろうか、それとも自分で作った話を喋っているのだろうか。あ、まだマクラか。そんなことを考えていると、男は上下を付け出し、間もなくクシャミの真似をする。たしかに、それっぽくはある。そしてまたクシャミ。『胡椒のくやみ』か。でも、それにしてはクシャミの出が早過ぎる気がする。ひとまずザイに面白いかと訊いてみれば、

「微妙だな。それよりこの人、外省人《ワイセンレン》だわ。外省人家庭の中国語だ。好きじゃないのよ、私。うちのお父さんも外省人、大嫌いよ、偉そうだから。口から風が出るみたいのやつ。この人は小さい風だけど、やだ。やっぱり嫌だ」

確かに言われてみれば風、というより空気が口から洩れているような発音に聞こえる。ただし言われて初めて感じる程度でもある。けれども私の注意はそこではなく、どちらかと言えば男の環境に目が行く。環境というのは会場やお客という意味ではなく、演者が自ら用意し、設営しているはずの環境のことだ。

例えば、男の座している座布団は薄く(へたったという様子でもない)、高座も低ければ、脇にめくりもない。もしかすると「大家好」で始まる前に出囃子もなかったのではないだろうか。もちろん、こうなれば屏風などあるわけなく、だいたい男が羽織っているものは着物でなければ、浴衣で

も作務衣でも法被でもない。強いて言えば、作務衣のヴァリアントのようなものだ。この名指しようのない衣類には見覚えがある。

台湾にいる時分に、とある行事で私の着せられたモノにそっくりだ。あの時、嘉義在住の日本人が五人、国の文化財にも指定されている廟に集められた。行事の内容をざっくり言えば一年に一度行われる贖罪である。全国放送のテレビクルーも結構な数がやって来た。それらのメディアに対して「この廟、この行事は外国人が訪れるレベルなのです」、廟の年老いたお偉いさんたちはそんなアピールをしたかったらしい。五人のうち三人は私も含めた男性であり、まっとうな浴衣をあてがわれた女性陣に対し、我々に用意されたのが、まさに映像の中で落語的なものをしている男が身に付けているものと同じだ。つまりは四捨五入され着物扱いとなった作務衣のヴァリアントもどきを着ることで分かりやすい「外国人」像を求められたわけだ。それにしても午前の豆まきといい、人は雰囲気にどれほど救われていることだろうか。

「台湾で落語してる一人だけのらしい。ちょっと有名らしいよ」

ザイはそう教えたそばから三時に始まるデザイン科の授業に向け、準備を始める。二コマの授業数にしてはパソコンの他、リュックに仕舞い入れる物がやたらと多い。おろし金にコーヒーミル、それにスケボー用のT字レンチまで入り用らしい。どれも残らず、使うという。いやはや、どんな授業でどんな用途なのだろうか。

それから十日ばかりして『初天神』の中盤あたりの吹き替え音声が出来上がった。噺を五等分したならちょうど三にあたる箇所だ。

師匠を訪れた二日後、師匠は自身の『初天神』を文字に起こしてこちらに送ってきてくれたのだった。これを眺めながら壽一の吹き替え音源をザイと一緒に追っていき、運良く大きな齟齬が見当たらないことを確認した上で続きの翻訳に取り掛かった。順立てを言えば、私が師匠から頂いた『初天神』を読み、なるたけセンテンスを分割せずに平易な標準語に直す。それから一日五、六行、ノートに書き付け、センテンスごとに通し番号をふる。ザイはそれを台湾語に訳し、パソコンに向かって自らの音声を録音。それからパソコン上で色々編集してくれたというわけだが、パソコンを駆使できない私にはイマイチ詳細は分からない。それでもはっきりしているのはザイはわざわざCDとUSBメモリーの二つを用意したということだ。加えて私のメモをわざわざまとめてレジメにしてくれている。通し番号もあることだし、これなら師匠も分かりやすいはずだ。

＊

さて、本日は水曜日、我が休日と来ている。それも朝八時に登校したザイにつられて早起きに成功している。父からの知らせによれば師匠は二十一日から末廣亭に出演するという。だとすれば、音源を携え、行ってみようかと思い至る。ひとまずスケボーで大久保付近まで山手通りに沿って進み、新大久保駅付近で山手線の内側に入り込む。とかく厳しい坂に出会わないまま終点が近い。これで昼時のすかすかな歌舞伎町を滑り抜けたらものの二分で到着だ。少しとは言え、息が切れている。見知らぬ人に何かをお願いする時には却ってこういった状態がよろしいかもしれない。私は外のチケット売り場を素通り、入口の扉の前に突っ立っているもぎりさんに会釈しながら近づき、立ち止まっては願いを口にする。

「すみませんが、こちらを夢春師匠にお渡し願いえないでしょうか」

あ、大切なことを忘れている。

「師匠から頼まれたものです」

矢継ぎ早に付け加える。すると背のひょろ高い女性は「あッ」そして「少々お待ちください」と扉を開け、中に入っていく。開いた扉から高座が覗き、噺家の声がよりはっきり聞こえる。間もなくして扉から今度は年配の女性が現れた。

「師匠でしたら先ほどお見えになりました。よろしければ楽屋にお通しできますが」

正直、おやおやという内心だ。父から聞いたことがある。これまた長年贔屓にしていた別の師匠を訪れた時のこと、この師匠がトリを務めたある夜の席、父は持参した手土産をこうしてスタッフに託そうとしたという。すると思わず楽屋に通された。立場上、トリを務める師匠の来客だったせいか、楽屋に上がった瞬間に周りの噺家がどっと立ち上がっては隣の部屋に消えたらしい。

「で、火鉢を前に話したんだから。志ん生も志ん朝も手をかざしたあの火鉢の前だぞ」

興奮気味に語る父は以来、手土産は楽屋の外で渡すことに決めたという。火鉢に対する慄きのせいでえづきが止まらず会話にならなかったらしいのだ。私とて考えるだに畏れ多い話である。こちとら、ままならぬボーコーを持った身だ。場に持ち堪えられるか自信がない。

「いえ、師匠からの頼まれごとであるのは間違いないのですが、今日こうしてお持ちしたのは突発的な行動でして、高座前にお邪魔したのではご迷惑がかかると思いますし、こんなふざけた恰好ですから、ひとまず今日のところは失礼いたします。師匠によろしくお伝えくださいませ。では、こちらをよろしくお願いいたします。群馬の佐々木と申します」

さて、逃げるように踵を返しても、まだ清々しい程の昼間だ。せっかくやって来た久しぶりの新宿で寄ってみようかと思う店が二つ浮かぶ。というわけで赴いてみるが、どういうわけか目的の建物はあるべき場所に姿がなく、奇しくもそのガラ空きになった空間の向こうにもう一つの目的地が直に見えているという状況だ。横断歩道を渡って近寄っても、やはりそこはむき出しの土くれ。隣人を失った両隣のビルなどは広大な側面を晒し、まるで素っ裸で立たせられているようだ。いやはや日本を代表する書店はどこへ行ってしまったのだろうか。

一応「建設計画のお知らせ」が四枚並んで突き刺さってはいる。けれども、刺さっているということは看板の脚は一本なのだ。この様子が場所柄に似合わず妙に安っぽい。それに更地にはまだ板などの囲いがなされておらず、ただ単にロープが張り巡らされているのみだ。それも上下に十本というような周到なものではなく、たった三本ということもあって隙間が広い。試しにくぐろうとすれば、やはり容易い。身体は平然と敷地内にあって、足の裏は新宿に長年隠れていた土を踏みしめている。この柔らかくも硬くもない地面から埃っぽくも香ばしくもある匂いが控えめに漂っている。せっかくならと歩いてみるが六十歩を数えて尚、反対側まで半分残すほどの奥行き。一歩また一歩と記念がてら追想がてらに進んでいき、以前の裏口玄関あたりにいよいよ到達する。同時に二つ目の目的地であるスケボーショップが目の前だ。いやはや有難さのない近道だ。それに二十年前から事あるごとに利用して来た場所が消えていた上に妙な辿り着き方をしたせいもあって、狐につままれた心地で入店となる。

「言ってくれたら開けますんで」

パーツを収めたガラスケースを前にするなり、背後から現れた店員が声を掛けてくる。私はケース内を指差し、

「在庫あれば、こちらの99デュロお願いします」

店員は鍵でガラスケースを開け、商品列の後方から「99」の硬さのものを取り出す。これに金を払い、工具を貸してもらった私は店の隅でスケボーのウィールをソフトウィールから購入したばかりのハードウィールに付け替える。言えば地面に引っ付くような柔らかいウィールから地面を弾くような硬いウィールに変えてみる。

「キノクニヤってどうしたんですか、建て替えるんですかね」

私は工具でナットを締めながら店員に訊ねる。

「キノクニヤって何ですか?」

「この向かいにあった本屋ですよ」

「本屋の名前がキノクニヤって言うんすか、ふふふ」

薄ら笑いの店員に工具を返し、店を出る。取り外したソフトウィールはズボンのポケットに左右二個ずつ収めた。なのでポケットの中はかさばり、外から見れば股関節の前がぽっこりと盛り上がっている。

新宿駅から地下鉄に乗って練馬駅へ。それから今度はひばりが丘駅に向かう。着いたならバスだ、これが七分。そうやって二つの市に跨る広々とした公園の一角、フェンスに囲われたスケボーパークを訪れる。

平日二時過ぎのパークには誰もいない。着地した一羽のすずめが小さくジャンプしながら動いているだけ。パークは敷地の半分がただの平たいコンクリートの地面、もう半分はさらにフェンスで区切られ、遊ぶにはヘルメットが必要なエリアとなっている。

とりあえず準備運動だ。これが済んだらウォーミングアップがてらフェイキービッグスピンを試みる。けれどもこれが全然ダメ。足元で地を這うように三百六十度回る板に両足が乗らない。片足のみだ。何度繰り返しても同じ結果となる。なのでポップショービットに転じる。しかし、こちらもできない。空中で百八十度回転した板に両足が乗ってくれない。やはり片足のみだ。試みつ頭の中で整理を計る。まず板の上でしゃがみ、ジャンプと同時に後ろ足で板を地面に弾く。その瞬間に足首にスナップをきかせ、板に横回転を入れる。あとは勝手に板が回り出し、百八十度回った板を空中で足裏でキャッチする感覚。無論、知っているのである。けれども出来ないから出来ないのである。はたまた、こうしてパークで技に興じるのが半年ぶりだからだろうか。だいたいジャンプしているはずなのに飛ぼうとする下半身を強ばった上半身が押さえつけているような感じになってしまう。何度やっても身体の方がビビっているのか上半身がやはり重苦しい。二年前にモノにした技だというに、これだ。遊ぶ頻度は緩やかだが都合三年やっているというのに、これだ。何と煮え切らない不自由なスポーツだろうか。おまけに二十分足らずで息が上がってきている。

だもんで裏返ったスケボーをそのままにベンチに向かう。座って一休憩も飲み物がない、けれども惨状を振り返ることと息を整えることに忙しく、腰が上がらない。視線はどうしても下向きになり、途中ではたと気づいて顔を上げる。

パーク中央に置いてきたスケボーの遠く向こうに木々が横並びに続いている。その奥に畑が透けているのを見ると木々の並びは公園の囲いでもあるらしい。現在、その内側の一角では介護職のようなユニフォームを着用したおばさんが二人、うんこ座りのままタバコを吸っている。

そういえば書店の跡地には「スーパー観音」ができるらしい。「建築計画のお知らせ」に予定として記されていた。はて、何のことだろうか。文字通り観音様が立つのだろうか。

二人のおばさんが、ぬうっと立ち上がった。私も同じように休憩を切り上げるべく大きく息を吸い、大きく吐く。この一連の動作を振り子に立ち上がる。またスケボーのところに戻って、オーリーから再開だ。手始めに十回のトライ。これが一応できる、できているかできていないかで言えば、はっきりとできている。それでも満足できるデキではないから嫌な感じだ。ジャンプとほぼ同時に後ろ足で板をしっかりと地面に叩きつけるも、またまた上半身が邪魔をする。それゆえ、ふわっとした心地の良い高さが出ない。いかんせん上半身から硬さが消えない。それゆえ試みれば試みるほどに飛びたい下半身とそうさせたくない上半身の勝負に身体を貸してやっているような気持ちになってくる。これでは競技が一人相撲に変わってくるのではないか。だいたい我がジャンプは板の上でスケーターらしいジャンプになっているのだろうか、どちらかと言えば、能に出てくるような腰を入れたストンプのようなジャンプになっているのではなかろうか。見栄えの良いオーリーは空中で止まってみせたかのように軽やかでふわっとしている。でもって最高到達点で板と地面が平行となり、両足の裏が板にぴったりと引っ付いているかのように見えるものだ。

ケータイが鳴り出した。ザイからだ、と思ってベンチに戻れば月島だ。今度は留学先をケベックからチュニジアへ変えようか考え始めたらしい。次には「大阪でも」なんて言いそうな移り身の早さに私は消えた書店に話題を変える。

「え、本当ですか」

驚いている様子の月島に、

「だよな、びっくりするよな」

同調を誘うように私が言うと、

「いやぁ、フランスだとそういう場合は文化として守られるはずなんだけどなぁ、不思議だなぁ」
月島の電話が済んだら今度は父親だ。師匠よりお礼の連絡が来た旨、師匠に私の電話番号を教えた旨を伝えてくる。用件はこれだけだ。電話を切れば、やはり誰もいないスケボーパークが広がっている。

さあ、と景気づけに太ももを叩いて、ベンチから立ち上がろうとする。けれどダメだ。体が動かない。だもんで、またぼーっと向こうの喫煙スペースを眺めていれば、どこからともなく話し声が聞こえて来る。これがまた明るく、程好くガラが悪い。と、やはりそれっぽい四人組がパークに現れる。揃ってコンビニ袋を提げた高校生ぐらいの四人は入口近くのベンチを選ぶとリュックを寄せ集めて座面に置き、自分たちはスケボーと共に附近の地べたに胡坐をかく。昼飯らしい。それぞれのコンビニ袋からは、まるでそれしか食い物がないかのようにプラスチックの容器ばかりが取り出される。

しばらくして四人のうち一人が仲間より一足先に滑り始めた。準備運動をする気配すらなく、いきなり３６０フリップを連続して繰り出す。なんともレベルの高いウォーミングアップだ。それもささっと八回もの成功《メイク》を重ねてしまう。そしてこれまたさっさとＴシャツを脱いで裸となっては、止まらぬスケボーに身を任せたまま仲間の近くまで近付いていき、手に持ったＴシャツをそちらに放ってみせる。これがよりによって箸を握った仲間の右手にちょうど被さったりする。親しげに罵り始めるしてやられた仲間。ちなみに四人組は気付いていないが、現在、彼らの向こうからパーク

へやって来る人がいる。着ているものを見れば、それは利用者受付に在勤の職員であることは間違いなく、

「公園内で裸にならないでください」

案の定、上半身裸の若者は注意を受ける。

「こいつ、見せたがりなんです」

誰かのふざけた言葉に仲間内で笑いが起こる。さながら教室の風景だ。職員が最低限の愛想笑いだけを残していなくなり、私もケガをする前にいなくなる準備に入る。

バスを経て、電車に乗る。文字が左から右に流れる電光掲示板がドアの真上にあり、ニュースやら天気予報を伝える。何気なく眺めていると「今日は何の日？」との文字列が流れる。よれば本日は「劇作家イプセンの命日」らしい。なるほど。今思い出したが、一九七八年の本日は三遊亭圓生を筆頭に五十人ぐらいの噺家が落語協会を脱会した日だったはずだ。ま、どっちもどっちである。さして重要でない情報である。じゃ、何が重要かと問われれば、もちろん分からない。

電車が東長崎駅に到着し、私はスケボーで部屋へと急ぐ。ひとまず五時前の帰宅が叶いそうである。部屋を前にしてポケットから鍵を取り出すなり、

「おかえりーッ」

私が遅くならなかったせいか、ドア越しでもザイの機嫌がすこぶる良い。それは部屋に入っても同じで、ザイもまた帰ってきたばかりだという。ザイが報告するに本日はクラスメイト同士のケン

力があったらしい。

「田中が泣いちゃった。あれは心の事故だな」

私に伝えてはニヤっと笑う。やはり機嫌が良いらしい。こんなザイに私は提案する。

「ザイ、結構良いカメラを持っているんだからあちらこちら撮っておいた方が良いと思う。撮って、貯める。時々、写真のコンテストに出す。もちろん小さいコンテストで良いから賞をもらう。そしたら台湾でデザインの仕事でやっていく時、経歴に書けるでしょ。それに台湾のカフェやギャラリー、たくさんあるでしょ。私たちの知り合いのも含めて。小さい写真展を時々やる。小さいことかもしれないけど、そんなことがザイの今後の仕事に繋がるでしょ。何かと何かが繋がって何かになる。ホスピタリティの高い台湾なら尚更よ」

ザイはニヤッと笑って、

「了解しましたよ」

こう言うと同時に私をくすぐり始める。これがなかなか猛烈なもので私は足はバタつかせ、身をよじらせて耐えるのだが、こんなことをしているうちに、いとも容易く六月を迎える。

その一週目の火曜日、唸り声に釣られて目を開ければ、真横には上半身を起こしたザイだ。同じく目覚めたばかりのようだが、どういうわけかその寝起きの顔が荒さんでいる。訊くに、

「ササキがベトナム人二人と温泉に入っていましたんだよッ」

こうなれば私は謝る他ない。日本語の「ごめんなさい」と台湾語の「パイセー」を繰り返し。そ

うする以外の善処は皆無だ。朝の支度をしながらの十五分、許しを得られたのは出かける間際だ。今朝は「しばらく許しますよ」と消火する。

この日の授業後、主任の迫田先生に声を掛けられた。内容は常勤講師にならないかというもの。これには再来年には台湾に戻る予定であることを丁重にお伝えしておいたが、なんとも有難い申し出だ。引継ぎ帳の記入を済ませ晴れやかに外に出る。蕨から電車に乗ったら今日は池袋で降りるつもりだ。『初天神』の五分の四にあたる部分を収めたCDとUSBがリュックの中に入っている。

退勤二十五分後、直行した演芸場の受付には誰もいない。防犯カメラも見当たらず、やろうと思えば販売品のCDやらを懐に収められるような状態にある。試しに受付背後の楽屋に繋がる空間を覗けば、前座さんらしき方の姿が見える。といっても突っ立っているわけでもなく、専ら忙しく動いている。

「すみません」

声を掛ければ、やって来てくれる。私は音源を手に、

「夢春師匠がいらした時に、こちらをお渡ししていただきたいのですが」

「かしこまりました。本日は師匠はお休みということなので明日になりますが、必ずお渡しいたします」

私は「そうですか」と応えつつも、「今日、師匠は」という言い方に一つ考える。他所の師匠に対してならば、本来「師匠」という単語の前に師匠の名をくっつけて呼ぶものではなかろうか。圓

生師匠とでもいうように。

「ひょっとすると夢春師匠のお弟子さんですか」

「はい、夢子と申します」

どことなくウニのような短髪に化粧もなく黒縁眼鏡だけの顔である。名前に子がついていることを考えれば、きっと女性なのだろう。

「私は親子でよくしていただいている群馬の佐々木という者です」

「あの台湾の佐々木さんでしょうか」

「台湾というか、台湾語の、ですかね」

「実は今日の師匠は朝から台湾語の稽古に頑張っていて休演ということなんです。もちろん内緒ですが」

「そうでしたか。私はてっきり体調が優れないのかな、と思ったところです、それは良かった」

相手が留学生並みにはっきり若いということもあり、私の緊張感は緩くなって、突っ込んで訊いてしまう。

「師匠のお身体の状態は本当に大丈夫なんでしょうか」

「あ、はい。でも誰かに訊かれたら面倒だから、元気ですと言っておけ、と言われました」

「ははは」

「でも、稽古はちゃんとつけていただいています」

「それはそれは。ではこちらをお願いします」

二つの音源を手に前座さんは頭をずいぶんと深く下げられる。ちょうど演芸場の外に出たところに父から電話だ。

「今、池袋なんだけどさ」

私がそう言っただけで、

「お父さんは今日行くぞ」

父は威勢よく返してくる。

「夢春さん、今日休演よ。代わりが誰だか訊かなかったけど」

「あ、そう。でもお父さんは今日は夜の部よ。圓の丞よ。その前に昼のトリが圓時さんだから、その前に入る予定ではあるけど、で、お前も来るか？　ザイちゃんも連れて来な」

「いや、今夜、ザイとぬか床作るんさ」

「おいおい逃げるのか？」

「いや、ザイもお父さんが来るなら行くって言うはずだけど、豆乳も作るのよ」

「豆乳も明日でも作れるだろ」

「いや、その後、餃子も作って、これを江古田にある服直しのおばちゃんに持って行く約束してんさ。あちらが楽しみにしてんのよ。そんなことよりさ、師匠の休演の理由が台湾語落語だってさ。今日の前座さんが師匠のお弟子さんで、そんなことを教えてくれたんだけど。師匠って大丈夫？

死期を悟って最期の挑戦みたいになってたりしてない？」

「そんなことはない。ハムを送ってくれたんだから。お前の分もあるんだよ。今日あたりお母さんがそっちに送ってるはずだから」

「そりゃどうも。つうか台湾語で落語を覚えたところで寄席で演《や》れないだろ。ホールだって無理でしょ」

「あのな、噺家っていうのは、そういうもんなんだよ」

「どういうもんなんだよ」

「説明を求めるな。無粋だぞ。じゃ、お父さん、電車に乗るから」

電話が切れ、私は歩き一筋となる。

例えばベアリングという部品がある。日本語に直せば「軸受《じくうけ》」、簡素に言えば回転する軸を受け、支え、回転を助ける役割を持つ。部品でもあり装置でもあり、飛行機や掃除機の内部にも使われているが、この度はスケボーの、である。価格を言えば、下は千円台から上は二万円台ほどまであって、印象だけで言うなら五千円前後のベアリングが人気だ。ともあれ価格こそ違いはあれど使い方に変わりはない。ベアリングをスケボーのウィールにはめ込み、車でいうところのシャーシにあたるトラックの軸に通す。トラック一つで左右一組のウィールが通され、このトラックを板の前に一つ、後ろに一つ、ボルトで固定する。これでスケボーとして機能する。要はベアリングがなければウィールそれ自体で回ることはないのだ。でもって車の動力がエンジンならばスケボーの動力は無論人間の脚になる。それゆえ脚の力加減でスピードが決まると言って良いわけだが、ベアリングもまたスピードに大きく関係する。

どういうことかと言えば、装着したベアリングが摩擦も少なく滑らかで良く回るものならスケボーはより前に進む。地面を片足で蹴ることをプッシュと言うがベアリングの良し悪しで一回のプッシュで伸びが大きく変わってくる。路面が同じ条件でも一回のプッシュで五十メートル進むベアリングもあれば、十メートルすら進まないベアリングもある。

昨年の夏だ。窓の外に張り付いたヤモリがうるさく鳴く晩、全家《ファミマ》へ緑色の養樂多《ヤクルト》を買いに行く前に、このカタカナの元を紙の辞書に調べた。そう、英語だ。

英語の「bearing」となると意味は広がる。例えば態度や関係(不可算名詞)、磁針が示す方向、方位、方角(可算名詞)、思考や見解などの立場、方向、角度(可算名詞)、また、能力、出産、結実、収穫(不可算名詞)などがあり、そういった並びの最後に、――これは多くの辞書に共通していたが――「軸受」(可算名詞)という意味が置かれていることが多いのである。ところで、これは使用頻度に比例した順序なのだろうか。まさに英語圏にこそスケーターは犬の糞ほどいるはずだが、どうなのだろうか。

私はこのところ、夢春師匠と父の年齢、つまり七十四ぐらいの年齢になった自分を夢想することが多い。台湾で最も一般的な、日よけのために縦長に設計された家、もしくは旧来の横に平たい伝統的な家屋。それらの玄関前に置かれた籐長椅子にもたれ、朝から晩までぼんやりしている自分を思い描く。もちろんぼんやりしているということは静止画として浮かぶのである。詳しくは——周囲の情景はその都度変化があるも——ぼんやりしている私に気味が悪いほど動きがないのである。

一応予定ではザイの専門学校卒業後、私たちは台湾に戻って籍を入れるということになっている。もしそうなれば日常という内部でザイも私もより労働に励んだり、そのうち子供ができたりするかもしれない。当然、こうしたことを想像していないわけがない。が、なぜか一足飛びに籐長椅子に座り、ぼんやり中空を眺める己の姿が頭の中にぼんやり浮かぶ。そして、その私は死んでいるように動かないのである。

次の日、群馬を経由して夢春師匠のハムが届く。熨斗には毛筆で「寸志」の二文字に加え、確かに師匠の名がある。この随分と高級そうなハムをザイが「おいしいな、これ」と食す。私は細身のザイにこの動物性たんぱく質を「たくさん食べて」と促す。さて、礼状としてハガキでも書こうか。伝票に目を落とせば電話番号も記載されている。とりあえず私はハムを更に切って皿に乗せ、ソファに腰掛けたザイのところに持って行く。ザイは二つの部品を外され単なる板となったスケボーを机代わりに肘掛けに渡している。ここに乗せてあるパソコンをザイが私に差し出し、皿と交換だ。さて、どうしようか。私は満悦のザイを視界に入れたまま、やはり師匠への礼の伝え方を迷っている。ザイは腕を組むように片手を左の脇に差し入れている。垂直に立てた右腕の先はフォークに刺さった一切れのハム。この格好のまま、「やっぱりおいしい」

時刻は昼の十一時半ば。師匠に電話を掛けてみれば、

「わざわざ、まあ」

礼を言い、言葉を交わす。話は落語に流れ、

「家内がですね、ムキになってる。こう言うんですよ。困りましたね。こちらとしては夢中といった調子だというのに」

ムキという、その様子を身近で見ているわけではないが、例えば、父と同年齢、ガンを経た病み上がり、台湾語落語のための寄席休演。そんなことを並べて想えば、私の中でも奥様同様の印象が結ばれる。

「くれぐれもザイさんによろしくお伝えください」

もちろん言葉通りの可能性もある。新しいものに出会って気持ちに弾みが生まれたという具合に。

「師匠、ちなみに師匠、無粋なことお訊ねいたしますが」

私は一つ問う。

「はい、何でしょう」

「師匠は台湾語で『初天神』をものにした後、何かお考えがおありでしょうか。言葉が悪くなりますが何か目論見のようなものがあるのでしょうか」

「なるほど。たしかに佐々木さんから音源を頂いて稽古をやっておりましたら、また別の意欲が出てきているのは間違いないんです」

「と言いますと?」

「やはり、どなたかに聴いて頂きたいという願いが生じてきたわけなんです」

私は納得を示す。そうか、当然だよな。心の中でも納得するせいで、ついつい会話を留守にしてしまう。又、師匠は師匠で言葉を継いでくれない。これは多分、間と言っていいはずのやつのもので、試しに何も言わないでいれば師匠も同じく喋らない。ほら、確かに沈黙が横たわっている。いやはや噺家が黙ってんのだから忌々しき事態だ。こうなると言葉足らずを埋めるため、こちらの舌が自動的に提案を示す。

「でしたら師匠の完成をお待ちして、後で私の友人に聴いてもらう運びにしましょうか。彼女では吹き替えの当人ですから判定が甘くなるかもしれません、ですので友人の誰かにあたってみますよ。いかがですか」

「ああ、それは嬉しい。気持ちに張り合いができます。いやぁ本当にありがとうございます」

突如として師匠の応答が明るく甦る。妙だ、沈黙を振り子に何か引き出された感覚だ。


次の土曜日、ザイと揃って外に出る。私は硬いウィール八個をポケットに仕舞い、ザイは首からカメラを下げる。そしてザイのメッセンジャーバッグには音源入りの封筒が入っている。と言っても目的は師匠に会うことではなく、同じく小脇にスケボーを抱えたザイと向かう先にある。ザイがクラスメイトから伝え聞いた話によれば、なんでも町屋に新しいスケボーパークができたらしい。それを随分な秘密を知ったといった様子でさも愉し気に話してくれたのが昨晩だ。

電車で池袋に到着したら今度はスケボーに乗り換える。それから鬼子母神の横を過ぎ、ケヤキの大木立ち並ぶ参道をまっすぐ抜けたら都電の駅がすぐそこだ。目先で踏切音が鳴り出し、遮断棒が下りる。すると都電が緩やかでいて滑らかに早稲田方面から斜面を上がってくる。やはり今日も同じく、人を小バカにした速度感だ。速いのか遅いのか、よくわからない。ザイは早速、初めて目にする乗り物にカメラを構え、シャッターを切り始める。

都電はホームに到着するなり、前の扉から六人の客を颯爽と吸い込み、すぐにまた出発だ。この発車の動きが随分早いこと。紐で引っ張られているかのように傾斜を滑り降りていく。これを見送った私たちは次の一本のため、ホームに並ぶ。

私の準備は万端だ。前回のミスから学んで、スケボーを入れるための袋を二つ用意している。これでザイが乗車拒否されることも、私がホームに向けてぶん投げられることもないはずだ。ははは、案の定、やって来た都電に余裕で乗り込めた。ところが一つ、誤算ありだ。都電を選んだのはザイにとっては物珍しいのではないかと思ってのこと。それに車内から外を撮るのも面白いんじゃないか、とも考えた。ところが現在なかなか窮屈な車内となっている。別段、ザイとて何が何でも撮ってやろうと意気込んでいるわけではないものの、こちらとしては惜しい気持ち。おまけに、また一駅と進んでも乗客が減る気配はなく、むしろ新たな乗客を前方の扉から迎える車内で古い客の我々は後ろへ後ろへ移動を余儀なくされる。これではルールを守っているというのに尻から放られかねないぞ。それにだいたい、なんだこのノロさは。確かに状況の悪さゆえ、時の経過が遅く感じられるのかもしれないが、都電は何かをわざわざ迂回しているようにノロい。まったくバカみてぇだ。と、そんな気持ちになったからでしょうか。八駅進んでようやく手すりを確保した私は、それをザイに譲るとザイに一言伝えて外に出る。飛鳥山公園の脇を舐めるように下った都電が平らな王子駅前に到着した時だ。

有難いことに風はなし。こうして私は都電に並列してスケボーで滑り往くわけだが、早速、選択を誤ったことに気が付かされる。というのも、つい先程まで、ちんたら遅く思えた乗り物が颯爽と前を行きなさるのだ。これがまた絶妙な速度で、後ろ姿が見えるところにありながら、なかなか追いつかせてくれやしない。小バカにされている当事者はまさに私である。今のところ鉄橋を迎えていないのは救いだが、道中、時には回り道が必要になったりもする。ようやく車内が覗ける距離まで近付けばザイが私にカメラを向ける姿が見える。俺じゃなくて外撮れ、外。これを伝えるには人差し指だけでは十分でないようだ。ザイに分かってもらえた様子はない。で、また距離が離れ、また近づく。ザイはザイで吹き出すのを我慢したり、私に頑張ることを促す拳を作ったりと忙しそうである。

私は地面を猛プッシュする。仮に蛍光色の爺さんたちが私を注意に来たところで追いつこうにも追いつかないはずだ。この点は良いかもしれない。けれども、そんなことに笑みを浮かべている場合ではないのだ。ただただ車道脇で必死なのである。むしろ車道という点でこの場合、追いかけてくるとすれば警察であるはずだ。我がスケボーは一台、また一台と自転車を抜いていく。追走することしばし、都電が目前の駅のホームに入って小休止。それでも「やっと追いつける」と思ったそばから遠ざかる。殊にホームを出発する際の都電が妙に滑らかに出ていく点が心憎い。

これが危うく怒りに転じる前だ、町屋を迎える。息を切らしつつ、スケボーを抱え上げれば、都電から降りてきたザイが私に小走りで近寄ってくる。

「ササキ、大丈夫?」

ザイが声を掛けてくるも息の上がった私はなかなか言葉を発せない。

するとザイは、

「ササキ、おもしろいだなぁ」

打って変わって、こんな私を汗に濡れる衣類構わず、くすぐり始める。おかげでこちらは身を捩らせざるを得なくなり、ついつい足がもつれて尻もちだ。近くの人に大きく避けられてしまう。

そりゃそうと肝心なのはパークなのだ。わざわざ都電を追い駆けたのもパークがあってのこと。けれども町屋にあるというスケボーパーク、これがどうにも見当たらない。いかんせん念頭にあったのは都電には裸のスケボーを持ち込めないという教訓だ。それゆえスケボーを仕舞う袋を忘れぬことだけに集中していた昨晩の頭にはパークの有無を疑う余裕などなかったわけだ。

私はザイに古めかしい昭和の遺物のような喫茶店で待ってもらい、四方八方をスケボーで探し回る。試しに随所で近くを往く人に訊ねてみても誰も知らない。そりゃそうだろう。ザイが都電内で調べたところによれば、そういった情報に該当する町屋の記事もなく、グーグルマップなどにも載

っていないというのだから。私はザイの待つ喫茶店に今一度戻って、

「町田じゃない？　町という字に田んぼの田、東京の端っこ」

するとザイが調べ直して、やはり正解。

*

梅雨を迎える。世話ない話だ。

蜘蛛が、大きな蜘蛛が清水荘に外に巨きな巣を作っていて、それがいかほどかと言えば、横一畳幅の小径を挟む第一清水荘と第二清水荘が蜘蛛の糸で繋がるほどだ。しかも細いながらも張りのある蜘蛛糸は妙につややかな白色で無駄に美しいのである。この梅雨のうちに月を跨いで七月、師匠から一報をもらう。一応できました、と。良し悪しはさておき、台湾語版『初天神』、完成しました、と。いやはや、つい先日、町屋から投函したばかりだというのに随分と早い。音源があちらに届いて一週間も経っていないだろう。

とはいえ、こちらも先立って師匠の聴き手として友人に声を掛けてある。日本語学校で出会ってから八年来の付き合いになるＯＤ《オーディー》だ。美大の修士課程を終えた後、現在は東京で映像制作の事務所に勤めている。

そんなこんなで師匠から報告を受けた私は改めてＯＤに連絡を入れ、時間の余裕がある日時をと

りあえず三日分訊いておく。師匠には都合の良い日を重ねてもらうつもりだ。それからODとの電話の最後には「ファミレスとかじゃ、なんだから」云々、初披露の場所にまつわる願いを付け加える。

迎えた七月四日。師匠と渋谷駅前で落ち合うことになっている。こちらが渋谷に突っ立ったそばから師匠が予定より十分早くやって来た。オールバックはそのままに、本日は着物ではなく、カジュアルな出で立ちで背筋の伸びた背中に帆布のリュックを背負っている。

私たちは渋谷駅からデッキ伝いに246を横切っていく。広範囲に跨るだけで何の変哲もないデッキだ。これを三分ぐらい歩いた後、今度は階段で下りれば、そのふもとで坂が始まるなかなかの勾配だ。中腹では数多くの留学生が進学する経済大学の横を過ぎていく。間もなく二階に図書館を併設した渋谷区の建物を迎え、その一階を後ろに抜けたところで、

「昼時にここへ来たのは初めてだなぁ」

師匠が仰る。訊けば数年前まで、この建物の三階で定期の高座があったらしい。

「ちなみに本日の場所はこの裏になります」

会話のうちにODの勤務する事務所の入ったマンション前に辿り着く。「303」とインターフォン下のロックキーに打ち込めば、インターフォン越しに「どうぞ」という反応があり、自動ドアが開く。エレベーターで上がり、外に出て五歩、「こんにちは」と目の前のドアを開ける。そこに待ち構えたODがおり、

「ＯＤ、お世話になります」

「先生、どうもどうも」

「師匠、こちらがＯＤです」

私が玄関先でさくっと紹介すると、

「ＯＤさん、本日はどうも勝手な願いを申し訳ございません。何卒、よろしくお願い致します」

師匠は厳粛な表情のまま深々と頭を下げる。

「そんなそんな」

ＯＤが恐縮を苦笑いに変えたような表情を浮かべ会釈を細かく三度刻む。

「じゃ、先生、こちらへ」

我々は玄関先から上がって左の部屋に入り、ＯＤは少々お待ちくださいと別の部屋に一旦消える。

「ある時期、こちらの社長さんがお代を捻出するということで、こちらで日本語を、といってもその時すでにＯＤの日本語は上手だったんですが、教えに来ていたことがあるんです」

「向上心というやつですね」

「師匠、どうぞこちらにお掛けください」

私は以前の我が定席を師匠に促す。そこへＯＤが二杯分のお茶を手に戻ってくる。社長は不在だという。師匠と私は横並びに座り、大きなテーブルを挟んでＯＤと対に面す。

「話した通り師匠が台湾語で落語を覚えました」

「すごいですね。落語を聴いてみたいと思ってましたが不思議な初めてですよ。しかも台湾語。しかも本物の落語の先生。びっくりです」

「そうでしたか、そうでしたか。そうだ、お待ちくださいませ」

師匠はそう言って自らのリュックの中を探り始めると手土産を取り出し、テーブルの上に乗せる。それからODの手元へと両手で丁重に滑らせる。

「これね、長野に古くからあるゼリー。皆さんでお召し上がりください」

噺の前に私は紹介を付け加えておく。

「ODはアマゾン・ジャイアンツの映像制作に携わっていたりするのです。それにしても不思議ですね。一方は日本の国技に関する映像に携わって、一方は落語を台湾語でなさるなんて」

師匠が笑って、

「本当ですね。それじゃ、毎日お忙しいんでしょうね、小さい身体で頑張っておられる、ODさんはひょっとして、うちが初めてとった女の子の弟子と同じぐらいかな、あれが二十歳そこそこ」

「いえ、私もう三十です。小さいんだけですよ。中学生にも間違えられますよ」

ODが苦笑する。私は紹介を付け足すように、

「師匠、実は戦前に台湾の高校が甲子園で準優勝しているんです。その高校こそが嘉義にあった嘉義農業高校なんです。そしてODのお父さんのお父さんが、その嘉義農業高校の出身なんです」

「はあ、また出てきましたね、嘉義という街」

師匠の言葉にODが苦笑を交え、

「先生は病気ですよ」

「ところでODさんは活動をお撮りになられるとか？」

師匠の問いに私は説明を加える。

「活動、これ、映画のこと」

すると納得を示したODが、

「大学院の卒業制作をしただけなんです。今は忙しすぎて映画を考える時間がないんです。どんどん時間が過ぎることが怖いですよ」

また苦笑で応える。

「では、そろそろいかがでしょうか」

私は会話の切れ間に言葉を挟み、師匠の隣からODの隣に席を移る。師匠には座布団がないことを事前に理解してもらっており、師匠は私とODの「お願いいたします」の一言を合図に椅子に腰かけたまま噺を始める。

キナリヒョウクンリ

冒頭も冒頭、この出だしの一フレーズにODの目蓋がびくっと動く。

ソーイランゾォホエキチンスイ

今度は「おお」と声が漏れる。

サライキィビョウレェバイバイ

ボエガアションスイエサァテツラエ

「すごいなぁ、これ、すごい」、今度は独り言のように呟く。ODは椅子の背にもたれることなく前のめり、か細い両腕をテーブルに乗せている。その体勢のまま頷いたりするので、現況も相まってなんだか稽古時の師匠と弟子が逆転したような光景になる。

師匠の台湾語も相変らず威勢が良い、言葉が駆けている。不思議なことに今日は台湾語が江戸弁以上にべらんめえ口調に感じられる。だいたい外国語とはいえ、さすがの上下だ。きっと抑揚にしても許壽一なりザイなりの発音を――上下踏まえて――加減する配慮も施しているであろう。

嘶は息子が参道に飴屋を見つけたあたりだ。ここでODがポケットからケータイを取り出し、音を立てずに写真を五枚、続けて動画を十秒ほど撮ったりする。これをポケットにしまって束の間、「おおお」と冒頭に発した感嘆とまた違った質の声がその口から出てくる。

「インナァラン ションガアイ ジャミミギャ?」

「ン〜。ガムシトゥンア」

「ギンキベホアラ!」


父親がしぶしぶ勘定を済ませて飴屋から飴を受け取る。その飴を息子に手渡す前に父親が手についた飴をなめる所作が繰り返される。飴屋の件が終われば次は子供が凧をねだり始める。親子の掛け合いの後、凧揚げが始まる。訊いたに、ザイも子供時分によく凧揚げをしたらしい。ODの笑いが多くなる。


「ワテグェキオ」

「ウン、カァグッェキエ」

「アボエガオウ、ゴカ、ゴカ、ウン、ゴカグエイキエ、ホオ!」


父と子のやりとりがクレッシェンドを高める。左を向き、右を向き、師匠の上下の動きもまた、より滑らかか。そのうち、ふっと立ち止まるような間があり、

ナシアンネェ、アバ ナシボツォアライデュオホラ!

師匠は息子の言葉を最後にゆったりと言った後、

「ありがとうございました」

頭を下げる師匠にＯＤと私は揃って拍手だ。互いに手のひらを熱烈に弾くような拍手で形だけのものでは決してない。ただ、ＯＤが拍手にかける時間は私より短めだ。それゆえ、私の拍手だけがパチパチパチパチと三拍余計に響く。この短い間だ、師匠の両目が不思議なものを眼差す目に変わった。視線の先は明らかに私の隣、私は四拍目の拍手を寸でで止め、代わりに横を見る。おや、ＯＤが涙を溜めているではないか。

「どうした?」

ＯＤは大きく一度鼻をすすってから、

「感動しました」

やはり泣いている様子。

「素晴らしいですよ」

ＯＤが繰り返す。

「大丈夫でしたか、私の台湾語は」

「問題ありません。素晴らしかったです」

師匠は師匠で自身の台湾語が通じたことに驚いている様子だ。私も私で驚いているうちの一人だ。

加えて、本来滑稽噺であるはずのネタが結果的に人情噺になってしまっても、いる。これとて驚きである。

「どうやらそのようですね」

私の指摘に師匠の笑みが苦笑いにも変わる。

「嬉しいですよ。アサミちゃんも喜びます」

ＯＤの彼女の名前も出てくる。

「どうでした？　私の台湾語」

改めて訊ねる師匠に、

「ほんとビックリしました。ビックリのは一番、発音です。綺麗ですよ。しかし、半分が台湾の中部の発音、途中から台湾の北っぽい発音なんですね。それにちょっと客家《ハッカ》の人たちの方言？　いや、イントネーションが入ってる感じです」

ＯＤの所感に、

「五分の三あたりからザイが音声を作ったのよ。それを師匠が暗記したわけなんだけど。ザイのお父さんの方のおばあちゃんが客家《ハッカ》なのよ」

「ああ、だからかも。でも、本当に分かりやすかったの台湾語でした。とてもかっこいい台湾語でしたよ。外国の方が台湾語話すの嬉しいですよ」

ＯＤの絶賛をもらった後、私たちは事務所を辞す。師匠と私で互いに「びっくりですね」と驚きの言葉を繰り返しながら駅へと歩を進める。

「それにしても佐々木さんの言う通り、人情噺になってしまいましたね、はは。今日の日は、いやぁ実に良い予行練習になりました」

「考えてみれば神社が出てくるわけですよね。日本の神社は台湾の廟にあたるといっておかしくないですし、父と子のやりとりなんて万国共通でしょうしね。壽一もそこを踏まえて『初天神』を選んだんですかね。だとすれば、良いネタ選びですね。もちろん私の彼女も壽一にも倣って〝廟〟ということで統一したそうです」

「痛み入ります。廟、道教でしたね。なるほど」

再び渋谷駅に到着する。

「ザイさんにも今一度くれぐれもよろしくお伝えくださいませ」

師匠が構内へ入っていく。改札の向こうで師匠の背が人ごみに紛れ、消える。これを見届けた後、私は駅を背に歩き出す。

本日の師匠は台湾語落語に十五分もの時間を費やした。この強調は所要時間に対してではなく、外国語が話されていた時間の方に力点を置いている。そもそも師匠にすれば認識すらしてなかった言語なわけだ。それを音声だけ諳んじて、いきなりその使い手相手に十五分間通じっ放しなのだから恐れ入る。節でごまかせる歌でもないのだから。喋りを生業にしているとは言え、それを差し引いたところで、こちらの驚きはびくともしない。

そもそも私なんて外国人相手に日本語教師業をしている割には外国語が何一つ身についていない。一度だけ怠惰な人間に活気という魔が差して台湾の中国語をかじってみたこともあったが、「車站」――カタカナで表記するなら「ツゥージャン」――という駅の意味を持つ初歩的な単語の発音すらまともに出来やしない。ま、常用単語ゆえ実践で使っていくうちにモノになるに違いない。当初はそんな風に高をくくってはいたが、結局、口腔をどう探っても音が見当たらず、今でも百人に聞いてもらって一人か二人の精度と来ている。おまけに、この発音を試みる時には決まって口の中が痒くなってたまらない。これが声調が四つある言語の話だ。八声の台湾語となると師匠の口は一体どうなってんのだろうか。そうこうしているうちに「車站」が見えてきた。特に理由もなく一「車站」歩いて原宿「車站」だ。こうして渋谷区から電車に乗って帰途に就く。

部屋にはすでにザイがいる様子。ドアを開けると、迎えてくれる声色がしっかり明るいこともあって早速師匠の報告をしておく。師匠の台湾語がODに通じたということ、それから師匠がザイに感謝しているという旨。これらを伝えれば今度はザイが口を開く。なんでも各授業の期末テストの範囲が明示されたという。ザイは奨学金狙いで学科のトップスリーを目指すらしく、

「遅刻も欠席もない。課題も全部出しているから、おい、ササキ、もらうぞ二十万」

高らかに宣言してから私をくすぐり始める。

＊

七月下旬、学生のザイも非常勤講師の私も揃って夏休みを迎える。私は数日前に再度、常勤講師の話をもらったが、やはり前回と同じことを話して断った。なので一つ年齢を重ねる来年もまた同じように夏休みがあるに違いない。

ちなみに仕事が一旦なくなる非常勤講師の八月を前に、かつての学生三人からオンライン授業の申し入れをもらった。すでに日本語能力試験の最上級レベルに合格している彼らは喋り相手になってくれれば良いという。それぞれ月八回各一時間で三万円を支払うという。期間はそれぞれ様子見だが半年は続きそうな気配だ。これでまず無給となるはずだった九月分の給料として九万円も確保できる。更には十月なんぞ学校分の給料と合わせたら月収が主任クラスの三十万越えだ。べらぼうに有難い。

そうして本日はザイと帰郷することになっている。ところが一人遅い朝食を済ませた私に、

「ササキ、先に行って」

朝の六時に起床したというザイがパソコンをいじりながら言って寄越す。

「集中力を切らない方のがいい」

それなら、と私が待つつもりを表明すれば、

「ササキがいると集中できませんから。私は後から行きますから、先に行ってくださいよ。駅に到着したらお前の家にバスで向かいますから」

こうなると諦めるほかなく、

「じゃ、バスじゃなくていいから到着の前に連絡ください」

そう伝えて一足先に部屋を出る。いやはや夏休みの課題をもらったばかりだというのにすでに取り掛かっているなんてなんと真面目なのだろうか。その上、早いとこ片付けたらお次は海の向こうから頼まれているロゴデザインの仕事に着手するという。さすがに無遅刻無欠席で夏を迎えた人間の言葉には迫真がある。

言われたままに電車に乗って新河岸川、荒川と過ぎる。更には毛長川、綾瀬川、元荒川も過ぎる。我が両足は床に置いたスケボーの上。こうするとやはり、どの橋も揺れの感触が違う。

埼玉縦断も真ん中を過ぎ、中川という二級河川に差し掛かった頃、二つ先の駅からスケボーで帰ってみようか、と思い付く。栗橋駅からなら十キロぐらいだろうか。もちろん外は暑い。七月下旬のそれなりの炎天下だ。炎天下は暑いのだ。とは言え、こちとら台湾中南部の暑さに慣れた身だ。太陽が昇り日陰が消え、誰もいなくなる嘉義公園の昼下がりに三時間ぶっ通しでスケボーに興じていたのは結構最近までのことである。それを踏まえれば日本は関東の夏など余裕に違いない。

ということで栗橋駅に着くと私は電車を威勢良く降り、元気良く駅を出る。スケボーの先端を左手に持ち、後端を地面に擦れらせ小走りだ。そのままスケボーを離しては前輪が地面に触れた瞬間に板に飛び乗る。スケボーで帰るといっても所詮十キロ程度だ。ははは、大丈夫さ。私は勢い任せに右足を振りかぶり、地面を蹴り進む。駅前に静まる住宅街を抜け、左右に田んぼの控えた道路を行く。しばらくすると道路の路面が武骨な風情に変わってくる。アスファルトはタールの色味がずいぶんと薄く、所々に割れが深い。その上、車のタイヤとの接触面が殊更擦り減り、路面全体が見事に波打っている。ダンプの交通量が多い車道にありがちな形状だ。私の滑り進む狭い歩道には木々なども並んでおらず、日陰など一点もない。にもかかわず、辺りには蝉の声がこだまし、そこへ何やら分からない虫の音も雑然と便乗している。そんな環境を五、六百メートル進んだぐらいだろうか。私は一つ気付かされる。

やはり、この国の夏もまた暑いのである。

左右には水を張った無数の田んぼばかり。水面は特別低い位置でもない。試しにしゃがんで腕を伸ばし触れてみれば、これが酷くぬるく、飲むには水として死んだような水温だ。これじゃ県境辺りで倒れるかもしれない。そんなことを思いつつ中腰になれば、汗が胸から鳩尾まで一筋に伝う。だいたい青森と秋田の雪深い県境とかならまだしも、私がこれから越えるのは埼玉と群馬の県境なのである。情緒もへったくれもない。私は元来た道をとっとと引き返し、駅で今一度電車を迎える。道中、髪の生え際から目元に伝う汗を度々拭ったせいで両目が痛い。けれども痛い痛いと苦しんでいれば、電車は早くも地元駅に到着する。

駅舎の外にアイドリング中のバスがあるも望みの路線に非ず。近寄って時刻表を確かめれば、やはりそうだ。束の間、乗客のいないバスが出発し、視界が開ける。と、バスが走り去る方向から、こちらに向かって歩道を歩いて来る高校生たちの姿が数多い。それも比較的近くにもいれば、優に百メートル彼方の遠目にも姿がある。青のジャージ下にTシャツというのが概ねの出で立ち、そのほとんどがペットボトルを握っており、半数以上の多さで首からタオルを提げる学生もいる。一貫した共通点はどいつもこいつも男であるということだ。一人で歩くのもいれば、二人も三人もいる。それ以上の複数人の塊があっても、結果的にどの歩調も皆似通っている。それぞれ冷めた顔つきもあれば、暑さに歪んだ顔もあり、いずれにせよぐったりした様子でこちらに向かってくる。

「自分のペースでッ」

こんな声の出所は二階建ての駅舎の足元。ちょうど日陰が出来ているところに教師らしき二人の男が腕を組んで立っている。学生達はここに到達すると、この二人からスタンプらしきものを押してもらい、今度は線路に沿って北へと向きを変える。

「ちょっ、ちょっと」

私は近くの三人組に声を掛けてみる。汗まみれの三人の顔は私に対して素早くは動かず、俯きがちな頭を斜め横に持ち上げるようにしてこちらを見る。

「もしや館林高校の競歩大会ですか」

「あ、そっす」

一人が足を止め、釣られた二人も足が止まる。

「館林からここまで？」

「あ、そっす」

同じ子が応える。

「このまま折り返すんですか」

「いえ、栃木に入らなければならないんす。で、佐野から館林に戻るんす」

「四十キロでしたっけ？」

今度は違う子が、

「四十四ですよッ」

訂正の声がつっけんどんだ。

「板倉まで来てくれて、なんかすみませんね」

三人揃って、

「いえいえいえ」

「なんか、すみませんね」

三人揃って、

「いえッいえッ」

それから左の子が、

「夏に開催するのがバカなんですよ、嗚呼」

今度は右の子が真ん中の子を見て、

「ブドウパン買ってやるからさ、この行事作った奴、捜して来いよ」

言われた真ん中の子は、

「黙れ、嗚呼」

互いに投げやり口調だ。

「それじゃ、お気をつけて」

私が別れを告げると、

「嗚呼」

揃って間投詞だけを発して三人はまた歩き始める。


次の日、朝から妙な光景が庭先にある。父親がザイにスケボーの乗り方を教授されているのである。八時とは言え、すでに三十度を超えていることを考えれば父親の積極性が度を越したもののように思える。そもそも今年で七十四という年齢なのである。それとも今どきの七十代はおしなべてこんな感じなのでしょうか。なかなか奇天烈な光景を縁側から眺めていれば仏壇近くで私のケータイが震えだす。時間が時間だけに月島かと思いきや、これが佐藤からだ。それもまた、こちらへ来るなどと言う。要件は借金ということだが、そんなことにも増して驚くのは、わざわざ群馬に足を運ぶという、その意志の方である。なにせ靴紐がほどけても結ぶ気力の起きない男である。朝の八時台に目を開けているのも珍しければ、佐藤が電車で県境を二つも跨ぐなんて私の知る限りこの数年聞いたことも見たこともない行動なのである。どうにも我がポケットの中の握り拳は興奮のためにうち震えてしまう。私は縁側からザイと父の名を呼んで、佐藤来訪予定の旨を伝えておく。

昼過ぎ、家族でそうめんを啜っているところに再び連絡が来て、私はサンダルをつっかけ、バス停に向かう。と、そこには確かに上下スーツの佐藤が立っている。それも日除けのために畳んだ新聞を頭上に翳しながらだ。私がその到来に驚きを示してから新聞の存在を問うに、

「いや、網棚の上にあったんだよ」

佐藤はそう答えるが、この新聞が群馬の上毛《じょうもう》新聞と来ている。

「佐藤が乗ってきた電車、それうちの町に入る手前は埼玉なんだよ。で、群馬のうちの町を出たら次はもう栃木なんだよ。そんな環境でどうして群馬の新聞が手に入るんだ？　うちの町の駅に売店はないだろうに」

互いに不思議がりながら家に戻り、玄関を開ける。

「佐藤君、久しぶり」

「お邪魔します」

「どうぞ、上がって」

「佐藤来た！」

「ああ、ザイ、ごめんね、お邪魔して」

「佐藤君、ほら、食べて」

佐藤に昼飯を勧める母は箸とめんつゆを満たした椀をテーブルに置き、

「ごめんね、ちょっとお父さんが待ってるから行ってきちゃいますね」

そう言うと家から離れた菜園へ向かうため、場を離れる。ザイはザイで嘉義の教会に依頼されたロゴ作成のため応接間へ移動だ。「集中なんだ、集中、あばよ」

差し迫ってやることもない私と佐藤は共に冷房の効いた居間にて食後の小一時間を何もしないで過ごす。で、やはり特に何もせず惰性に身を任せていれば暇の底でアイディアに巡り会う。そこでまずバス停に向かい、館林行きのバスに乗ったら、十五分程して下車する。

五か月ぶりの花袋の文学館は真夏だというのにやはり風情涼しくそこにある。背後にはつつじが丘公園の敷地内で高く伸びた木々があり、かさばった枝葉が重みで垂れていたりする。そのおかげか建物全体が陰に包まれた花袋の文学館は近づくほどに何か冷え冷えと佇んで映るのだ。その様子は無目的広場を挟んで横並ぶ向井千秋宇宙科学館とは大きく異なる。向こうは日差しを隈なく浴びて、ザイと訪れた三月に同じく煌々としている。

とりあえず宇宙を横目に文学に入った我々はまず、二つの自動ドアの挟まれた空間の中で一涼みを取る。そこは冷房が届いているに加え、息苦しそうな佐藤向けに誂えられていたかのようにベンチが置かれている。ひとまず佐藤の呼吸が整うまで一緒に腰を下ろしたままでいる。五分、十分と過ぎても、その間に来館する人もいなければ帰っていく人もいない。それは一枚目の自動ドアの向こうとて同じで視界を横切るのは車だけだ。

ふと佐藤が何やら言った気がして訊ねれば、

「いや、何も」

——いい加減やって来い、死よ！

そんな風に聞こえたが気のせいか。いや、口にした張本人が気付いてないだけの線が濃厚だと思われる。私はこのタイミングで佐藤の希望である十万円一千円を渡しておく。入り用は家賃とのことだった。

「すでに一回裁判起こされてるし、もう延滞できないんだよ」

佐藤はそう言って、「よいしょ」と立ち上がる。

入場料は二百二十円。展示物はやはり花袋の年譜から始まる。館内には三月と異なり、冷房が効いており、「涼しい、涼しい」と味わうように繰り返す佐藤はこの横長のパネルに関心を示さず、突っ立ったまま動かない。そんな佐藤を横目に年譜パネルに引っかかる点のある私は、左端まで見切った視線を年譜の真ん中あたりに今一度戻してみる。そこには藤村との交流が始まる年と妻と結婚した年が記されているのだが、この狭間に以前目にしたものがない気がするのだ。「東京から館林まで歩いて帰る」という記述だ。はて、記憶違いというやつか。佐藤に確かめてみれば、やはり私の口から聞いた覚えがあるという。

それじゃ一層妙な話だ。どこかに消えてしまったのだろうか。受付に戻って訊ねるに、館員さんは「ありましたか?」と逆に訊いてくる。妙な話だ。疑って悪いが上から同色のシールでも貼って、消したのではないだろうか。

「まったく、しょうがないねぇ」

佐藤はこう言って、パネルを擦ってシールの痕跡を調べる私をけらけらと笑う。それも苦しそうにも健やかにも見える表情で笑いなさる。残念ながらパネルに上貼りの痕跡はなく、クリーム色のパネルは端から端まですべすべだ。はて、見落とすという言葉の対義語はなんだろうか。いずれにせよ私は確実に目にした、見た覚えがあるのだ。はて、ザイの不機嫌にもたらされた試練の時においても輝いて映ったあの一行はどこに行ったのだろうか。

「確実に見たんだよ」

今一度繰り返す私を五歩先の佐藤が笑う。私の煮え切らない心地は見学に戻っても尚も続く。してみれば、この心地の先に一つの黄ばんだインターフォンが待ち構えている。

三月だ。檳榔にまつわる記憶を確かめるべく当時、元タバコ屋の両隣りの家のインターフォンを押した際、右隣りの家は留守であった。こちらがダメならあちらはどうだ、まさにそんな思い付きから俄然そのインターフォンを押したい欲が出てくる。

「佐藤、ちょっと我慢してくれ」

断っては半ば強制的に佐藤を連れ出し、容赦ない日射しの下、目的のお宅まで歩いていく。そして到着次第、さっさとインターフォンを押してみれば、運良く反応がある。私はまず、以前も以前にこの近所に住んでいた事情をお伝えし、ささっと隣のタバコ屋について訊ねてみる。

「たしか十五年ぐらい前かな、娘さんのところに引っ越しましたよ。千葉だったかな」

「ああ、そうでしたか。ちなみにお店をやっている時、檳榔を売ってませんでしたかね」

「え、そのビンロウって何でしょうか」

確かにその通りだ。

「あ、すみません。一見して緑の実です。梅干しぐらいの大きさで。店内に敷かれたゴザにそんなようなものが並んでいた覚えなどないでしょうか」

「どうだったかなぁ。いかんせん言葉を交わすといっても表からというより裏からでしたし。ごめんなさい、ちょっと分からない」

「ああ、そうでしたか。分かりました。ありがとうございました」

「お力になれずにすみませんね」

仕方ない。言ってしまえば別に檳榔が並んでいたからどうだという話でもないのである。

「花袋は『温泉めぐり』がいいよ」

佐藤が出しぬけに教える。曰く、国内各地の温泉紀行文とのこと。なんでも終盤に花袋なりのベストワンの温泉を選んでいるようなのだが、まだ行ったことがないという理由で期待を込めて台湾の温泉を挙げているらしい。

「どこ？　北に投げると書く北投《ベイトウ》温泉か」

「あ、たしか、そこだよ。二年の時に読んだから、よく覚えてないけど」

「高校生の頃か」

「いや、小学校の時よ」

次の日、私は母から一本、そして妹の家に行き、また一本、日傘を借りる。昨日の文学館で得た情報によると我が町に花袋の弟子がいたらしい。そこで家の中でやることのない私と佐藤はデザイン業務に忙しいザイを残し、暇つぶしがてら外に出ることにしたのだ。

実家前の十字路を渡り、南へ三百メートル、二級河川の谷田川《やたがわ》を越えてたら日陰も味気もない田んぼの間を南地区へ向かう。出歩くバカのいない視界に虫の音ばかりがこだましている。十分程歩いて真新しい廃校が見えてきた。と同時に正門傍の小野田ショップも目に入った。店を開けているはずが、廃校となった小学校同様に人気がなく、様子がくすんでいる。より近付いて眺めるに我が父の同級生である主人の姿がない今、店内にいるのは息子のヤスヒロ君と考えられる。親が親なら子も子で同級生だ。一瞬で良いから涼みたいという佐藤と一緒に二十年ぶりに入店してみるが、ケータイ片手に一瞥をくれたヤスヒロ君は案の定こちらに気づかない。人影のない町の店内に客はいない。それに山崎の菓子パンに飲料、アイスはあれど雑誌が置いていない。これでは冷房に粘る術はなく、佐藤がタバコを買い次第、我々は店を出る。

「昨日のマップによると花袋の弟子の家はさっきの神社の近くらしい」

タバコを開封しながら頷く佐藤はジャケットの襟元が汗で変色している。私はそれを見るにつけ、今になって思うのだ。こちらで訊くなり、他の家を訊ねて回ったりすれば、該当する家を見つけることは難しくないだろう。まだ、その子孫が暮らしているかもしれないし、いないかもしれない。いずれにせよ判明するだろう。けれどもまぁ、仮にその子孫に会ったところで、だからなんなのだろうか。こちらが、だからなんなのだろうか、なら、子孫の方々にすれば、更にだからなんなの、であるに違いない。

「あの、田山花袋のお弟子さんが住んでいらしゃったというのは、こちらのお宅でしょうか」

「はぁ、そうですけど」

「そうでしたか、こちらでしたか」

こんな冒頭に始まり、ひとまず線香をあげたりするのだろうか。

「弟子の名前って覚えてる?」

佐藤に訊かれて気づいたが、私はその名字すら憶えていないのである。

「忘れた。佐藤は? 覚えてるか?」

「分がんね」

どうだろう、俺たち気味悪くないか。だいたい、お前さんこのクソ暑いのにスーツだもんな。私の問いに終始顔の歪んでいる佐藤も寸分の狂いなく同意を表明する。

そうして昼が過ぎ、迎えた夕方の明るいうちに晩飯が匂い立つ。そんな雅な時間帯に私はトイレで四苦八苦が終わらない。さすがに泌尿器科へ行くべきか。いやいや受診を先延ばしするのも何しろ触診が怖いからで。尻に指を入れられた日にはぐったり感が三日三晩消えないのは経験済みだ。仮に症状を明かしたりなんかすればザイは怒って自分の指を突っ込んで来るかもしれない。ま、性交は出来ているのだから良いじゃないか。私はひとまず尿意に折り合いを付けるためトイレを離れ、開放的な庭へと向かう。居間にはテレビを観るザイと佐藤がおり、ケータイで会話する父の姿もある。このごくごく普通な居間の風景を突っ切る時だ。

「おりますよ、代わりますから」

父からケータイを受け取らざるを得ない状況がもたらされる。

「こんにちは」

最初の挨拶は師匠からである。

「ああ、師匠、どうもこんにちは」

「お父様から聞きました。いやあ、台湾で落語させていただけるなんて痛み入ります。費用は当然、こちらがもたせて頂きますので何卒よろしくお願いします。お父様の言う通り、八月の下旬と言うことでしたらまったく問題がございませんので、はい、よろしくお願いいたします」

ずいぶんな話の飛躍である。

「どういうことよ」

会話が終わり次第、父に訊く。

「これはやるしかないな。どっと行くんだよ。お前もザイちゃんも」

「すげえな、勝手に決めるの」

胡坐をかいたまま佐藤とザイが我々を眺めている。

「手を貸してあげなさいよ。これが最後の思い出かもしれないんだぞ」

「いや、別に出来なくはないよ、でも前もって相談してくれよ」

そもそも、である。この元教員が四十年前に発案したイベントのせいで二十一世紀の高校生らが、ひいこら言いながら酷暑の中を四十キロ以上歩かされているわけである。

「お願いしますよ、少なくとも先に相談してくださいよ」

「あれ、お前、顔がニヤついてるぞ」

夕食を挟んで、また父親だ。念押しである。ちょうど私がザイに、仕上げたばかりだというロゴを見せてもらっている時だ。ザイの通っていた教会から頼まれたロゴということで、「大役じゃん」、こう感想を述べようとしたところに応接間のドアが開いた。父親はひょっこりと顔を覗かせ、

「とりあえず八月の下旬な。落語ができそうな場所を押さえてもらいたく思います」

ここまで言うと、

「これ初だぞ、きっと初だぞ。台湾で台湾語の落語、落語史に残るぞ」

残りを独り言のように言って場を離れる。どうやら師匠はすでにパスポート再取得の申請に入っているらしい。私はザイに八月に揃って台湾に行くことをどう思うか、訊ねる。言うまでもなく先程の話のメンバーにはザイも入っている。

「ササキ、私はササキが行っても行きたくないですよ」

「なるほど」

一応、その心を問えば、

「なぜなら三月に来ましたよ、まだ早いですよ」

「カッコ悪いという感じ？」

「それもありますけど」

「はは、ちょっと分かる気がする」

「私が嘉義に行くとしたら、家族に電話しますから空港か駅にお母さんとかお父さんとかお兄ちゃんとかお姉ちゃんとか来ちゃいますよ」

「良いじゃん」

「ダメですよ。うちは伝統的な家ですから、結婚するの前にササキのお父さんと私が一緒にいたら、うちの家族怒りますよ。私とササキが一緒に住んでいることだって秘密にしてるんだから」

「でもザイの家は桃園でしょ。それに連絡しなければ大丈夫でしょ」

「ダメ。私、絶対連絡するから、そしたら来るよ。空港か駅に会いに来ますよ」

ここはひとまず、「そうかそうか」とだけ言って、話題をザイの仕上げたロゴに変えておく。

夏休み四日目。父親の中で旅程が八月の二十四から二十八辺りに、なんとなく定まってきているらしい。それゆえ会場を押さえることも念押ししてくるわけである。

正直、会場探しは、それほど難しいとは思わない。ぱっと思いつく場所でも二つある。一つは嘉義県の大林《ダーリン》駅近くにある千國戯院《せんごくぎいん》という元映画館、もう一つは嘉義市の嘉義駅を出て右手に広がる嘉義文創地区という公の文化施設。前者は百年近い歴史を持っており、外観は——途中で改装したとはいえ——昔以上の風情を帯びている。また、改修を重ねてすっかり小綺麗となった館内は現在、地域のおばさん方の歌の発表会であったり、子供たちのお遊戯会であったり、それこそ多目的ホールのように利用されている。一方、後者は日本が台湾にあった頃に建てた造酒工場跡地に広がる文化施設だ。カフェ、木工所、スケボー場等々、用途の定まった部屋もあれば、そうでない部屋はそれ以上にある。

会場と言われてすぐ浮かぶのはこれら二か所だ。ただし常駐公務員が五人いる嘉義文創地区に比べ、千國戯院はオーナーの江《こう》さん一人である。それに江さんは千國戯院の保存活動に力を注いで止まない人でもある。十年近く前、取り壊される予定だった千國戯院を市から買い取り、以来、何かにつけてあらゆる現場にしている。一度だけ建物の前で話したことがあるが、ただ共通の友人がいるというだけで館内ばかりでなく、自宅までも案内してくれた。そういったサービス精神を考えればこそ、まず連絡するなら千國戯院が良いかもしれない、と思うわけだ。ま、連絡するとしたら、である。

夏休み五日目。正直な話、父親の先走り過ぎた独断は面倒ゆえ歓迎しにくいが、私自身は嘉義に行くことが嫌なわけはない。満足な滞在時間ではなかろうが、自分の好きな街に戻れるわけだから。この四か月というもの嘉義の友人らから連絡がある度に心が望郷的な風情を纏ったのは確かだ。ちなみに中国語で家に帰ることを「回家《ホイジャ》」と書き、これがもし嘉義に帰るならば「回嘉《ホイジャ》」と書ける。奇しくも発音が同じだ。

試しに千國戯院と江さん個人のフェイスブックを覗いてみる。どうやら八月中旬にいくつか催しがあるようで、宣伝を兼ねたポストが見受けられる。では下旬はどうなのだろうか。試しに江さんに連絡をしてみる。すると「お、いいじゃん、やれやれ。けど十八日から二十一日まではお前の国へ旅行に行くから、二十二日以降ならいつでもいいぞ」というような内容が中国語で返ってくる。

これを父に伝えてみれば、父による一方的な日取りの決定、師匠のパスポート取得完了と話が早い。ただしザイがザイだ。私が会話の合間に探りを入れても「行かないよ」との一点張り。仮に「行こうよ！」とでも活きのよい口調で言い募ったりでもしたならば、その機嫌を損ねかねない為、私の口先は穏やかかを徹する。

過ぎる数日。この間、父はザイの様子を訊ねるに忙しい。最早二時間おきだ。

「師匠が長くないって言ってさ、どうにか説得をお願い」

たしかにザイがいてくれた方が言葉の都合上ありがたいはずだ。そう考えるのが至極真っ当だ。けれども私はその点、さほど心配していない。己の経験上、片言の中国語のせいで何かが上手くいかなかったことがないからだ。むしろ、私の心配は完全にザイの心の乱れに関して、である。ザイが日本に残って私は台湾に行ったとすれば、ザイは置き去りにされたといった心証になるに間違いない。「まあまあまぁ」、「ごめんごめんごめん」、普段何かと宥めるのに面と向かっても二時間を要する。これが海を挟むとなると徒労は倍になるだろう。ザイが不貞腐れて「わかった」、そんな風に電話が切れたところで、私は気が気でない。そんなことは目に見えている。だからこそ、ザイ抜きという方向はできれば避けたくある。

また二日ばかり経つ。我々親子は揃って、曲げた肘を畳に付き、手のひらを側頭部の支えにして寝そべっている。そんな昼二時過ぎの居間で私はニーハオしか知らない父親から中国語のレベルに関して説教を受けている。会話の発端は月島の友人が二十五の若さで直腸ガンになったということだったはずだが、行き着いてなぜだか説教となっている。父が宣うに、彼女が日本語出来るからって隠れ蓑を作りやがって云々。なんで今まで本腰入れて勉強してこなかったんだ云々。

「あっ、お前、可楽は聴いたことあるんだっけ」

おや、説教から移行か。

「あるよ、いくつか」

「どうだ」

「悪くないね、十五分間の『芝浜』って斬新だしな」

「そうだろ」

「けどさ、あまりに地味過ぎて気が滅入るんだよな。しばらくするとあの声が死んだ人間の歯ぎしりみたいに聴こえてくるんだわ。それなのに〝可楽〟って中国語だとコーラの意味なんだから無駄にポップだわ」

「メチルじゃなくてコーラか」

「そう、あ、でも、『二番煎じ』は良いですな」

「ませた口、利くんじゃないよ」

惰性である。惰性で口と耳を父に使い、鼻は用途がない。他方で頭には一つの話が思い浮かんでいる。家族を連れ東京から故郷に戻った男の話だ。この長男である男に故郷の父は近所のあばら家を借り与える。更には次男からの小遣いを生活費として回してやる。そんな父が「これからどうするか」と訊ねればトルストイの思想に感激したばかりの息子は「巡礼に出るね」と返す。本人はいたって真面目だ。それから「子供を人にやっても好い」とも、「女房が嫌だと言えば、捨てて一人で参る」とも抜かす。

はて、誰の話だっただろうか。確か葛、葛西善、いや嘉村の方だったか。もしかすると川柳《かわやなぎ》川柳《せんりゅう》のマクラだったか。実はヴァレリーだったりして。いやはやはっきり思い出せないが、私とザイなら捨てられて困るのは断然私の方だ。こればかりははっきりしている。

三時二十二分だ。風量の強いエアコンの真下でテレビが付いている。これを男三人、畳に寝そべり眺めていれば、突然、床に足を下ろした音が家の奥から響いた。なんとも重く強い音で、立ち上がると同時に「やったぜッ」と雄叫びのような声も上がる。次の瞬間、ダダダダと応接間から台所

を駆け抜け、ザイが居間に現れた。いやはや満面の笑みだ。それから過剰なほど溌剌とした声で、

「台湾行く人ーッ？」

目が覚めるような問い方をする。これには私たち親子のみならず、ここ数日、身体に違和感があると他人の家で寝転がってばかりいる佐藤すらも半身を起こす。

「台湾行く人ーッ？」

ザイは今一度訊ね、

「はいッ」

自ら応え、自ら手を挙げる。何があったか訊ねれば、

「やりましたよ、お前らさん、学校によって成績のメールが届いて、全部Sです。そして二十万円の奨学金もとりましたッ」

我々は揃って「おおお」という具合に感嘆するわけだが、私にとって、まずその結果が紛れもなく喜ばしい。けれども父の喜びはまた別のようで、

「すごい。台湾だ、こりゃ台湾だ」

連れ立って台湾に行けることを寿ぐように拍手を打ち始める。父にはすでにザイの満面の笑みが伝染している。これが寄り合いのために出かける段になっても引き続く。そんな父に入れ替わるようにやって来たのは妹に連れられた姪姉妹である。六歳の姪は玄関から勢い良く駈け込んで来るなり、

「あれ？　もう家族？　家族になったん？」

寝そべる佐藤を見て真っ先に訊ねる。けれども佐藤は言葉で応じない。代わりとでも言うように実にタイミング良く放屁で応じる。

これが六歳の耳に「モオォ」とでも聞こえたのかどうか分らぬが、姪は突然、佐藤を牛君と呼び始め、「お話を読んであげる」と近くから持ってきた児童書を開いては、牛の尻を目がけるように語り聞かせを始める。

私の前には二歳半の姪だ。「ガオーガオー」と伯父である私に両手を振り上げ、威嚇を繰り返す。こちらは律儀に応戦してやるも、姪は伯父に対して何かしらの見切りをつけたらしい。私の前を離ると台所の奥へ姿を消し、ザイの手を引いてやってくる。

「じゃ、牛君、う、し、くんッ」

牛を呼ぶ姪の口調に呆れが混じっている。

「私、これ投げるから、取って、いい？　起きて！　早く起きて！」

姪は青森生まれの牛が起き上がるのを見届けた後、児童書でキャッチボールを試みる。六歳児は躊躇いなく、書を上手で投げ、受け取った牛君は下手で放り返す。姪には何を遊ぶかより、どう遊ぶかの方が大切のようだ。

「モオォ」

佐藤が二発目の放屁だ。今度はザイの反応が早い。

「もお！　さとおッ！　もお、帰りなさいッ！」

そんな風に佐藤を一喝したものだから一発目の放屁にキャッキャと喜んだ姪らが一転、ザイの口真似を始める。

さてどうしようか。二人会をするならば師匠に『初天神』の他にネタをもう一つやってもらったほうがそれっぽくなるが下旬までそれほど時間はない。それによくよく考えたら、まずマクラがない。さらに言えば、そもそも二人会の算段をする前に壽一への連絡を忘れている。何より、これをせねばならないだろう。

翌日、佐藤が東京帰還という運びを迎える。我が両親は「まだいれば良いのに」と心底口惜しそうではあるが本人たっての妙な希望なのである。

「昨日思い出したんです。実はテレビをつけっ放しで来ちゃったんですよ」

このように言う佐藤に、

「じゃ、これを」

父は使い古した二着のセットアップをなぜか贈呈する。傍らでは母が車にエンジンを入れ、私とザイも中で待機している。いよいよ佐藤が乗り込む。これにて、まず父とお別れだ。佐藤が自らの左手にある窓を全開にする。それから上半身をひねり、右肩を――それこそ斧の形をした下北半島を津軽半島に振り下ろすような、つまり佐藤にしては結構な勢いで――車外に出してまで手を振り始める。それがパフォーマンスかどうかはこの際さておき、「お父さん、さようならぁ」、別れを告げる。

母は隣県のＪＲ駅まで車を走らせるつもりらしい。その方が東京によりスムーズだと気を利かせる。群馬を出て、埼玉へ。遊水地の土手沿いを進んで行き、渡良瀬川にかかる三国橋の上で車は茨城に入る。

「いやぁ、お母さん、お父さんのおかげで群馬の本領を見ることができました」

佐藤がそんなことを言うので、

「多分な、群馬の本領っていうのは草津の湯とかに入って初めて言えるんだよ」

私の言葉に佐藤は、

「そんなことより、『温泉めぐり』って田山花袋の本が良いよ」

「前に聞いたよ」

私が告げれば佐藤は無視の一間を置いて、

「お母さん、本当にお世話になりました」

「いえいえいえ、とんでもない。お構いもできずに。テレビ消したら、また来なね」

こんな風に母が言えば、今度はザイが不満げな面持ちで反応し、

「お母さん、だめですよ。優しい過ぎますよ」

この注意に母も佐藤も私も笑う。

車がカーブを迎え、過ぎては左折、右折と二回折れる。最後の直進は緩やかに終えて、駅のロー

タリーに入って停まる。佐藤は礼を繰り返し述べながら車を降りる。そんな佐藤に対し、ザイは「さとお、じゃあね」、私は「じゃ、また東京で」、互いに手を振り合う。

佐藤が駅に向かって歩を進める。帰京である。我が母は実質ただ飯を食べに来ただけにすぎない佐藤をも――私とザイの時と同様に分け隔てなく――見送る、らしい。座席に凭れ、車を出す気配がない。別れの歩を進める佐藤のブーツはソールが極端な擦り減り方で、いずれ内膝同士が擦れ合いかねない感じだ。加えて後ろ姿はセットアップを抱えているせいか傾いでおり、肩回りの有り様が、より一層青森県の形そのものだ。こんなふざけた上半身を随時捻り、振り返り、会釈を繰り返す佐藤もいよいよ構内目前。

「じゃ、行こう」

私は正面を向き直して母親を促す。

すると、

「あら」

母親は何かを発見したような感嘆詞。その顔はこちらを向いているも、視線は私を越し、見送りの対象に据えられている。釣られた私は再度、首を左に車外を見遣る。と、身を翻した佐藤がこちらに向かって来るではないか。私が反射的に窓を開けたところ、戻り着いた佐藤はまず母に会釈。

「なんだよ、さとお」とはザイ。佐藤はこれに「へへへ」、愛想笑いで応えた後、

「佐々木、ちょっと」

私の反応が鈍いと見るや再度、

「佐々木、ちょっと」

私は外へと促され、更には車の背後へ移動を求められる。

「なんだよ」

私が問えば、

「すみませんが、電車賃を」

今度は西武池袋線桜台駅までの千百七十円である。私はちょっと多めに千五百円を佐藤のジャケットのポケットに落とし入れる。すると佐藤から耳打ちだ。私に借りた十万千円で大家をぎゃふんと言わせるという。「ぎゃふんだよ、ぎゃふん」佐藤は繰り返す。その表情たるや、電車賃を獲得したせいか凛々しくなっているから変哲である。こうして改めて、改めて佐藤が歩き出す。八月七日昼一時過ぎの帰京である。

いよいよ我々もUターンだ。車がようやくロータリーを離れる。ザイと母親は早くもお喋りに興じ始め、私は一人今後の予定を浚っておく。事は勝手に進んでいるが肝心の壽一への連絡がすっぽり抜けている。まずは落語ができるのか、訊かなければ始まらない。

「你好」、それから「請問一下。你還會演落語嗎？」

晩を迎え、居間から連絡を入れる。中学一年生の英語レベルの中国語では直截的な聞き方にならざるをえず、私にはそもそも「演じる」という動詞が、そのまま「演」で良いのか分からない。とは言え、仏壇の前でうつらうつら入眠の境目にいるザイの邪魔をする程でもなかろう。メッセージを送ったそばから壽一のメッセンジャーがオンラインになる。

「できますよ。我會」

私は続けて、

「夢春師匠桑打算去嘉義演落語。他想跟你一起演。師匠と一緒、できますか?」

「すごいな! OK!」

「二十五號の三點左右、你OK嗎?」

日時の確認に、

「應該OK吧。はい、いいです」

せっかくのなので、できる演目を訊いてみれば、

「はい。子別れ、船徳、富久、味噌蔵、三方一兩損、御神酒徳利等等」

随所に繁体字を交えた漢字でこの通り。私は多分、壽一がこれらのネタをできると本気で思っていない。「本当か」と返信で追求することもなく、「へえ」と気持ちのない感想の中にいるだけだ。だいたい六席どれもが立派過ぎやしないか。『寿限無』とかじゃねえのか、そうか。

そもそも「できるネタは?」と訊かれて、まず初めに自分の不得手なものを挙げることはしないはずだ。してみると、最後の「等等」の中にも明記の六席同様に立派な噺が控えているのだろうか。いやいや、私は信じない。仮に、だ。これが仮に本当だとすれば、疑問はもう一つ出てくる。率直

になんでまたこんな噺を選んだということだ。推測が難しい。何かしらの共通点でもあるのだろうか。

そもそも落語家になりたいと日本語学校に入学してきた人間が夢春師匠の台湾語落語同様、不立文字で満ち足りるわけがないだろう。落語自体に興味を持ち、――どんなタイミングでかは分らぬが――少なくとも自分なりに意味をとって、内容に惚れる経験なしに海は渡るまい。加えて本物の噺家に仮入門も許された身だ。この、落語への稀な接近、その白熱ぶりたるや。そもそも誰の、何を、どうやって聴いたのだろうか。入学時には日本語能力ほぼゼロだったはずだろうに。

動画だろうか。けれども師匠のために台湾語に訳すにあたって、いくつかの『初天神』を映像で見たがどれも字幕付きではなかった。こんな前座噺に字幕がないのだから、『三方一両損』などに字幕があるとは考えにくい。それじゃ、動画を見て、噺家の所作などの言葉ならぬ何かしらに対する感動をきっかけにしたのだろうか、ネタ選びの理由と共に推測が難しい。とりあえずそのうちザイを交えて訊くのが早いだろう。今はまず当日何を演じるか、である。『子別れ』なんて母の日、父の日に全土の新幹線が超満員になる国の人には殊更響いたりするのかもしれない。『船徳』、これなんて安定しない船でのあの動作が笑いを誘いやすいはずだ。『富久』なんて要するに宝くじに当たる当たらないの土壇場があるわけだから台湾でもウケは好かろう。実際、スクラッチではあるが宝くじは夜市《よいち》に行けば容易く手に入るし……とは、細部を忘れている私がネタを大まかに浚ってのポジティブな私見である。でもこれは台湾語か中国語に直した場合のみの楽観であって、

「你演的什麼?」

「御神酒徳利」

「用日本語?」

「そうです!」

訊ねれば『御神酒徳利』を日本語でやるらしい。こちとら信じられぬため今一度念を押してみるが、返ってきた答えは中国語でも台湾語でもなく、やはり「用日本語」と繰り返す。こちらが来場者のことを考えて、日本語以外の選択肢を提案してみるも壽一の返信は爆笑を意味する絵文字のみ。

*

盆を跨いで二週間が過ぎる。八月二十三日、朝早い時間帯に私とザイは日暮里に移動し、駅構内でコーヒーを啜る。それからいよいよ成田行きの特急のチケットを購入しようと店の外に出たところに佐藤が連絡を寄越した。我々を足止めさせ、佐藤は二本遅れの電車で駆けつける。この日もスーツ姿の佐藤の要件は見送りでもなく、借りた金を返すでもなく、

「これこれ」

肩で呼吸する佐藤から差し出されたものは返信ハガキなのである。裏にはスタン・ハンセンの直筆サインが書かれている。それは確かに小学生の私が全日本プロレスに往復はがきを送って手に入

れたものであるが——佐藤に渡した身に覚えのない己の謎の行動はこの際ともかく——佐藤はよりによって今日、この日暮里で返してくる。

「これ、やっぱり持っておいた方が良いよ」

なぜ今なのか。佐藤に問うても望むような答えは返ってこない。

「いやぁ、山手線に乗るの佐々木の実家に行った以来よ。しかも午前中よ」

確かに午前中に佐藤を見るのは珍しい。けれども今は、そんなことより、返却されたハンセンのサインやら佐藤の行動やら、ひっくるめて私はただただ不思議なだけである。ひとまず、その足労を労っておくが、なんでまた今朝なのだろうか。

「で、どうすんのよ。今日これから」

私の問いに佐藤は、

「分がんね」

さて、第二ターミナルに十時半集合の予定だ。無論、私たち両名の話だ。佐藤から別れの挨拶をもらった後、特急券の売り場窓口へと足を向け、四十分ちょっとで成田空港内に到着となる。約束の場所にはすでに半袖の出で立ちの父と師匠の姿がある。そして二人の脇には、これがまた着物を着た短髪の若者が佇んでおり、師匠が「前座の夢子です」と私とザイに紹介してくれる。父ですら初めて会うというこの前座さんに私は見覚えがあって、いつしか音源を届けに行った際の池袋演芸場で言葉を交わした人であるに違いない。相変らずウニみたいな髪型をしている。

「ああ、あの時の」

私が反応すれば、黒々とした短髪の頭で会釈をくれる。

「この子も海外が初めてなんで、お二人には一つ、よろしくお願い致します」

師匠の溌剌と口にした願いに対し、

「いやぁ、台湾は良い場所ですからね。日本とイトコみたいなところですから大丈夫ですよ」

父が二度だけ訪れた程度の台湾をさも知り尽くしているかのように言ってくれる。

十一時四十五分のフライトである。これに五名、無事に乗り込むと予定通りに離陸が始まる。そのうち機体が上空で安定し、やがて機内は昼食の時間を迎える。プレートに乗るパンの形が真ん丸でザイの頭にそっくりだ。このパンにジャムを塗るなり当人から耳打ちがあり、「あの夢子さんは佐藤だよ」、正直、どこが似ているのか分からぬが相槌を打っておく。

「やっぱり似てるな、佐藤に。あれは佐藤だよ、ササキ」

また、だ。今度はパンを咀嚼している時に耳打ち。繰り返したに過ぎないが、どうも一言多い気がする。その一言分、ザイのこだわりが一つ深いと思えてくるわけだ。試しに私は夢子の様子をなぞってみる。ウニのような短髪、黒縁眼鏡等々。とは言え、装いにせよ、体格や顔の造りというような生来のものにせよ、外見に限って言えば佐藤に掠る点は見出せない。無論、夢子が佐藤に掠らなければ、佐藤も夢子に掠らない。なので、

「どんなところ?」

そう訊ねようとしたところで機内アナウンスだ。これがまた早口の声に緊張感がある。曰く、急病人が出たとのこと。

「つきましては那覇空港に緊急着陸させていただきます」

これまで二十回ぐらい台湾へ渡航しただろうか。けれども今、初めての経験を迎えている。さて、緩やかな旋回を経て、着陸が済むと動きの止まった機内からまず病人らしき人がストレッチャーで運び出され、伴ってご家族も機内から出ていく。これでまた離陸かと思いきや、乗客は乗客で一旦外に出なければならないらしい。アナウンスに誘導された乗客たちは揃って立ち上がり、従順に出口へ向かい始める。

タラップに出れば、救急車のような色味の車が今まさに機体から離れ往くところだ。どうぞ御無事で。と、祈りの言葉が自分に返ってくるほどの暑さ。それもあらゆる方向から吹き付ける熱風が妙に生々しくて、むさ苦しい。

機内から出た乗客の一団は機体と向かい合うように一塊になっている。滑走路のど真ん中と言ってもいい程の場所だ。ここにマイクロバスが一台現れ、入れるだけ入って、とのCAの地声によるアナウンスがある。これで一旦、空港内へ運ばれるかと思いきや、ただただ待機場所としてのマイクロバスらしい。出発はしない。そもそも私たち五人はこれに乗り込むことのできないグループの一員だ。またのアナウンスによれば、どうやら二台目は来ないらしい。ザイはこれを聞いたそばからしゃがみ込み、顔を優先して私の陰に収める。

だだっ広い滑走路に飛行機一機。そんな現況を前に大人しく佇む一団はマイクロバスの中にいる乗客も含めて、逃げ場のない日差しに手を翳しながら対処している。外気が広大に揺らめき、うだるような熱風は落ち着くことがない。滑走路の遠い縁の向こうでは青空と濃紺の海面を上下に、両端を持たぬほど長い水平線が形成されている。それも甘くぼやけた蜃気楼の向こうでしなやかに揺らめいていることもあり、線上を横に滑ったら断然愉快であることを確信してしまう。

誰かの階下に降りる音がする。ガタンガタンという音が風音に混じってくぐもっている。見遣ればタラップの足元に降り立ったパイロットの姿がある。とは言え、何をするでなしに空港建物の方向を見つめたまま、ただただそこにいる。CAとて同じく、一様に何かを待っている様子だ。二台目のマイクロバスが来ないとすれば、何がやって来るのだろうか。事が動くとすれば、それからだろう。

遠目に揺らめくターミナルの方から乗り物がこちらに向かってくる。これがはっきり輪郭を現した後、我々の前まで到達すると停まった車から空港職員らしき二名の男性が出てくる。一人はクリップボードを手に、もう一人は小サイズのトランクのような物体を手にパイロットと面と向かう。双方とも苦笑だ。友好的な苦笑を浮かべている。何かが行われそうな雰囲気にケータイを向ける乗客が多い。ザイもザイで私の足元にしゃがんだまま首から下げたカメラを手に持ち直している。

カメラは持たねど私も同じ光景を目にしている。けれどもこの視界の端の端に何か感じる。それゆえ顔の向きを変えれば、我々の外からやって来る何かに、より確信的に気が付く。米粒より細身なものが近づいて来ている。それはマイクロバスの尻のずっと向こうにあって、乗り物なる個体というより、乗り物を操る誰かの姿までが見えるのだ。間違いがなければ、それは人であり、乗り物は自転車である。やっぱりそうだ。五十メートルほどの近さになって確信が芽生えた。老婆が自転車に乗って、こちらにやって来ているのである。それも——注油していないチェーンのギーギー鳴る音が聞こえてきそうな——古めかしいママチャリで、である。ほらほらやっぱり、おばあちゃんが来るよ。ほら、そうだ。

老婆はマイクロバスの尻の、マイクロバスが作る影の中に自転車を停めた。そこから一番近くにいるのは紛れもなく私で、試しに飛行機にまつわる風景に向き直せば別段どなたにもこちらに気付いた様子はない。マイクロバスに控える人たちとて同じだ。私は老婆に視線を戻す。すると老婆は自転車の錆びついた両側スタンドがしっかり固定されているか試すように、ちょこんと蹴ったりしている。相手の注意がこちらに向いていないことを良いことに眺めていれば、老婆は——こちらの不意を突くように——視線をすっ飛ばして言葉を寄越す。

「白とピンクとオレンジと緑、どれ?」

私は思わず、

「え、アイスです?」

この聞き返しに老婆は、荷台に括りつけられた箱の上に左手を置いたまま頷く。あまりに突然な問い掛けに私は思わず隣のザイの肩を揺らし、老婆の質問を繰り返す。

「アイスだって、アイス。どれが良い？」

炎天下に差し出された妙な質問に、

「緑」

ザイは平然と応えて、額の汗を拭う。

「じゃ、師匠は？　訊いて」

今度はザイが師匠に訊く。師匠は父に、父は前座に繰り返す。まとまった注文に私も追随するように緑を選ぶことにして、

「緑五つ」

すると老婆は注文を繰り返すことを省き、荷台の箱の中からアイスを五つ取り出し、言葉もなく手渡してくる。

「おいくらでしょうか」

「三百五十」

老婆は私から代金を受け取るとハンドルを掴んだ両手で自転車を前に押し出す。その勢いで真下に下ろした停車スタンドが水平に起き上がる。はて、他の客に注文を取るつもりはないのだろうか。多分、ないようだ。ハンドルとサドルの間から左半身を入れた老婆の足はペダルに、お尻はすでにサドルの上だ。そうして遅くも淀みない漕ぎ方で場をひっそり離れていき、ちょっと遠ざかっただけで一切れの影のようになる。

「おいしいだなぁ」

炎天下にザイが言う。ザイの舐めている緑はキウイ味かもしれない。いやいや、そういう問題じゃない。驚いて然るべき過程だろうに。けれども前座も師匠も父も同様にアイスがもたらされたことを一切不思議に思っていない御様子で味わっている。暑さに顔を歪めながら、その目をパイロットたちのやりとりに据えたまま那覇の滑走路に突っ立ってアイスだ。なんだかんだで私もかぶりついていみるが、一応、味はする。現実ではあるらしい。

さて、空港職員らしき人からクリップボードを受け取ったパイロットが何やら一筆走らせた。サインに違いない。これをパイロットが職員に返せば、職員は引き換えるようにタンクのようなものをパイロットに手渡す。するとCAの一人が拡声器の力を借りもせず、張り上げた地声で乗客に再搭乗を促す。私はザイがカメラを手にしているのもあり、せっかくなので一緒に最後列に並んでおく。ザイは遅々として進まない列を良いことにあちこちにカメラを向け始める。ちょうど我々がタラップに上がったところで進行が一旦、ストップだ。そこで、

「ササキ、これ何?」

ザイが被写体を拡大したカメラの画面を見せてくる。これが一見して青空に浮かぶ〝ひじき〟のようでもあるのだが、ザイが拡大して見せるに、そこに写り込んでいるのは旅客機でもなければ、ヘリコプターでもない、どちらかと言えばニュース映像で見かけるような飛行体なのである。

「ああ、これは」

私が言いかけると、

「ほら、あれ」

ザイが斜め上空を指差し、私は釣られて顔を上げる。けれども額に手を翳したところで眩しさは消えず、なおかつ、ザイの指差すものが青空に小さいため、それこそただ〝ひじき〟のようにしか見えない。

「眩しくてダメだ」

歪んだ口で告げる私に、

「老化だな」

ザイは言葉ばかりでなく、やれやれ、といった表情も寄越す。

それからまた二時間だ。再びの離陸を経て航路に戻った飛行機がいよいよ台湾の上空に入る。晴れやかな眼下で台湾海峡と台湾が桃園《とうえん》の海岸線ではっきりしてくる。郊外に田畑やら水田やら貯水池が広がる桃園は緑というより茶色い色彩だ。家々の屋根もまた同じような色をしている。

着陸も成功ならば、入国審査も無事通過だ。お次は荷物ということでベルトコンベアの前で師弟のトランク、それに梱包を施した我がスケボーが出てくるのを待つ。その間、師弟は揃って辺りを見渡し、師匠に至っては感興のそそられたものに対して「ほおお」と感嘆をしきりにもらす。荷物を手にすれば、本当に台湾だ。

まずは空港内から地下鉄に乗車し、高鐵《こうてつ》桃園駅に向かう。乗車して二十分ほど、地上に上がった地下鉄の車外にザイの卒業した高校が見える。その横には真っ白のアウトレットモール。一見して大味の味気ない風景だが、視界に散見する道端の木々がどれも例外なく伸び伸びしている。あらゆる枝葉に手入れという形で生を切り取られた痕跡が見当たらない。

お次は新幹線に乗り換えだ。到着した地下鉄駅から新幹線駅へと連結するデッキ伝いを太陽に曝されながら歩いていく。空港からずっと周りを見渡している師弟はやはりここでも同様。その様子を見るにつけ、風景を味わってもらう時間を作ってあげたいとも思うが、状況が状況だ。私は代わりに先ほどから随時、師弟にあれこれ説明やら解説を加えたりなんかしている。台湾の匂い、切符の買い方、サンダル、桃園という街について、食事の有り様等々、トピックは色々。もちろんザイとの共同作業である。ただ、わずかばかりだがザイが本調子ではない。それはきっと機内で取り組んでいた日本語能力試験問題集の出来が悪かったせいに違いない。無論、皆の前では顔や態度に出すような真似はしないが私は容易に察する。なにせ喋り出しが僅かながら普段よりに遅い。

二時二十分、嘉義往きの新幹線に乗車する。

「写真をどんどん撮っちゃいな」

座席に落ち着いて早々、父が夢子に言う。行動がすべて師匠の傘下にある前座に自由の余地を作ってあげている様子。そのせいか夢子は新幹線が動き出すなり、本日初めてケータイを取り出し、外国にカメラを向け始める。誠に平和だ。かたやザイには疑いようのない仏頂面が仕上がっている。

「到着したら何食べようか」

試しに心を窺うつもりでザイに訊いてみるが「食べたくない」と一言。やはり問題集の不出来を引きずっている様子だ。私が潜めた声で宥めるも口の尖った相手に効き目はまるでない。

「私はダメが上手ですよ。あ〜あ、ダメが得意だなぁ」

不貞腐れた口調で言っては大きく息を吐く。

「ザイはもうN2に合格して留学できているんだからN1はゆっくり合格すれば良いんだよ」

慰みの文言を繰り返してみるも、

「日本語、殺すよ、ぶっ殺す。クレームたくさん送る」

随分と物々しい。ただ言い方がおもしろいせいで妙に愛想の良い不機嫌に見えてくる。

「そうだよね、難しいよね。送ろう。クレーム一杯送ろう」

私なりに宥めるがやはりザイの仏頂面は変わらず。だもんで私はリュックに手を伸ばし、中を探る。こんな時のために——これまでもザイの外出時の不機嫌に極めて有効であった——タマゴボーロを用意してきている。で、ここぞとばかりに取り出し、ザイの目の前に差し出してみる。さて、吉と出るか、と、

「お、良いじゃん」

しめたッ。ザイから前向きな言葉が出てくる。こうなれば食べ終わる頃には腹の虫が収まるはずだ。「皆さん、いよいよ嘉義ですよ」、思わず安堵を勢いに高らかにアナウンスしてしまうが新幹線は発車してまだ十分そこら。

実際には一時間弱で嘉義が近づいてきた。新幹線がスピードを落としつつ嘉義駅のホームに入っていく。車窓からこの新幹線を待ち並ぶ列に弁当を食らう人の姿がちらほら目に入る。この日も台湾は食うことが前面に露出しており、我が胸は景気づく。

停車した新幹線から外に出れば外気は桃園とまた違う。湿度に纏わりつかれているようで体が重く感じられたりもする。そのくせ雨の気配があるわけでもなく、太陽はごく普通に輝き、焼けつくような日差しを緩みもなく一直に当ててくる。また、高架ホーム上だというのに空気に食べ物の匂いが付いている。

「皆さん、飲み物を飲んで過しましょう」

ザイが滞在中の水分摂取を促すと、皆、暑さに歪んだ口元で、

「は〜い」

まずは改札を抜けるためにエスカレーターで二階へ降りていく。改札を経たら吹き抜けの空間を再度エスカレーターに頼って一階のロビーへ。新幹線の駅とはいえ、さほど大きくない。待合を兼ねた一階のフロアにもセブンイレブンにモスバーガー、スターバックス、それから土産物屋と、店らしき店は四つしかない。ここで師匠と父がトイレを所望する。広くもない構内なので指し示せば事足りそうだが、ザイが水を買いに行くついでに二人を案内してくれるらしい。残されたのは夢子と私だ。

「暑いですね」

私が言えば、

「そうですね」

「海外は初めてですか?」

今度はすでに知っていることを敢えて訊いてみれば、

「はい」

抑制されているように言葉少なく返す。ややもすると「申し訳ございません」とでもいうような言い方。けれども、この会話のうちに一つの発見があって、消極的な口の開きに喫煙者の証しが覗けた。

「タバコなら外で吸えますよ。実質路上喫煙OKみたいなもんですし」

こう言うと、

「いやいやいや、ダメです、ダメです」

打って変わって威勢よく、それも右手を眼前で振ってまで反応する。

「え、なんで?」

私はついタメ口に。

「いやいやいや」

夢子がまた同じ動きをして打ち消す。それゆえもう一つ気付けてしまうことに、この若い前座の手は中指の、ちょうどペンだこができる辺りが黄色く変色しているのだ。

「手巻きも吸ってるんでしょ、一日二十本ぐらい。分かるよ、俺も吸ってたから」

この言葉に前座夢子は、

「師匠に禁止されてるんです。血相変えて怒られますから」

これが結構な慌てよう。可笑しくなってついつい今一度、吸うことをそそのかす。

「いや、ダメです」

夢子は、よりきっぱりと否定する。

こんなやりとりを続けているうちに父と師匠ではなく、小学生らしき一団が近付いてきて、私たち二人の傍で足を止めた。それもそのほとんどが楽器を手にしている。引率の先生らしき人が子供たちに何やら話しかけると子供らは集合写真を撮るような陣形を広げる。この動きに――彼らに近距離の手前――こちらはつい半歩下がってしまうが、一団が行うのは写真撮影ではない様子。というのも周りに抜きんで大人の佇まいを帯びている女の子が四歩進み出るなり、仲間の方をくるりと振り返って手を挙げたゆえ。

演奏だ、一団による演奏が始まった。これが聞いたことのあるような、ないような曲だが、それはともかく、皆さん真剣な面持ちで臨んでいらっしゃる。それに一団を形成しているのは何も演奏を担っている子ばかりではなく、演奏を務める仲間の傍らで刺繍の施された学校旗を手にして立ったままの男の子も二人いる。二人の広げる縦横一メートル程の学校旗には力強い字体で学校名が縫い記されており、

「雲林縣褒忠國小」

つまりは壽一の出身地でもあるお隣りの県からのお越しだ。

ザイがペットボトルを手に戻ってきた。師匠と父が続く。結果的に私たち五人はちょうど楽隊の正面、特等席と言って間違いない位置にいる。師匠と父を一瞥すると、これがしっかり聴いている。ザイを見る。笑顔と目が合う。さすがに演奏途中で去るのは野暮のように思われる。五人揃って同意見かどうか知らぬが、私たちはひとまず揃って動かない。

演奏は切れ間なく続く。どうやらメドレーらしい。これに足を止める人も増えて和やかなムードだ。ケータイを構える人もチラホラ。ひたむきな小学生を介した調和の風景が広がっている。

ただ、である。ここで、こうした雰囲気の中で一人、様子の違う人間のいることに私は気付く。隣で夢子の肩が小刻みに揺れているのである。観察してみれば夢子の視線はどうやら校旗を持つ男の子二人に留まっているようだ。あれよという間に肩の震動がより細かくなる。すると今度は意識的にか視線を外して地面を向き、その唇の震えた口で呼吸を整えたりなんかしている。明らかに何かを堪えている様子である。ひょっとすれば、ザイがこの前座を佐藤に似ているといった理由は、こんなところに由来しているかもしれない。それをザイなりに察知し、見越したのが、そういった感想なのかもしれない。

他方、こんな一旅行者の反応を露知らずの旗持ち二人は健気に務めている。左右に分かれ、刺繍鮮やかな校旗の片端を手に、ぽつねんと突っ立っている。視線はきょろきょろとさ迷うことなく、大人とかち合わない子供の水平を保ったまま焦点だけを絞ったり緩めたりしながら、ぼんやりするわけでもなければ寄り目にも陥らず、幼いながらに時をやり過ごしている。二人に限っては流れる時間がさぞかし遅かろう。にもかかわらず引率教師の慈愛に満ちた目線は楽隊に注がれるばかりで二人が見向きをされている様子は微塵もない。嗚呼、なんと報われない役回りであろうか。

もう限界だ。「加油《ジャアヨウ》(がんばれ)!」、私は心の中で吠えた後しゃがみ込み、指揮者役の陰に隠れることによって二人から視線を外す。というのも、これ以上眺めれば私の唇とてわなわなと震えかねず、それを子供に気づかせるには忍びないからである。嗚呼、助かった、と低い位置で一息付けば、頭上にある夢子の口元から舌打ちが聞こえた、気がする。間もなくして、子どもたちの演奏が万雷の拍手で閉幕を迎える。

「で、どっちだ、お前」

散会する聴衆の中で父が訊いてくる。私はタクシー運転手の客待ち姿の幾人も見える南口出口を指差す。

「さっき堪えてたでしょ?」

歩きつつ夢子に訊いてみる。

「いえ、笑ってないです」

夢子はわざわざ〝笑ってない〟という言葉を自ら使って、きっぱり否定する。

「ウソだぁ」

「本当です」

「だって今ちょっと口で呼吸してるじゃん、ねえザイ、見て。夢子さんは今、口で呼吸してるよね」

「うんうん、してる」

「いえいえ」

歩きながら、こんなやりとりだ。だもんで、つい誘導の務めを怠り、暑き外に出て間もなく、前が詰まって、我が足は反射的に急停止だ。「おッ危ね」、そんな声も出てしまう。危うく衝突しそうになった相手は十歳ぐらいの児童だ。この小さな後頭部から視線を水平に正面へと移せば、大きなバンが一台、スライド式のドアを開けた状態で停まっている。

私がぶつかる寸前だった児童はこれに乗り込む列の最後尾にいる。その前にも同じような背格好の子供がおり、その前にも……と、列を成しているのは先程の楽隊の子供たちではないか。すでに車中にいる子供たちは、見ず知らずの大人の存在に気付いていている様子。半ばポカンと不思議なものを見る目でこちらを見ている。また、仲間のそんな目に気づき、列の中から後ろを振り返る子供たちも同様な眼差しとなる。運転席からは引率の先生が怪訝そうな視線を寄越している。

「ああ、不好意思《ブーハオイース》」

私が謝りを口にすれば、すぐさま、

「不好意思！」

私の言葉を飛び越えるようにザイの謝罪の声が大きい。この一部始終を眺めてか、子供たちにお別れの手を振り終えたところに運チャンが声を掛けてくる。ちょうど大人五人が乗り込める黄色のワゴンタクシーだ。嗄れ声の運チャンは時折日本語の単語を交えながらザイと台湾語で喋り続ける。タクシーは実りをつけた田畑を左右に閑散とした国道を突き進む。急かしてもいないのに一〇〇キロ近く出ているため嘉義県から嘉義市内に入るまでがあっと言う間だ。そして市内に入って速度をぐっと落としたタクシーが在来線の嘉義駅から伸びる線路を陸橋で渡ったところで、道の名が永春五街《えいしゅんごがい》から垂楊路《すいようろ》に変わる。歴史ある市場やら、台湾の三越やら、微動だにしない憲兵が入口に突っ立っている施設やら。家並の少ない通りを停まることなくまっすぐ進み、一角に台湾ビールの直営店のある交差点で赤信号を迎える。

目の前を横切る歩行者の中に知り合いが交じっている。麻で手作りしたというい つもの巾着を提げ、どうやらバスに乗るらしい。横断歩道の中央で折れた知人はセンターライン沿いに設置されたプラットホームに移動した。

さて、信号が変わり、タクシーは右折して間もなく停車する。停まったのは三階建ての横に長いアパートの敷地入口だ。古くは近くの小学校の先生方用に寮として建設されたものらしい。入口の脇では、本日も台湾の将棋に興じる老人たちの姿があり、会釈をすると盤況を眺めるお二方が手を挙げて反応してくれる。半年ぶりに見た風景だが、見知った顔が六人いて誰も欠けていない。退職されて優に二十年は経過しているであろう方々だ。彼らが若い自分から住んでいたとすれば、このアパートはもう中年ぐらいの年齢であるはずだ。

さてタクシーのトランクから荷物を取り出す。と、斜め頭上で戸の軽快に開いた音がする。見上げれば二階のベランダに老狼《ラオラン》の姿で、

「こんにじわ」

日本語の挨拶を寄越した友人に私とザイは一緒になって手を振り、遅れて父も手を上げる。夢子は首筋を伸ばして声の主を仰ぎ、広げたハンカチを畳み直している師匠は気付いていない。

そしたら老狼の部屋、通称・ポンポンまで最寄りの階段で上がる。踊り場を二回経て、老狼が入口のドアを開けた恰好で出迎えてくれる。一同、ドアの前で靴を脱いだら、お邪魔します。なんとも室内が涼しい。天井からぶら下がった巨大なプロペラが旋回している。

「おとおさん、こんにじは、ひさしぶり」

「老狼さん、久しぶり」

二人とも笑顔だ、私は師匠にお伝えする。

「師匠、こちらが老狼です。八年来の友人で実家にも遊びに来てくれたことがあるんです。この街でもっとも世話になっている男です。こう見えて五十歳なんです」

「ああ、佐々木さんのお友達ですか、これはこれは。お邪魔いたします」

師匠は極めて丁重に頭を下げる。老狼は老狼で——ぎこちなくはあるも——同じような低さまで真似たように頭を下げ、お辞儀を返す。

「請坐《チンズオ》（座って）」

老狼の言葉に我々は足を崩して座り込む。十二畳ほどの広間に四畳半の畳が敷かれている。我々が寛ぎ始めているのはまさにその上だ。以前の老狼の話によれば畳は譲ってもらった台湾産のものだという。老狼が早速、茶の準備に取り掛かっている。そして湯を扱いながら我々がいつ台湾に到着したのか訊いてくる。私が中国語で答えれば、老狼は今度はザイに話を振る。台湾語だ。会話が一気に秘密めいて感じられる。ザイが笑いつつ台湾語で話し、老狼が笑いつつ相槌を打つ。束の間、二人が笑い声を上げてこっちを見るから私は安心する。ほほ、きっと東京生活にまつわる話に違いない。

師匠と夢子は師弟揃って室内を見回すことに終始している。せっかくなので私は台湾語を離れ、二人に近寄って、この部屋について話しておく。以前はゲストハウスだったんです。白漆喰で統一された壁は彼の日曜大工によるものなんです云々。今度はトイレの場所をお伝えし、タイル貼りのキッチンにも案内しておく。更にはベランダに設置されたお手製のシャワー室も紹介していればタッパー片手に老狼がやってきた。説明を付け加えるようにシャワー室の木製の囲いを塗り直したことを教えてくれる。私が師匠に通訳すれば、

「それはすごい」

日本語が話せなくとも、これぐらいは老狼も知っており、示された感心に、

「ありがとう」

微笑んで返す。次いでに先程から手に持っているタッパーを人差し指でトントンと弾き叩き、

「媽媽種的有機芒果(ママが育てた有機マンゴー)」

老狼は水滴の張り付いたフタを開け、タッパーの鮮やかな中身を見せてくれる。こうして再度広間に戻って、マンゴーを味わわせてもらうが、——六人で分かち合ったゆえか——ちょこっと食べたことで、かえって食欲が増進されたと訴えたのが我が父だ。

そういう訳で揃って外に出る運びとなる。サンダルを突っかけて三十秒もかからない近場の店では、店長と奥さんがこの日も快活に商売をしている。挨拶そこそこに本日は路肩のテーブルではなく、冷房を浴びられる室内で円卓を囲む。

「勝手に取ってきちゃって良かったんだよな、いいんだよね、ザイちゃん」

父が私とザイに確かめた後。壁際の業務用冷蔵庫から瓶ビールとグラス二つを両手に持って来る。ザイが夢子に料理の説明をする傍ら、私はメニューから適当に料理を見繕い、注文用紙に数量を書き込んで店長に手渡す。

師匠はビールを飲みながら時折、グラスを右に左に回転させて、これをよく眺める。日本のグラスより一回り小さい台湾のグラスが珍しいのかもしれない。やがて注文した肉粥と一品料理がいくつか、テーブルに運ばれてくる。これらを平らげる前に七十過ぎの二人は瓶ビールを立て続けに二本呷り、三本目の途中から早くも眠気が漂い始める。これがまた仮初めではない様子だ。比例して夢子の料理を口にした感想がザイの前で増える。

「お父さんと師匠、もう寝るだろ」

ザイが話題にするなり、夢子が一瞬にやりと笑う。確かに父と師匠に漂う眠気は深くなる一方の御様子。食後にはこれがもう睡眠へと移行しており、こうなると老狼に助けを求める他に手立てがない。老狼にも協力してもらいポンポンまで二往復、二人をなんとか連れ帰っては二部屋をあてがい、老人A、老人Bを各ベッドに放って難局を凌ぐ。

「おめでとう。そうだ、ザイにあちこち連れて行ってもらったら」

夢子に言えば、

「じゃ、ダダラ行きましょうか。コーヒー豆の袋のロゴ作成の相談もしたいし」

ザイの口から友人家族の営むカフェの名が出てくる。

「夢子さん、あそこ、タバコ吸えないけど路地裏とかで吸って大丈夫だから」

私の言葉に夢子は目を逸らしながら、

「いえいえ、吸いません、吸いません」

ひとまずザイが老狼から借りたスクーターに夢子を乗せて颯爽と発つ。二人を見送りつつ、夢子の自由は師匠次第であることを老狼に伝えてみると、

「そうがッ」

老狼はびっくりした様子で苦笑を見せ、それに因んだような話をしてくれる。よれば、老狼の家では老狼の小さい頃から台湾語一択だったとのこと。仮に中国語を使えば、父親に殴られたそうだ。

せめて家庭では、という理由による厳命だったらしい。なるほど、家の中と外でペナルティとなる対象言語が逆だったわけか。

ここで遅ればせながら老狼に土産物を渡しておく。老狼たっての希望の品だ。そしてゆったりと旋回するプロペラ扇風機の下でごぼう茶を啜りながら、土産の麦落雁と老狼母さんの育てたマンゴーを交互に味わう。

「還用鹽洗頭髮嗎？」

老狼が去年から続けているという塩洗髪の調子を訊くと老狼は親指を立て、

「非常好（すごく良い）」

そう言ってこちらに見せるように何回か髪を摘まんだりする。こんな他愛もない会話に興じていれば女性が一人、ノックもなく部屋に入ってくる。老狼から借りたこのポンポンの一部屋で昨年からエステ店を営んでいる人だ。正直名前が出てこない。私の顔に気づき、

「回家了嗎？（戻ってきたの？）」

「剛剛（ついさっき）」

広間を横切りながらこれだけの会話、自室に引っ込んではすぐ手に美容品らしきものを持ってまた出ていく。また二人となった部屋で老狼がケータイの写真を見せてくれる。老狼が改造中だというキャンピングカーの写真だ。これが老狼の性格を表しているようで外観より内部や細部の写真が多い。

「到時候開這台車一起去台東吧（今度これで一緒に台東行こうよ）」

老狼は百枚近い写真を一通りを見せ終えるとケータイを掴んだまま両腕を一杯に伸ばし、伸びをする。そして欠伸をした口で、

「下次讓你一下看我的車啦（今度、実物を見せるよ）」

そう言って立ち上がる。実家に戻るという。老狼の実家はここから車で二十分ほどの嘉義県の中埔《ゾォンプ》というところにある。

「代我向雜媽媽問聲好（ママによろしく伝えて）」

「ＯＫＯＫ」

「今天也感謝（今日もどうもね）」

「二十五號還在對嗎（二十五日までいるんだよね）？」

「對對（そうそう）」

「在出發之前，可以看得到那台車吧（それまでに車を見せられるかなぁ）」

部屋の持ち主を訪問者が見送る。会話をしながら部屋からサンダルを突っかけ、棟の外へ階段を下りる。走り行く老狼の車に手を振ったら、踵を返す。がらんどうの広間に戻れば父と師匠の寝息が俄然大きくなった気もする。このままザイ、夢子の二人と合流することも考えるが、せっかくならその前に公園に行こうか。さて、どうしようか。トイレに移動して、下半身を晒しながら一考す。いやはや、尿の出が輪をかけて良くない。きっと高気温ゆえ汗として体外に出ているからに違いな

い。

数分後、スケボーは早速、路上に出ている。交差点を横切り、まず新榮路《しんえいろ》から始める。大中小で分けるなら中の道だ。碁盤目状の街を形成する狭くも広くない片道一車線の道である。

真っ先に近付いてくるのは駄菓子屋前の郵便ポストだ。投函口を二つ持つ胴体は左右で緑と赤に塗り分けられている。緑が「普通」で赤が「臨時」、サイズは小さいが新榮路《しんえいろ》を北に行く際のスタートに見立てているポストであったりする。路地のような康樂街《こうらくがい》との十字路はそのまままっすぐ。前方の右側路側帯に尻のはみ出たスクーターあり。近付くほどに数が分かって手前から奥まで六台だ。どれも蔡發哥診療所にやってきた患者のものに違いない。スケボーはこれらを左に膨らんで避けたら、これを機に加速を試みる。

それも束の間、約半年前の間にアスファルトに細かいひび割れが多いことにスケボーは気付く。大型車は入ってこない通りだから劣化か疲労か、はたまた春から夏へと気温の変化で膨張か。打って変わって、迎えた民族路《みんぞくろ》は頑強そうだ。再舗装から二年経過したというのにアスファルトから色が抜けていない。タールがまだキラキラしている。小石がぎっしり埋められてもおり、過大な交通量に耐えられる作りをしている。と、そんな民族路の路肩をマウンテンバイクが二台、スケボーの鼻先を右から左に横切っていく。その主は揃って半袖のワイシャツにきっちりネクタイを締め、紺色のスラックス、頭にはヘルメットを着用している。ちなみに彼らはスケボーに乗れないらしい。スケボーは今さっきの二人とまったく同じ恰好をした、これまた布教活動のために台湾に渡ってきた若者に聞いたことがある。理由は彼らが年中携帯している〝書〟の中で推奨されていない、というより、むしろ禁止されているとのこと。スケボー大国出身の若者は冗談めいたことを歪みのない真顔で教えた。

さて青信号に変わった。民族路を渡れば——歩いたなら気付きにくい——限りなく緩やかな坂が始まる。緩やかとは言え坂は坂だ。スケボーの伸びが二割減る。それでも突端まで朗らかに進めば新榮路とお別れ、交差点を風を切って右に曲がり、今度は中正路《ちゅうせいろ》だ。別名「二通《アルトン》」。こちらの別名の方が歴史が長いという話だ。そう名付けられた頃には道具屋街として栄えていたという。進路を変えたスケボーは同じく南に歩を進める若者二人を追い越しそうだ。近付けばお喋りが聞こえてきて、過ぎればお喋りが遠のく。今度は民生北路《みんせいきたろ》を迎える。その左右を確認、この片道二車線の通りを車が来ないことをコレ幸いと突っ切らせて頂く。すると後方から同じくラッキーなスクーターが二台、並列をキープしたままスケボーを追い越して行く。スクーターに跨るのは共に短パンの若者たちだ。走行音に負けぬ声量でハンドルを握ったまま愉しくお喋り。あっという間だから、スケボーにはてんで聴不懂《ティンブードン》。さっぱり分からない。むしろ余韻を残すのはタイヤの滑走音だ。ダダダダと、単調で印象的、音の轍が見えるよう。民生北路を渡れば中正路の路面は正方形の赤茶色のブロックをはめ込んだものへと変わる。スケボーがその上を滑れば、その路面が奏でる音はガタガタガタ。中正路の名誉にかけて断ればブロックのハマりが悪いのではなく、ブロックとブロックの繋ぎ目に生まれる音だ。この道は、やがて夜市と交じり、その先の——ここまでその匂いが届いている——

「沙鍋魚頭」なる料理店前まで続いている。

しかしこの際、スケボーは道に連れていかれるように公園へ向かっている。なので、この誂えられた路面を真っ直ぐ行かず、迫る国華街《こくかがい》へ左折を準備だ。スケボーは考える。そう、スピードが出ていることだし、一旦右に動線を膨らませてみよう。さて、いざ右に膨らめば度が過ぎて杏仁香る屋台にぶつかる勢い。危うく外帯《テイクアウト》を待つカップルのアキレス腱を掠るところ。これには「不好意思(すみません)」、左へのカーブを開始しながら陳謝を背後にしっかり残す。こうしてスケボーは国華街に入る。

すれば、雨によって外壁の黒ずんだビルを迎える。一、二階は場を変えながらも七、八十年続く市場で、六、七階と市の労災保険局、五階には神父の顔を持つ日本人《がいこくじん》の経営する日本語学校が入っている。ちなみにこの神父が従う〝書〟と先程のマウンテンバイクの信徒たちが従う〝書〟は違うらしい。けれどもスケボーを敬遠するのは結果的に共通のようだ。というのも五年前に履歴書を送ってみたもののスケボーはこちらから不採用の審判を下されたゆえ。

目前の交差点に青のままで進入できそうだ。スケボーは地面から動力をもらっては加速する。これでささっと名称的に実質のメインストリートである中山路を渡ってしまえば中正公園は鼻の先。先ほどのスピードの名残があらば、あとは何もせずに勝手に辿り着ける。

台湾なら現在は夕食前の時間帯と言って良いはずだ。公園は遊具のエリアが親子連れで一杯だ。ここをすり抜けるように通過し、公園中央に辿り着けば一人の林《リン》と二人の阿凱《アカイ》がいる。離れたところには小吉《シャオジ》がいて、嘉義の子供たちにスケボーを教えている最中だ。

「好久不見(久しぶり)」

背後から若者三人に声を掛ける。

「佐佐木、好久不見」

早速三人から私にめがけて挨拶がてらの拳が突き出される。高校生の阿凱《アカイ》なんて——本人にとっては普通かも知れないが——拳の出し方をこれ見よがしに格好つけている。拳を突き合わせていつも通りに応じるなり、

「什麼時候到(いつ着いたの)?」

「什麼時候回來台灣(いつ戻ってくるの)?」

二人の阿凱《アカイ》がほぼ同時に質問を寄越す。どちらがどちらを言って、どちらの問いが先だったか。なので、昼に着き、また戻ってくることがあれば再来年の三月であることを伝える。これにはタイミングのみならず答えも一緒で「長いな」と来る。

高校生の阿凱は電話を掛け始め、私はタバコを吸い出した大人の阿凱とお喋りしながらストレッチだ。林の視線は久方ぶりの外国人からすでに手元のゲームに戻っている。それにしても身体が明らかに硬い。より一層硬くなっている。ストレッチに時間をかけているとビニール袋を提げた若者がやってきた。これを高校生の阿凱が受け取り、代金を払う。阿凱が取り出すのはプラスチック容器に入った飲み物で、これを私たちの目の前に置くと「請喝(飲んで)」、カップの胴体には見覚え

あるジュース屋のロゴだ。

財布を手に私が呼びかければ、

「阿凱《アカイ》」

「之前譲佐佐木請客了一次、這次就不用出錢了（前回奢ってもらったからお金は要らないよ）」

ほほ、高校生の分際で気が利いてやがる。我々は飲料のフタにストローを一刺し、阿凱の奢りで古早味紅茶をチューチュー飲む。そうしてチューチューやっているうちに気付くに高校生阿凱のお婆ちゃんがいつの間にやらすぐそこに突っ立っている。阿凱のおばあちゃんは何かと孫が心配のようで、しょっちゅうこうして公園に姿を現すのである。私にはこんな過保護がなかなか不思議でもあるが、もっと不思議なのは阿凱が「なんで来るんだよ」とも言わないことである。お婆ちゃんの用件は降雨のお知らせで、間もなく阿凱はスケボーを袋に仕舞うと素直にお婆ちゃんと帰っていく。この公園を留守にしていた半年の間に阿凱の背丈が私よりもずっと高くなっている。他方、大人の阿凱は付き合っている彼女との結婚を考え始めたらしい。大理石の地面にタバコの火を押し付けながら笑みを浮かべて教えてくれる。

「來我們的結婚典禮啦（結婚式に来てくれよ）」

私は立ち上がりながらうんうんと頷く。同時に林の声で、

「下雨了《シャアユゥラ》」

ぽつりぽつりと落ちてきた。阿凱のお婆ちゃんの言う通りだ。林がケータイの画面についた雨を

拭っている。空を窺えば、これがどうも長くなりそうだ。いつの間にやら雲が立ち込め、空がずっと低い。向かいでは小吉が子供たちと一緒に道具をまとめ、今にも退散の様子。私も阿凱とお別れだ。

さて、雨降りとはいえスケボーを傘にするわけにはいかない。なので道を選んで急ぐ。目掛けるのは隣同士がぴったりとくっ付き家屋が連続している通りだ。二階が道に張り出し、その下がアーケードのようになっている。

部屋に戻り着く頃には、すっかり本降りだ。ただ、激しさを増す外に比べたら、室内は代わり映えがない。居間には誰もおらず、がらんどう。高齢者たちは尚も寝ている様子で、それぞれのドアに耳をあてれば向こうで確と寝息が反復している。

それから十五分ほどしてザイと夢子が戻ってきた。

「ササキ、雞肉飯《ジーローファン》買ってきた」

玄関口で傘を畳みながらザイが言う。聞くに、夢子を連れて夜市に立ち寄ったとのこと。

「夜市どう？　おもしろかった？」

私が訊けば、

「すごかったです。感動しました」

夢子はこれまで見せたことのない面持ちで答える。ザイが靴を脱ぎながら、

「ダダラに傘を貸してもらいましたよ。バイクも置いてきた」

「そうかそうか」

「ちなみにこれはどこの雞肉飯《ジーローファン》？」

そう訊くと予想通り私の一番好きな店名が出てくる。

「店長いた？」

「いた」

私は夢子を見て、

「顔が談志に似てたでしょ？」

そう訊くと、

「ダンシ、ですか」

夢子の目玉は一旦、下を向き、まるで心当たりを探っている様子となる。ただし、どちらかと言えば二人の人物の相似を確認しているのではなく、そんな奴いたっけな、というような不思議がっている間なのである。まさか落語界関係者が知らぬわけなかろう。そうだ、単にこちらの気のせいかもしれない。ささやかな疑いを問いとしてぶつける前に、

「あれでしょ、勘定を数えるのがはやかったでしょ」

私は話を変える。

「はやかったですね」

「もう『金明竹《きんめいちく》』の世界でしょ」

「え、ソンメイチク?」

「違うよ。キンメイチクだよ。えッ、知らない? 落語よ。落語。寄席でもよくかかるでしょ」

「あ、え、いや、楽屋で怒られないようにするのが精一杯で。あ、でも、そう言えば、そのタイトル、聞いたことをある気がします」

「つうかネタ帳とか書く仕事とかしてないの?」

「あれは、まだやらせてもらう立場になってないんです」

そういう話でもない、とは思うが、ま、ここはとりあえず飯を食おう。不勉強な前座との会話に夕飯の冷めるのが惜しくなってきた。雞肉飯《ジーローファン》、A菜《エーツァイ》、ピータン豆腐に味噌汁。ちゃぶ台に広げた懐かしき味を味わいつつ、私は目の前の前座に落語家を志した理由を問うてみる。

「姉の落語を聴いたんです」

これがまた随分と誇らしそうな言い方をなさるから不思議だ。

「お姉さん、プロなの? 噺家さんなの?」

「いいえ、山形にある私立大学で落語研究会に所属してました」

「落研の落語ってこと?」

「はい、大学の文化祭で聴きました」

雨は降り続く。私の完食を見届けたザイが寝る準備を宣言する。

「部屋、どうしようか」

ザイが言う。確かに寝るとなれば部屋割りを考えなければならない。部屋の残りは二つ、一つはベッド付きのドアのある個室。もう一つはこの広間、畳の上での眠りである。もちろん広間が嫌だというわけではない。老狼が友人らに宿泊場所としてこちらを無償提供する時、この広間とてごくごく普通に寝床として利用されている。ただ、である。ザイと一緒である手前、個室が有難いということもあるが、何よりこの前座には談志すら知らない疑いがかかっているのである。そんなわけで私はパフォーマンスから、ザイは多分本心から、大学受験が面倒臭いがために落語家に弟子入りしたという前座に個室を勧める。それも、どうぞどうぞ、とジェスチャーを添えて。結果、夢子は賢い選択をする。

「師匠がいる手前、それが無難だよね」

私は夢子用のタオルケットを戸棚に探しながら喜びを悟られぬよう納得を示す。背後では眠気に押し黙り始めたザイがリュックから下着を取り出し、シャワーに向かう用意だ。その眠気は目元にも現われており、二重が通常の倍の幅になっている。ザイはシャワーを浴び終えるなり早々と髪を乾かし、早々とベッドに横になる。目を閉じたまま、夢うつつな声で、

「ササキ、寝ることを応援してください」

ここで小さく放屁を一つ。

「お尻からササキへの関心が、出た」

無論、こちらは寝るつもりはなくも一応応援のためにベッドをお供する。なにしろまだ九時前な

のである。寝てしまうにはもったいない時間だ。

ところが、である。こちらも寝入ってしまったらしい。尿意で目を覚ますと電気のつけっぱなしの部屋で時刻が十一時を回っている。ザイと言えば寝入った時の体勢変わらず、まさにすやすやといった寝姿。雨音は尚も激しく、水浸しの路面でカーブを試みた車の走行音が届く。その短い余韻に耳を貸せば、この地でこその、雨ゆえに可能な戯れを思い出し、

「コンビニ行ってきます」

私はザイの耳元に顔を寄せ、潜めた声でお伝えする。ザイは目を瞑ったまま応えて、

「いってら、しゃっ台、湾の幽霊、女、多いよ、気を付け、て」

睡眠のとば口から牽制と許しを何とか寄越してくる。広間では一人、夢子が何やら書いている。訊けば『寿限無』が覚えられないため書き出しているのだという。

私は傘を持たず外に出る。尿意はきっと嘘であろうから素通りだ。そうして広々とした軒下と狭い軒下、それから雨ざらしも経て、垂楊路沿いの全家《ファミマ》に辿り着く。ここで雨衣《カッパ》を五十五元で購入する。黄色い雨衣だ。店内で着るなり、来た道を戻る。

ただでさえ晩飯後の時間帯には車道がスカスカになる街だ。雨の深夜は乗り物がすっかり消えしまっている。人の姿は尚のこと見当たらず。コンビニまでの道中に目にしたのは、こじんまりした軍事施設内の入り口で微動だにせず突っ立つ憲兵の姿のみ。

我が雨衣にバババババと景気の良い雨音が立ちまくる。迎えた交差点を宿舎の方に折れない。代わ

りに横断歩道を進み、渡り切って間もなく路肩に足を止める。対角線上の向きにがら空きの交差点だ。信号機はすでに青信号と赤信号がお休みに入っていてオレンジの点滅のみ。これがあまり存在感がない。むしろ路肩に並び立つ、LED電灯によるオレンジの光に明確さと伸びがある。背の高い電灯は交差点の四つ角にも立っているため交差点内のボックス型の路面も光を帯びている。そこに激しい大粒の雨があちこち撥ねっ返る。不規則でも無数、無数だから一様で、オレンジ色が乱れ、路面が激しく点滅しても見える。雨はこれを映し続けながら道路の脇へと緩やかな斜度を側溝へと流れ向かう。茶色の水流だ。アスファルトの砂の粒子を誘い出し、誰かが吐いた檳榔混じりの赤い口液も流しているはずである。泣きっ面というには物足りない、むしろ何かを隠したがっているような水分量である。これの行き着く先が今、愉快な事態となっている。雨量が多いのか、はたまた排水の不具合なのか、道路脇が増水極まりない。その水嵩は車道から一段高く設けられている歩道にも迫る高さ。幅などは側溝の蓋を隠し、バイク専用道路までもが見えないほど。このままでは縁石を乗り越え歩道を浸し、はたまた車線の方も消えかねない。見れば中央に植え込み挟んだ四車線向こうも同じような状況だ。

こういった雨は冬を除けば別段珍しくもなく、今日に限った話ではない。ただ、私の帰国前に過ごした季節は冬であり、今冬の嘉義は雨がまったく降らなかった。つまりは久方ぶりの嘉義の雨なのである。こうなれば、外に出ないわけにはいかないというわけだ。

盛大なジャンプでざぶん。私は大雨に参加する。雨水は膝下までの深さになっている。これを蹴り上げては蹴り上げ、蹴り上げてはまた繰り返し蹴り上げる。上からの雨に負けないようにこちらも雨のしぶきを水面から放つ。途中から蹴ることを工夫したりなんかして水しぶきを己の顔に掛けたりする。そしたら今度は前に倒れてみる。これが見事な深さであって、我が身体は頭を残し、鉄錆色に色を変えた雨の溜まりにまるまる隠れる。無論、雨衣の下で衣服はTシャツまで完全に濡れている。雨衣を利用しているというのもこれを身に着けると胴回りで雨水の様子が滑らかそうだからである。

それにしても夏の暑さにちょうどいい水温だ。ぬる湯に浸かるようで気持ちがいい。考えようによっては、ただ熱くないだけで、私が裸でないだけで、鉄やら硫黄やらの匂いが付いていないだけで、それらの点を除けばもはや温泉同様ではないか。それも随分と広大な湯舟だ。しかもこの温泉は上空から湧出している。

そういえば新宿のあの書店跡地には銭湯が建設されるらしい。更地を前に確認した際「スーパー観音」という名前だったこともあり、新たなランドマークとしててっきり巨大な観音様でも建立されるのかと思いきや、内実はよりによってスーパー銭湯だという。実家滞在中に新聞で知り得た情報だ。ここまで来ると滑稽というより、悪ふざけに思えてくる。腹を抱えて笑っていれば水しぶきがぶっ掛かり、上半身の後ろ一面を射たれようにばばッと音が立つ。振り返れば雨夜を走り去る黄色いタクシーだ。

「佐佐木嗎?」

不意に声がした。女の幽霊かと思いきや、台湾の、実在している若者が足を止めて、歩道からこちらを見ている。なので私は「おおお」と輪をかけて友好的な反応を示し、同じ雨合羽姿の若者に向けて手を挙げる。

「去哪裡？」

どこへ行くのか訊ねれば、若者は腹部を叩き、合羽の上から抱え込んでいるのがスケボーであることを教える。

「酒廠嗎？」

「對啊」

若者のこれから行く場所は、やはり私が訊いたところで合っているらしい。

「現在有開嗎？」

そう問えば、開いてないから軒下のスペースでやるという答えだ。

「一起過來嗎（一緒に来る）？」

疲れてるから行けないよと嘘を言えば、

「這樣的話我先走囉（じゃ、もう行くよ）」

そう言って手を振る。はて誰だろうか。皆目見当がつかない。

「你是（君は）……」

主語だけ口にすれば、

「アプン」

本人より述語をゲットする。

「うんうん、アプン、アプン」

「這様的話我先走囉（じゃ、もう行くよ）」

互いにバイバイだ。アプン青年は妙な笑みを残しては横断歩道を渡っていく。はて、誰だろうか。名前を聞いて「ああ、そうだったわりぃわりぃ」というような口調に表情を作ってはみたものの記憶になければ見当すらつかない。ただアプンの発音だけは台湾語なはずである。これは判る。けれども誰だろうか。まったく思い出せやしない。しばらく逡巡していれば突然、大きな屁のような音が濁流の底で唸った。それこそ「あぷんッ」みたいな音である。同時に機能を取り戻したらしい側溝が溜まった雨水を突如として飲み込み始めた。水位は猛烈な早さでどんどん下がっていき、その凄まじい吸引力は雨水に隠れた我がズボンのポケットにも及んでアイスの棒やら袋が水面に浮かんでいる。おや、滑走路で皆から預かったものではないか。思い出すが早いか、これらとてあれよと言う間に吸い込まれる。勢いは淀むことなく路肩が颯爽と空になり、後に残るは濁った雨水を飲み込んだ側溝の連なり。これでは用なし、雨遊びを諦め、切り上げる運びとなる。

全身ビショ濡れだ。いっそのこと部屋に入る前に全部脱いでしまった方が楽に違いない。棟のコンクリ階段を水の轍でびしゃびしゃにした末に共有スペースでさっさと裸になっておく。これで部屋の中を窺おうと思ったところに中から怒声あり。それも今度は擬音語のレベルではなく、はっきりと言葉だ。なんと物騒な。試しにドアをちょっと開ければ、すぐそこに目つきの随分鋭い師匠がおり、更にちょっと開ければ、しょぼくれた表情で正座する夢子の姿もある。

こちらに気付いた師匠が会釈を寄越した。

「どうされました?」

私はドアの隙間から顔だけ出して訊いてみる。

「この子がね、こっそり吸ってたんですよ」

「お、なるほど」

「私がトイレに起きればこれですよ」

「吸ってません」

夢子はか細い声で否定するが師匠は聞いてもいない。怒気孕む目線をまた夢子に戻して、

「隠したって臭いで分かるんだよ、まったく。早く寝ちまえ」

そう言い放つように言うと私に向き直って、

「失礼します」

ドアを開け、自身の部屋にお入りになられる。眠気も手伝ってか、大分、自己完結だ。ま、よくある師弟の風景に違いない。さて、今度は私の番だ。ザイの寝る部屋に戻らねばならない。

「どんまいどんまい。そんなことより、ちょっと百八十度くるっと回ってもらっていいですか。

あ、良いです、そんな感じで」

しょんぼりした夢子によろしく頼んでから素っ裸で広間を横切る。

嘉義二日目、私は寝床で上体を起こしながらぐっすり寝られたことを実感する。というのも、この部屋に三カ月ほど寝泊まりさせてもらった頃は決まって深夜三時五十分に一階から『桃太郎さん』が聞こえてきたからだ。商用に大陸へ行った息子は以来二十年帰って来ず。その間に御主人が亡くなり、自身は痴呆症が進行している老婆による歌唱だった。「一つ私に下さいな」まで進むと、また出だしに戻る。この短すぎる繰り返しが夜毎三十分は続くのだ。考えてみれば、昨夜はその老婆が亡くなって以来、初めての夜だった。

ドアを開けると広間にはすでに四人の姿があって、めいめいが思い思いに過している様子だ。父と師匠は揃って妙にすっきりした顔をしている。ザイなどはちゃぶ台の上でてるてる坊主を作っている。ザイが言うには私を除いた四人で仁愛路に朝ごはんを食べに行ったそうだ。雨に切れ間があったらしい。現在は外を窺うまでもなく雨が降っている。雨脚が強過ぎるせいでかえって心地良く聞こえるほどだ。私は一人、傘を差して外に出て、買うもの買ったらすぐに引き返す。

広間の風景は変わらない。ただ、そこに老狼の姿が加わっており、目下、パソコンで何やら折れ線グラフを眺めている。きっと生業である株関係の何かに違いない。そのそばで壁に寄りかかる父は『東京かわら版』を手にしたまま網戸の向こうを眺めている。夢子は昨晩同様に正座のままノートに何やら書きつけ、かたやザイはソファの上に胡座を組んでパソコンをいじっている。ふと師匠の口から念仏を唱えるような台湾語落語が漏れ始める。すると本人が目をつむっていることを良いことに老狼がこの様子を収めようとケータイを手にするものだから、私はこっそり笑う。

暇だ。やることがない。私は師匠の寝ていた一室へ行き、老狼の私物が占める一角を眺める。店名入りのマッチの空箱、廃校名入りの文鎮、八百屋名入りの前掛け等々、どれも私が老狼のお土産にしたものだ。その中から四十年前の週刊ゴングを引っ張り出し、広間で捲ることしばし、今度は老狼が同じように部屋に入っていき、最近手に入れたというこれまた古い台湾の芸能雑誌を手に戻ってくる。こちらも一緒に眺めれば二冊に共通点が見つかる。

私は一つ思い付き、今度は別の一室に置きっ放しにしていた私物の中からポストカードの束を持ち出す。そして老狼に耳打ち。これで賛同をもらった後、揃って文通募集欄の各自に返事を書きだす。せっかくなら国を跨ごうぜ、というのは老狼のアイディア。それじゃ、老狼は東京に住む外国人として過去の台湾の文通希望者に、私は嘉義に住む外国人として過去の日本の文通希望者に、というのは私のアイディア。もちろん互いの現住所を書いて、「文通しましょう」と紙面への応答を記す。そんなことをして何か意味があるのか問われれば、意味は、まず、ない。そりゃ、ある訳がないというもの。単に四十年越しに文通の意思表示をもらった当人たちの驚きなんかを想像して愉しいだけである。

「ふざけてるな、これ」

そんなことを中国語で言ってケラケラ笑っていた老狼も書き進めているうちに没頭で無言となる。

それは私も同じく、書いては次、書いては次。誰もが言葉を忘れている。夢子はノートに落語を走らせる。ザイはパソコンを撫でるように操作し、師匠は寛いだ表情で扇子を右に左にゆったり。『かわら版』に目を落とす父は一ページを舐めるように熟読した末にまた一ページ、そろりと捲る。そこへ跳ね返りの強そうなこの国の雨降りの音。どしゃ降りに聞こえながらも大雑把なりに音質が移ろう。

私はここで昨晩の話をザイにしてみる。

「アプンなんて名前の人間いたっけ？」

「ササキから聞いたことない」

「だよね」

「そう言えば、私が日本語教室に通っている時、おじさんのアプンさんがいましたけどね。自分を〝アプンちゃん〟って呼ぶ人でしたよ。気持ち悪い人でしたよ。彼の名前に日本の〝本〟という字があるのよ。日本は台湾語で〝リップン〟でしょ。だから、その人は小さい時からアプンちゃんってニックネームだったらしい」

おもしろい話だ。けれどもスケーターは少なくともおじさんではなかった。

「それより、ササキッ」

「はいッ」

「ちゃんと雨衣を片付けてくださいよ。脱いだままは止めろよ」

お叱りのザイに私は「ごめんよ、ごめん」と素直に謝る。と、

「そうだッ」

今度は師匠がうるさい。私の謝罪に衝突するような間合いで声を上げる。

「危うく忘れるところだった。おい、夢子、昨晩」

呼ばれた前座はハッと顔を上げ、

「吸ってないんです」

しょんぼりした様子で力なく答える。一応、半目撃者といってもいいぐらいの私である。それに何となく夢子は嘘をついていない気もするのだ。とりあえず師匠の面子と機嫌を損ねぬよう加減した馬鹿さで、

「師匠、あ、もしかして、吸っているところをお目に入れたとかですか?」

「いや、見てはいないんですよ。でも煙の臭いがはっきりとございまして」

「あ、やっぱり、安心した。あれですよ、あれっす。僕が外から戻った時、ちょうど三階の住人が庇の下、ベランダで吹かしてましたよ。あれが雨で蓋でもされて、この部屋に漂ってきたんじゃないでしょうか、はは」

私の嘘に、

「はは、夢かも知れないですよ」

父がからっとした口調で追随する。

「じゃあ、あの臭いは何だっただろ」

師匠が右手を頬にあて、黙考の御様子。傍でザイと老狼が小声で会話をしている。ザイの相槌を打つ様子に、転じて口を開く気配がある。

「師匠！、あそこの灰皿は」

やはりザイが口を開く。ザイの指を差す部屋の片隅に吸い殻をこんもり乗せた灰皿がある。

「老狼が、私たちが来る前からあったもの、と言ってますよ」

ザイ経由で老狼が割って入ってくれる。

「老狼もこう言っていますし。火が消えたって臭うものですし」

「そうですかねぇ」

四人の言葉に師匠の口先が鈍り始めた。

「お前、あとで三階の人を連れて来いよ」

私に対する父の言葉に師匠と夢子を除いた三人に笑いが起こる。

「皆さん」

不意に師匠の呼びかけだ。

「すみません。ひとつ、この子の『つる』を聴いていただけないでしょうか」

突然の申し出だ。これには父も「え」と発するだけ。師匠は父ばかりでなく、私、はたまたザイと老狼にも視線を合わせて同じことを仰られる。

「じゃ、お前さんは壁際。皆様はどうぞこちらへ」

みんなで夢子と向かい合う位置に移動する。「では、やってみて」、師匠の言葉に夢子がお辞儀だ。それから顔を上げ、噺を始めるが、これが特に淀みもなく、そつなく進んでいく。迷いのない口先で歯切れにも余裕がある。


「こいつ泣き出したよ。その雌はなんて飛んできたんだよ」

「黙って飛んできた」


噺が終わって皆で拍手だ。ついつい先程の流れから弟子に何かしらの辱めなり警告なりを与える目的かと期待もなく聴き始めたが、悪い意味なくごくごく普通だ。無論、無理やり粗を探すようなつもりは毛頭なければ、そもそも素人目に見ても何も変なところはない。老狼が「すげッ」と言っては夢子の写真を撮ったりする。夢子といえば、事がどう進むかは師匠次第なはずで、今はひとまず会釈を繰り返している。

「あれれ、悪くないなぁ」

師匠が困ったように褒める。困ったような様子だから、やはり私の推測したような意図があったのかもしれない。はたまた、実は困った様子は演技であり、最初から出来の悪くないことを知った上で——皆の前で自ら濡れ衣をきせた弟子の面子を回復させるため——あえて我々の面前で落語をやらせたのだろうか。

「いいですねぇ」

我が父が続く。本心のように聞こえる。結局、この一幕は尻すぼんで、また静かな空間が現れる。

時折、客人が訪れる。老狼に用のある人もいれば、私に会いに来てくれる友人もいる。前後して訪れた大麥《ダーマイ》と小明《シャオミン》は落語会にも来てくれるという。いずれの友人を見送る時も空は変わらず。二人とも揃って雨衣で訪れ、雨衣のままスクーターで帰っていく。

「後天見（またあさって）」

その後ろ姿を見送り、サンダルを突っかけた足で階段を上がる。それにしても師匠と夢子を想うと、なんだかもったいない気持ちだ。もちろん、こうして台湾へとやってきたのは落語会が目的である。とは言え、落語会は肩肘張ったものにはならないだろうし、お客も楽しみに来るのであって、いちいち質を求めるはずがない。仮にいたとしても、うちの父親ぐらいだろう。なんと言っても師匠の台湾語『初天神』もしっかりと完成している。聴く人によっては――予行練習でＯＤが涙を流したように――不覚にも人情噺化するかもしれないが、それはそれで何ら悪くない。そんなわけで明後日の落語会までの間、少しは初めての外国を楽しんでもらう時間があっても良いと思うのだが、なにしろこの雨だ。どちらに赴くにしたって傘では難儀だ。仮にタクシーという手段を使うとしても、どこか良い場所があるだろうか。嘉義公園、蘭潭池、夜市等々。思い浮かぶのは屋外ばかりで結局行き着いた末に傘を広げなくてはならない。いっそのこと屋内プールでもどうだろうか。

南京路《なんきんろ》の鄙びた先に地元民すら見落としている古めかしいプール施設がある。でも泳ぐとなると師匠のセットされたオールバックが崩れてしまうか。じゃ、廃墟はどうだろうか。昨年、友人と訪れた夜市裏のパン粉工場の廃墟もまた良い。少なくとも四十年前の倒産したというのに誰にも荒らされておらず綺麗なまま朽ちている。いや、そういう問題じゃねえか。

私はひとまずポストカードを出しに近くの郵便局へ出かける。雨脚が行き帰りで、〝弱〟の強から〝中〟の強ぐらいに変わる。それでまた棟に戻れば、住人のいない三階の踊り場で父親の声が聞こえる。どうやら『東京かわら版』のスケジュールを朗読している。それも意識的に雨に打ち勝とうとしているような声量だ。様子を見に階段を上がったところ、

「宣伝とかどうなってんだ」

朗読をはたと止めて父が問う。確かに気になって然るべきかもしれない。「上州東毛古典芸能を楽しむ会」に所属する父は落語会開催の度に広報を担当している身だ。私は試しに今回の落語会に合わせてザイの作成したポスターのデザインを見せてみる。実際にこれを友人らのやっている店、都合十店舗ぐらいに貼らせてもらっているのだ。そして、また別にフェイスブック上に作成した今回の落語会のページも見せておく。招待状のように知人らにシェアしたページには現在、参加予定が二十人、興味有りが五十六人という数字が出ている。無論、私自身その数字を真に受け止めているわけではないが父親を納得させやすいはずだ。

「こうすれば俺とザイがそれぞれの知人に触れ回っている状態になるし、老狼も協力してくれて

る。老狼なんてフェイスブック上であれ、実際にであれ、知り合いがとにかく多いから。そんな心配しなくて大丈夫よ」

「ザイちゃんも老狼さんもしっかりしてるもんな」

「あと、会場を貸してくれてる江さんも江さんで宣伝してくれてるから。つうか非日常の空間を楽しむというより、サンダルで物珍しいものを見に来る程度に思っててくださいよ。仮初めの緩やかな集まり、ぐらいに。誰も批評しに来る人はいないのよ。だいたいお客が来なかったら来なかったで、それも一つの落語でしょうよ」

私が階段を下り始めるなり、父は朗読を再開する。部屋では老狼とザイと夢子が前と同じことをしている。師匠は眼鏡をかけて読書だ。私はケータイを覗いて、ラインを二つ見る。そこには百人近い嘉義のスケーターのライングループからの忘れ物の報告がある。忘れ物を見つけたとされる場所は昨晩、アプンなる若者がスケボーをしに向かったはずのところである。発見した兆哥《ザオグ》が「誰的(誰の)?」」、けれども二時間経った現在も名乗り出る者はいない。この次に来ているのは月島からラインではあるが、その大したことのない内容はさておいて、このタイミングで壽一に連絡だ。

「嘉義今天也下雨。雲林吧?」

「こんにちは。雲林は不下雨だ」

ここで私はザイに文作りを手伝ってもらう。「雨が降り続いたとして、最悪、明後日の落語会の二時間前に集合でも良いか。まず一緒に昼飯を食べよう」そんな内容だ。返信は早々と「ＯＫ」と来る。似たような内容を千國戯院の江さんにも送っておく。江さんによれば嘉義市から三駅離れた嘉義縣大林《ダーリン》もまた昨日から雨だという。それから明後日、大林駅に到着したら連絡してくれ、とのこと。

昼飯の時間がそろそろだ。私は父に昼飯の相談をするため踊り場に向かって、案を出す。タクシーでも呼ぶか、と。せっかく台湾に滞在していることだし、天気は天気だけども外に行かないか、と。

父は『かわら版』を閉じて一言、

「そうしますか」

部屋に戻って師匠に提案すれば、

「そうしましょうか」

この話を老狼に伝えてみると、老狼はどうやら昼食の準備を考えていてくれたらしい。私は師弟にとって今回が初めての台湾である旨を改めて伝え、昼を外で取る選択肢を選ばせてもらう。すると老狼は理解を示してくれた上、移動手段を心配してくれるのだが、老狼は自分で食べるとしてもタクシーを呼ぶとすれば一人は乗れない。さて、歩きか。そんな短い思案の横から、

「せっかくの台湾の雨ですからみんなで楽しく歩きましょうか」

師匠が合いの手を入れてくれる。こうして老狼を除いた五人で部屋を出るも階段の手すりにぶら下がる傘は四本と来ている。なので私はザイと一緒に一本の傘を広げるわけだが、この傘を見た父

が「これじゃザイちゃんが濡れちゃうよ」なんて宣う。私は別にそう思わないが、さては雨の強さに対して、傘が小さいということだろうか。

「お父さん、大丈夫ですよ」

ザイが言うも父は前言を繰り返し、仕舞いには、

「お前が合羽を着れば良いんだよ。お前が着れば、みんなが異国の合羽の雰囲気を味わうことだってできるんだよ」

こういう理屈を言い立てる。

「お父さん、大丈夫大丈夫」

またも繰り返すザイの近くで師弟揃ってニヤニヤしている。知らぬ間にザイが干してくれていた昨日の合羽は部屋の中だ。私は言う通りに一旦部屋に引っこみ、わざわざこれを着て外に戻るが、

「そうか」

雰囲気云々口にしていた言い出しっぺは一言きりの反応を返すのみ。夢子が師匠の体を隠れ蓑にして笑いを堪えているのがよく分かる。

さて、雨中を繰り出す。最寄りの交差点で青信号を待つ間にザイが食べ物の好き嫌いを師匠に訊ねる。曰く、好き嫌いもなければ、医者からの制限も特にないとのこと。これを聞いたザイが、「呆」ける「獅」子と書く雞肉飯《ジーローファン》の店の名を挙げる。確かに遠からず、それでもちょっとは街を見て回ることもできて具合が好い。

交差点を渡ったら北に向きを変える。それから一つ目の角を右に折れると、この通りもまた民家の並びに個人営業の老舗が多い。それも、「國際」と名の付く映画館があった名残で、どの店の看板にも「國際」の二文字が見受けられる。

國際の名の付いたはんこ屋にカギ屋、散髪屋に薬草茶の店、そして粽屋の店頭の軒下には竹皮で包まれた四面体の粽が凧糸に無数縛られ、物干竿しから吊るされている。この通りが中正路《ちゅうせいろ》と交わるところに目的の店があるわけなのだが到着したらしたで、店先に臨時休業を知らせる札が立てかけられており、それじゃ昨日食事した店に行こう、と引き返す運びと相なる。

帰りはザイからの提案で新榮路《しんえいろ》だ。確かにザイの言う通り行く手の途中にはタロイモに特化した、それこそ台湾らしいジュース屋があるし、先にデザートを買っておくのも悪くない。ところが、だ。立ち寄ってみれば、この店もやってやしない。詳しくは開店しているものの人がおらず。開かない自動ドアにメモが貼られており、二時間ほど店を外すとのことである。

それから再び歩き出し、ものの三十秒だ。前方に控える十字路の向こうに目的の店が見えてきた頃、ちょうど差し掛かった建物前に看過できない光景を目にしてしまう。創業七十年に迫る老舗映画館、諸羅戯院《もらぎいん》の前になんとブルドーザーが二機も停まっているのである。しかも片方の操縦席にはすでに安全ヘルメットをかぶった男の姿があるではないか。それも弁当を食って腹ごしらえの最中である。まさに臨戦態勢というべき状態だ。

「師匠、ご覧ください」

私は振り返り、師匠の注意を引く。

「こちらはこの街に現存する最も古い映画館になります」

そうして私が三階建ての——と言っても一般的な建物の三階より優に高さがある——映画館を仰げば、

「これはこれは歴史が感じられます」

師匠も同じように外観を仰ぐ。

「こちらが売りに出されたのが四年ほど前でしょうか、ご覧ください。屋上からペナントが垂れてますね。あの文字列が、それを意味しております」

「なるほど」

「ここを通る度、行く末を案じていたのですが、それがどうでしょう。きっと買い手がつかなかったのでしょう。この瞬間、ショベルカーがあるということは」

「まさか、解体ですか」

「その、まさか、かも知れません」

天井の高い実質屋外の一階は、ほぼがらんどうである。現在、そこにあるのは三台のスクーターと二台の自転車のみで、大きい声を上げれば、やまびこが返ってくるとも思えるほど空間が余っている。それゆえ見落としてしまいそうになるが、同じ空間の左端には券売所が確とある。これが窓口の三つある箱型で木造りだ。各窓口の上には各廳《ホール》で上映されているポスターが貼られ、ペンキで成された料金表も見上げる高さに掲げられている。その脇には階段があり、券を買った客はこの階段から二階三階の各ホールに向かうのである。

「師匠、あそこをご覧ください」

師匠に見ることを促した私はこの一階の階段の上り口に向けて指を——詳しく言えば手のひらを——差す。そこにはいつもと同じように二脚の椅子に腰掛けて呆ける老夫婦がいるのだ。優に八十を越えていると思われる老夫婦には言葉を交わす気配がなく、ただただ前方を見据えているだけだ。それも差し向かいの位置であーだこーだ言っているのはまさに私たち一行であるわけだが、どう見てもお二人に認識されているような気がしない。それほど窪んだ眼球に動きがなければ、人の形をした植物のように一切の動きを止めている。

「あのお二方がこちらの館主です」

私の言葉に、

「ええ、なるほど」

師匠がより濃い反応を返す。

「たしかに一仕事終えた顔をしておられる」

「その通りです。キン・フー、ワン・トン、ホウ・シャオシエン、エドワード・ヤン、ウー・ニエンジェン、ツァイ・ミンリャン、台湾映画史を彩った監督作品もこちらを通り過ぎていったに違いありません」

「つまり、文楽、志ん生、圓生、小さん、三木助、馬生、そういった名人たちが彩った寄席が一つ、現代からなくなってしまうようなものってわけですね」

「ええ、悪くはない例えでしょう」

「言われてみれば、あちらのおじいさんの様子はどことなく晩年の文楽師匠に似ておられる」

「ご覧ください、師匠」

私はショベルカーを指差す。結露でうっすら曇ったガラスの奥には操縦を控えていると思われる男性の姿がある。

「あの物憂い表情。あれはまさに歴史ある映画館を自らの手で壊さなければならない人間の無念極まる表情に違いありません」

「え、ちょっと待ってください。ということはまさに本日、こちらの八十年の歴史に幕が下ろされるということなんでしょうか」

「この様子を見ると残念ですが、そうなのでしょう。楽日というわけです」

私がこんな風に答えたところ、師匠は下唇を噛んで後、

「最終日にこうして前を通ったのも何かの縁でしょう。もっと言ってしまえば私たちは海を越えて来てます。運命かも知れません。よろしければ、佐々木さん」

師匠は父に確認を仰ぐ、

「一緒に一つ、こちらで拝見させて頂くことにいたしませんか」

そんなわけで私はザイと共に窓口の薄汚れたアクリル板をノックしてみる。アクリル板の向こうに昼ご飯を食べているおばさんがいらっしゃって、このおばさんが優しいことに外国人である父と師匠を現地のシニア料金で、ザイの留学先は外国だというのに学生料金で、夢子は立場を話してみたところ兵役男子の料金で入れてくれる。

受け取ったマッチ箱程度の切符を手に館主夫婦の前を通り過ぎる。やはり無言で目玉すら反応がない。幾度も来たことがあるからこそ分かってはいるが老夫婦は切符もぎりのために、こちらに座って存在しているわけではなく、その役回りは階段の踊り場の角で椅子に座るおばさんにあるのだ。おばさんの背後には巨大な鏡が壁にひっつき一体となっており、我々の写り込んだ鏡の端には寄贈者の名前、寄贈日がペンキで記されている。半券を手に二階に上がるも誰もいない。通路には外側に雨のしずくをくっ付けた曇りガラスの窓が連なり、茶色の長椅子が等間隔で並んでいるだけだ。壁は白塗りで統一され、いたって簡素な空間が奥に伸びている。なんだか針一本落ちても響きそうだ。

「いやぁ、最後とは残念だ」

通路を進んだ先、廳《ホール》に入る直前の師匠が呟く。

*

雨が平然と日を跨ぐ。それゆえ広間には昨日に同じく無聊の光景が続いてしまうが、昼を前にして外に変化の気配がゆったり現れる。ある時、網戸の外を指差した父が「おお」と感嘆詞を洩らし、一同、雨の上がったことを知る。

さて、雨の途切れているうちに何しましょうか？　どんよりした雲を横目に頭を捻っていると「会場の下見はどうした」、父親からごもっともな催促だ。改めて外を窺えば、太陽は見当たらないものの、なんとか持ちこたえてくれそうにも思えてくる。試しに江さんに連絡してみれば下見の了承はすんなり得られる。

となればここぞとばかりだ。一行でぞろぞろ外に出る。雨上がりの空がそれぞれの心をしれっと弾ませるのか、師匠と父は昔話に興じれば、ザイは夢子に、あなたに似ている人がいると佐藤の話を持ち出して、これを夢子が笑顔で聞いている。曰く、その佐藤は他人のお葬式で笑うような人なんですよ云々。そんな風に和気藹々と歩いていれば、誰かの「へ」なる感嘆詞をもてして、各々の足が止まる。

それもそのはずで、件の映画館は動きのない老夫婦はもちろんのこと、昨日同様の姿で存在しているのである。建物はどちらの細部も欠けてはおらず、取り壊しに着手した痕跡がちっとも見当たらない。一切は昨日と同じ様子で、ごくごく普通にそこにあるのだ。また誰かの感嘆詞が洩れて一行は今度、左手を見る。と、代わりに取り壊されているのは映画館向かいの廃屋の方ではないか。両隣を民家に挟まれた狭い敷地には黒ずんだ木片が折り重なり、端から地面に水滴を落としている。

立て続けの発見に夢子が笑いを堪えている。

新築路《しんえいろ》をまっすぐ行ったら今度は左折で忠義街《ちゅうぎがい》だ。アスファルト上の随所の水たまりを避けながら歩いていればインドネシア料理の店先あたりで、さも愉しそうな台湾語の喋り声が前方から聞こえてくる。何かの集まりかと思えば、出所は一階を道教の祭壇にしている小さな民家だ。開け放たれた入り口を覗いてみるに無灯の室内は壁と天井が積年の線香と赤蝋燭の煙ですすけた色をしている。こんな室内には今、腰にウエストポーチを巻いた男が一人、黒ずんだ位牌のおびただしく並ぶ祭壇を相手にする姿がある。それも囁く、語るという類でもなく堂々とした大音声でまくし立てているから騒々しい。おまけに飲水を促したくなるほどの汗まみれ。喋っては吹き出し、また喋っては腹を抱え始め、祭壇を指差しながら身を捩る。

今に倒れるんじゃないか。そう思うが早いか男の身体が微動しながら傾き始める。まさか、とは思うも、男は倒れず、代わりに腹の捩れた勢いで後ろに振り返った。あ、気付かれた。いや、どうやらそうでもないらしい。そもそも我々など気にされていない可能性の方が高い。男は身体を捻り切って一回転、祭壇を向き直って尚も爆笑の只中にいる。

「ササキ、行くぞ」

ザイに促され、また歩き出す。

仁愛路《じんあいろ》を迎えたら右だ。タイル貼りの歯医者と秤道具の店が並んでいる。その次が布団屋だ。通り過ぎながら、こちらで日本語の家庭教師をしていたことを懐かしく思い出していると生徒のお母

さんがお店から出て来た。無沙汰の挨拶を済ませたそばから、

「小心別中暑了（暑さに気をつけて）」

注意共々ミネラルウォーターを寄越してくる。これが七百ミリリットル容量、それも人数分の二倍の数でさすがに重い。ザイが遠慮を申し出ても突き返されたのだから仕方ない。頂いておく。

駅に到着したところでぽつぽつと雨が来た。ひとまず濡れずに済んだことに安堵する一行の中で殊にオールバックの師匠が喜んでいる。とりあえず切符が入り用だ。私は大林駅行きの二十二元の切符を五枚買うために券売機に百元札を二枚入れる。釣り銭と切符が共有する出口に五枚の切符と釣り銭が一緒くたに集う。これらをザイが摘まみ上げてくれる。始終噛み尽くして爪のない私の指先を知ってのこと。切符配りもザイにお任せ。とケータイに江さんから連絡が届いている。曰く、肩が痛いから病院に行くとのこと。いやはや、江さんの方から断りが入ってしまう。四人に伝えれば、師匠はあららと言った表情で納得を示し、父は潔く昼ご飯の提案をしてくる。ザイも同じく「食べるほかないでしょう」と追随だ。確かにそんな時間ではある。

「どんなものが食べたい？」

訊けば、父の指差す方向に駅弁の中身を写した写真が貼ってある。

「台湾の駅弁なんてどうでしょう？　皆さん」

父の言葉に異論は出ず。というわけで切符を片手に五人で改札を抜けるが、売店まで十秒足らずの道中だ。これで八十元の駅弁を手にしたら、今度はベンチに移動し、嘉義駅のホームでランチと

なる。この国の弁当をどうやら異邦人たちは気に入ったらしい。口を揃えて「おいしい」との感想だ。それは私も同様で、ザイに要らないおかずを寄越されながらも早々と白飯が覗けてしまっている。

「佐佐木《ササキ》」

背後から急に名を呼ばれた。振り返れば友人の小Q《シャオキュー》が立っている。小Qが言うには、おばあちゃんの誕生日のために帰郷し、これから快速の自強號《じきょうごう》で台南に戻るとのこと。すれば早速、ガタンガタンと近付いてくる音につれ、速度を落としながら銀色の車体がホームに入ってくる。小Qはこれを一瞥すると我々に向き直って幾分大きな声で別れを告げる。「台湾の子供は家族孝行だなぁ」とは離れ往く小Qに手を振りながらの父の弁。付け加えるように、

「お前一人食べるんが早いんだよ。周りを見て、ゆっくり食べなさいよ。スケボーで逃げるようだよ、早すぎて。ほら、笑われてるぞ」

夢子は箸を持つ左手を振って否定するが咀嚼途中の口元はたしかに笑みで歪んでいる。

「いや、これは逃げるように早い噛み方って表現に笑ってんだよ。どちらかと言えば外国で着物着てる前座の方がよっぽど面白いだろ」

こんな抗弁をしていれば、

「息子も父も止めなさい」

親子でザイに叱られる。師弟は揃ってはっきり笑い出し、ホームでは自強號が南にゆったり動き

出す。そんなこんなで昼食を終えれば構内の見学を挟んでタクシーで引き返す。乗車人数の都合上、私だけが軒先伝いの歩きとなる。

それにしても雨だ。明日もこのままだろうか。とりあえず、落語会が決行されることは間違いない。室内なのだから。客の入りも二の次だ。心配があるとすればドタキャンかもしれない。どうもこの台湾において経験上ドタキャンのイメージが蓄積されている。はて、ソニックはきちんと来てくれるだろうか。壽一が『御神酒徳利』なんていう長講を希望するとは思わなかった手前、ソニックという伝統楽器の演奏者の友人に頼んで師匠と壽一の合間に何らかの演奏をお願いしておいた。そうでもしなければ師匠と壽一で各一席ずつの落語会は三十分足らずで終わってしまうと思ったゆえ。試しに測量用品店の軒下でソニックに連絡を入れる。すると百メートルほど進んだ耳鼻咽喉科の軒下で返信をもらう。私に希望する楽器を確かめる内容だ。「都ＯＫ（なんでも良い）」と返せば、「ＯＫ」との反応がすぐに返って来る。最後に時間を確認しておけば、きっと遂行してくれるはずである。

広間にはすでに皆が揃っている。これが妙に愉しげな雰囲気で、それもそのはず、室内で師匠がスケボーを試みている。いつぞやの早朝、いつぞやの父の時同じく、ザイが師匠の両腕を取り、足を広げた本人は板の上で恐る恐るバランスを探っている。この様子を夢子が連写し、老狼は動画を撮影。我が父は先輩風を吹かすように、

「師匠、腰をもう少し落として、顔をもっと上げて」

そして師匠の腰を押し自分の方に滑らせることを三歩先からザイに要求する。父も父なら師匠も師匠で、怖さよりも好奇心が上回っているらしく、

「ザイちゃん、ゆっくりでお願い」

満更でもない。腰の左側をザイに押され、父の元へと無事到着。台湾国内を一メートル、スケボーで移動する。今度は父に押され、ザイの元へと往復だ。

「いやぁ、これは難しい」

スケボーから下りた師匠は満面の笑みで仰る。滑る板の一幕はまだ続きそうだ。父がスケボーを壁際に置いては単独で乗っかり、壁を押しては向かいの壁まで行き着く。考えてみれば我がスケボーは今回の旅行に合わせて拡大コピーした嘉義の地図を貼り付けている。ふざけた板だ。これでは足元が嘉義の地と同化して板を把握しにくいに違いない。

「おお、すごいすごい」

我が父に対して師匠が言い募る。それでまた往復を試みようとする父は師匠に己の手練を見せつけたいのだろうか。優しいザイは拍手と共に「すごいすごい」、私は半ば呆れつつソファに腰を下ろす。これで試しにフェイスブックを開いてみれば、老狼が早速、先程の動画をアップロードしている。

次の日、朝から太陽が現れている。まさに落語会当日なわけである。すでに信用できなくなった今夏の嘉義の天気ではあるが、この日の空は昼過ぎまでも変わらず、我々は雨に見舞われることとな

く、嘉義駅に辿り着く。

切符を手に各々改札口を通過しては階段を降り、子供たちによるペイントの施された賑やかな地下通路を通って、二、三番線ホームに移動する。そこには各駅停車である區間車が待機している。これに乗り込んですぐ、台湾鉄道への感想を口にするのが父である。

「こんなんじゃ心臓止るぞ」

ごもっともかもしれない。車外と全開の冷房で冷え切った車内の温度がずいぶんと両極端だ。これが団塊の世代でなくとも驚嘆するほどの寒さであって、五人揃って肩まで捲り上げていた半袖を元に戻すほど。電車が北に向かって動き始めて早々、父が乗車時間を気にし始める。そして私から十五分との答えを聞くなり周りの車窓を必死に開け始める。

嘉北《ジャーベイ》と民雄《ミンション》を過ぎる。各駅に到着する前に伝わるアナウンスは中国語に台湾語に客家語に英語である。「ほら、今のが台湾語ですよ」、「あ、ええ、なるほど」、「今のが客家語、師匠今度は客家語でトライしましょうか」、「ええ、それは良さそうですね」、私の説明に師匠は上の空なはずで、というのもこちらに相槌を打ちつ、寒そうに左腕をしごいている。動きは遠慮がちだが、その手には確と力が入っている。電車はいよいよ大林《ダーリン》のホームに入っていく。

「こんなんじゃ、ヒートショック起るきぞ」

顔を歪ませ父が言う。最早、言葉を噛んでいることに気付いていない。確かに降り立ったホームは日陰もなく、ただただ蒸しかえって温度差がひどい。

駅舎を北口に出たら、あとはいたって単純な道のりだ。タクシーの運チャンの誘いに首を振りながら右に進むこと一分、郵便局を右手に左折を一回するだけで、本日の会場、千國戯院《せんごくぎいん》が三十メートル先に現れる。この距離から眺めて建物自体が絶妙な高さだ。建物の上部に掲げられた四文字分のネオンは無灯の昼でも大きく目立ち、これを含めて建物を視野に収めるならば幾分仰いだほうがしっくり来る。この角度が心憎い。それに両脇には屋根付きの駐輪所が映画館まで続いている。屋根やら支柱やら、錆びつきが激しいとはいえ、かえって焦げ茶色の統一感があり、これが千國戯院のために左折したばかりの人間の視界に、より素敵な遠近感をもたらすに違いない。嗚呼、ここが七十年近い歴史を持つ映画館か、と言った具合に。ちなみにここから千國戯院の入口まではアスファルトではなくコンクリ仕様だ。職人さんの仕上げたものに経年の摩耗が研磨を与えている。程好い滑らかさはスケボーに乗らずとも足裏から容易に伝わってくる。いっそのこと撫でてやりたくなって、膝と上半身を畳むが、

「おい、おまえ」

父から牽制のような一声が入る。まあ、いいや、とにかく千國戯院まで辿り着いたのだ。半開きの入口のドアから中を窺えば舞台上に江さんの姿がある。

「你好《ニィハオ》」

大向こうから声を張り上げれば、

「請進《チンジン》(入って)」

場内で再会だ。江さんの肩辺りから確かに湿布のニオイが漂っている。ひとまず私はザイに取り持ってもらう形で師弟と父の紹介をしておく。するとお返しのように江さんの口から建物の歴史が語られる。これが随分と早口でザイの通訳が追いつかない。加えて身振りも大きく、あちこち指し示す手や顔の向きに我々は目を振り回される。不意に「あちらの品々を紹介しましょう」とでも言うように江さんが歩き出す。我々を壁際へ促したいのかもしれない。そちらに年季の入った様々な古物がずらりと並んでいる。ところが、ここでザイが通訳を止め、決然とした表情で江さんに何やら言い始める。

「ＯＫ、ＯＫ」

苦笑を浮かべた江さんが我々から離れると、

「ダメだ。話が長いから昼ご飯食べると言って逃げました」

というわけで夢子持参のトランクを預けた後、外に出る。向かうのは駅前で見かけた大きめの料理店である。店内では四隅に一台ずつ置かれた背の高い扇風機が首を振って強風を送っている。着席して早々、ザイが注文伝票にチェックを走らせる。これを横目に眺めていれば、

「壽一君はまだか？」

父がもっともなことを言ってくる。なので文字による連絡を入れておく。

そうこうするうちにザイの見繕った料理がテーブルに出揃う。どれもメラミン皿に小盛の品々だが、いかんせん皿数が多い。それぞれがあーだこーだと感想を口にしながら食べ進める最中、壽一

から返信をもらう。「一定去」(ちゃんと行くよ)とのこと。経験上、ドタキャンの印象が濃いゆえ、この返信に私などは安心してしまうが、父の反応は異なる。「いつだ?」とより具体的な時間を語気を強めな口ぶりで知りたがる。これには「そろそろだってよ」、私はそう言い収めて大陸妹《レタス》に箸を伸ばす。

会場に戻れば準備の時間だ。と言っても落語類以外は準備が整っている今、やるべきことのために一等動いているのは夢子のみ。トランクを舞台袖に移動させた後、袖奥でこれを広げる。中から座布団と着物が現れ、下には束になった木の棒もある。組み立てたらめくり台になるのかも知れない。

「おい」

間違いなく弟子を呼ぶ師匠の声だ。舞台の真ん中に移動している師匠から夢子に座布団の要求だ。夢子は座布団を両手で持つと小走り。この様子に私は思い出すことがあり、江さんの元へと向かう。用件はマイクだ。江さんは早速、マイクスタンドの高さを調整、マイクを先端に差し、師匠の目の前に設置してくれる。これで電源を入れれば師匠の予行練習が地声からマイクを通した音量になり、師匠が江さんに親指を立てウインクまで送る。

「ササキ」

ザイに呼ばれる。

「お客さんの席にいる人。あれが友達でしょ?」

見ればまだ誰もいない客席で一人、外帯の弁当を食べているソニックの姿がある。相変らずのガタイの良さで本日も広大なタトゥーの映えるタンクトップ姿だ。早速、挨拶に向かうが、私が隣に座ったところで男は師匠の高座を見つめたままこちらに視線を寄越さない。その口元は咀嚼の動きが明らかにゆっくりで、耳目の二の次の様子。これは仕方がない。

壁際には父がいる。江さんのコレクションである古物を眺めている模様。そこに江さんが近寄っていく。江さんは父が目を落としている蓄音機がまだ使えることを示すためか、ハンドルを回してみせる。束の間、ターンテーブルが回ったらしく、父親が嬉しい顔をして無音の拍手を打ってみせる。次には蓄音機横のこれまた年季の入った自転車だ。八十年前の日本製だそうだ。江さんは私に教えてくれた時同様にしゃがみ込んで右手でペダルを回し始め、煌々と灯ったライトに満足げな表情を浮かべる。

「他會台語嗎(彼は台湾語できんの)? 很棒(すげえな)」

ソニックがようやく口を利いた。師匠を見据えた視線はそのままだ。それから魯蛋《ルーダン》を半口齧り、

「佐藤も来てんのか」

「いや、来てない」

「さっきあそこに佐藤が見えたぞ」

「違うよ」

そんな会話を中国語で交わした後、お次は沢庵を口に放り込む。ソニックは弁当を平らげても尚、

席を立つことなく師匠の高座に集中している。師匠の予行練習が終われば客席から一人拍手だ。せっかくなのでこのタイミングで師匠にソニックを紹介しておこう。こちらがそう考えたそばからソニックは自ら握手を求めに師匠へ歩み寄る。慌てて付いていけば、

「必要があればパイワン語を教えられるから言ってくれ」

ソニックは私を介して師匠に伝える。そして言うことだけ言って、さっさと舞台に上がり持参した楽器ケースを開け始める。

「タイワンじゃなくてパイワンですか」

ソニックがこちらを見てニヤついている。幾分、意地悪な笑みに私は説明を託されているような気がしてくる。私はまず予行練習を終えた師匠に椅子をお勧めする。これで揃って客席に腰を下ろしてから知り得る範囲で話しておく。台湾の原住民の話に、本人の口から聞いたソニックの家族の話、そして日本語と中国語に押し出し締め出しを喰らい続けた結果、台湾語が国語になり得ることはなかったという歴史。結構最近まで学校やら職場で使うと罰金扱いを受ける言語だったという話。ついつい急ぎ足だ。

「で、彼のお母さんがそのうちの一部族であるパイワン族の方だそうなんです」

「なるほど、そういう訳ですか」

ソニックが楽器を変えるに伴って、舞台袖から引っ張り出した丸椅子に腰掛けた。と、入場口から足音だ。これが結構忙しい歩調で、振り返れば二つのビニール袋を両手から提げた父である。ど

うやらコンビニではなく屋台で冬瓜茶を買ってきたらしい。面白いのは、一人でできた達成感が顔に現われていることだ。私はソニックに手で合図を送ってみるが男は首を横に振る。なので夢子を合わせた面々でソニックの演奏をバックにチューチューやり始める。

ところで壽一が現れていない。どうしたのだろうか。メッセージを送ってみるに二十分程して「三十分後」とのこと。なんとも微妙な所要時間である。間に合う、けれども時間的余裕はあまりない、とでも言うような。

ところが、である。

壽一は三十分が過ぎても姿を現さない。時刻は二時半前。具体的な時間を聞いたせいでつい楽観的になってしまっていた私はソニックと一緒に外で檳榔を噛んだりなんかしているが、さすがにこれはちょっとまずい、とそわそわする。もうすぐ開場時間なのである。口腔を真っ赤にしている場合ではないかもしれない。

とりあえず高座の方は準備万全なはずだ。出囃子用のＣＤもすでにセットされていれば、舞台には夢子が組み立てためくり台も設置されている。贅沢なことに無地の白紙の下にうっすら「台夢」の寄席文字が透けて見えた。門下なのか、門外なのか、立場がはっきりしていない者が師匠側にめくりを用意してもらえるなんて、破格な待遇ではないだろうか。私が弟子の立場であれば、きっと嫉妬するに違いない。こんな素敵な環境が用意されているというのに壽一は一体何をしているのだろうか。こうなると高座順の変更を念頭に入れておいた方が良いだろう。仮に壽一が時間通りに現れず、遅刻したならば自動的に壽一がトリである。無論、立場上、師匠が最後に上がるべきだろうが、ここは台湾である。師匠も訳を汲んでくれるであろう。

ちなみにザイの作製してくれた落語会のポスター、並びにフェイスブックの告知においても——演者名のフォントの大小は明確にあれど——出演順は明記していない。現況を見越したわけではなかったが結果オーライだ。檳榔の赤い汁を紙コップに吐き収める。そして場内に戻れば、

「どうすんの、彼は」

父がすかさず訊いてくる。

「『花見の仇討ち』みたいなもんだよ。遅刻したところで、それひっくるめて落語ということで」

私はそんな風にイナすが、もちろん同様の疑問を抱いている。そりゃそうだろう、開場時間を過ぎたというのに主役の一人がまだ到着していないのだから。まさか何かが壽一の行く手を塞ぐ、なんて訳はなかろう。雲林は田んぼしかないはずだ。二時三十五分、またの連絡だ。今度はザイに隣にいてもらい電話を掛ける。

「你好、こんにちは」

「先生」

久しぶりの生声だ。けれども無沙汰の挨拶をすっ飛ばし、ザイにケータイをパスする。モタモタしていられない。ザイも状況を踏まえて、「お前、何してんの?」とでも言うような言い方、開演が三時からであることを念を押す。その様子に私は用件が伝わった、と決め込むわけだが、次の瞬

間、一転してザイが聞き役に回り始めた。細かく相槌を繰り返した後、壽一に「等一下《ダンイーシャ》（ちょっと待って）」、そう断っては耳元から電話を離し、

「壽一くん、わざと新幹線で行こうと思ったけど、やっぱり止めてスクーターで行くらしい」

そうか、スクーターか。たしかに上と下、北と南で隣り合う、雲林県と嘉義県の移動にわざわざ新幹線を選ぶまい。だいたいこの大林は距離的に言えば両県の新幹線駅のちょうど中点ぐらいに位置しているはずで、どちらからも来るにしても十キロはかかるのではないか。それならむしろ大林駅が近い分、在来線の方がアクセスしやすいはず。そりゃそうと壽一は雲林のどこから来るのだろうか。肝心なことを訊いていなかった。スクーターで来るということは要するに電車に頼れるほど在来線が近くないということだろう。という訳でザイに訊いてもらえば、壽一の返答をザイが口に出してポツリ、

「ユエンツァン？」

多分それは地名のはずでザイは記憶を探っている様子だ。けれども思い浮かぶ街がないようで、

「大概花多久時間會到這裡？　好、好、三十分鐘」

今度は所要時間を訊き、再び一時間前と同様の答えをもらう。だいたい新幹線乗車を取り止めた上でまた三十分ほど時間を要するというのは、実質、一時間前からその身はまだ家の外に出ていないということではないか。一旦、電話が終わる。試しに壽一の声の背後に風の音が聞こえたかどうか、ザイに訊ねてみれば「そういえば、なかった」、案の定、スクーターにも乗ってない。

私たちはケータイで地図を開き、雲林県に「ユエンツァン」なる街を探す。「ここだ、ここだ」とザイが指差す漢字は「元長」。発音からは推測も出来なかったが、この漢字は見覚えはある。嘉義市内から出るバスに時折見かける行き先だ。地図上では元長から大林までの道程は左から右に、つまり西から東へという感じだ。間を斜めに県境が横切っている。

とにもかくにも、これで壽一のトリが自動確定である。そればかりか、トリが遅れることを前提に時間の引き伸ばしを考える必要が出てきた。さてどうしようか。ザイも面白いほどに眉間に皺を寄せている。異様に愛嬌のある悩み顔だ。はは、まったく可愛い丸顔だ。何かに似ていると思い探れば、機内食に出された丸パンそっくりだ。と、現抜かす間に閃いた。名案と呼ぶにしては実用性は短いかもしれぬが案が閃いた。

「ザイ、皆さんの前で通訳をお願いしても良いでしょうか」

「誰の？」

「父の」

「何するの？」

「少々お待ちを」

私は一旦ザイの元から舞台上で前屈をしている師匠の元へ近寄り、

「師匠、壽一の現在地点を踏まえますと到着が三時を過ぎると思うのです」

「あら、事故でもあったの？　大丈夫？」

「ええ、そちらは問題なさそうです」

「それなら構いませんよ」

「そこで壽一が三十分以上遅れることを考慮しておこうと思いまして」

私は師匠に一つの提案を示し、了解を得る。それから夢子だ。こうなっては舞台上のめくり紙の順を入れ替えねばなるまい。あの無地の白紙の下はまず「三笑亭台夢」のはずだから。私の一報に夢子が早速めくりを直す。と同時に師匠の着替えの時間らしく師弟はぴたりとくっ付き、舞台袖へ引っ込む。そしたら今一度ザイと相談だ。ザイと肩を並べ、ハンカチで鼻をほじくっている父の元へ向かいながら、

「壽一が遅れても時間が空かないように落語の簡単な説明を頼もうと思います」

「そうかそうか、手伝うよ」

そうして父を前にしては師匠に許諾をもらった提案を開陳する。

余裕かも知れないけど皆さんの前で話してもらいたい、と。即席で落語評論家になってくれ、と。なんなら落語博士でも良い。間を繋ぐ意味を込めて皆さんが飽きない程度に落語について語ってもらえないか。この願いを受けた父は、

「そんなことを言われてもなぁ」

けれども、これが一旦の反応であることが容易に分かる手前、倅はそそのかしにかかる。会場にはすでに友人を含めた三十人以上の人がいるのだ。

「大役よ、大役。師匠にはマクラがない。だから『初天神』に繋がるマクラにもなり得る大役よ。台湾語落語という落語史の新たな幕開けにも繋がるじゃない。お客さんも予想以上の入りよ」

更には父が二年前から通い出したというどこぞのベテランアナウンサーが講師を務める在京の朗読教室の話を持ち出す。その上で、まさに当たり役ではないか、と。それにカンペを読み上げない点で即興なのだから、これはもはやジャズでもあるよ、と。『ジャズ息子』ならぬ『ジャズ親父』よ。川柳川柳が墓の下で爆笑するよ。加えて、現場が海外であることも強調しておく。すると、どうだ。

「五分で大丈夫か?」

わざわざ右手の五本指を広げてまでして訊いてくる。

「いや、お客さんの様子を見ながら飽きが来る寸前までが有難い」

「分かった。じゃ、ちょっと色をつけてみるか」

ほほ、これで事が済んだ。ところが安堵を感じたのも束の間、

「あれ、そういえば司会はいるのか」

父の問いに司会のいないことに気付かされる。苦し紛れの只中で後手を見つけてしまった感じだ。確かに開演の挨拶をする程度には司会がいたほうが良いかもしれない。となればお願いできるのはザイをおいて他にいない。

「ザイ、すみません」

ザイの正面を向き直して早速願う。

「すみませんが、父の通訳する前に一人でステージに出て『みなさん、こんにちは』みたいなことを言ってもらえませんか。その後に評論家を呼んで、父がステージに出てくる、みたいな」

「はいよ、大丈夫ですよ。そんなごめんなさいのように言わないで下さいよ」

「ありがと。じゃ、お願いします」

そろそろ開演だ。全部で百五十人は掛けられるという江さんお手製の長椅子は三分の一ほどが埋まっている。上々極まりない。

三時一分。

「じゃ、頼みました」

ザイに一言残し、私は袖から客席の最後列にそそくさと移動する。それからほどなく、ザイが皆の面前ににっこり現れる。それもなかなか堂々とした足取りで舞台中央へ向かう。そして握ったマイクを口元に近づけ、

「大家好《タージャーハオ》」

この挨拶でほとんどの人が前を向く。それから着席していないお客に対し、

「請大家坐到位置上(席についてください)」

にこやかに呼びかける。その表情にしても言い方にしても妙に慣れている。大学時代に毎週のようにプレゼンを課される授業があったらしいが、それが関係しているのかも知れない。ザイは全員

の着席を見届けてから再度、

「大家好《タージャーハオ》」

今度は先程よりまとまった挨拶が返ってくる。

「請問大家知道落語是什麼嗎（皆さんは落語を知っていますか）？」

ザイが訊けば「不知道《ブッダオ》（知らない）」に交じって「知道《ツダオ》（知ってる）」という声もあり、はたまた異なる返答も幾らか聞こえる。

「有聽過嗎（聴いたことがありますか）？」

続く答えは声ではなく、僅か三本の挙手となる。

「真的嗎？　很厲害耶！　我前天才知道落語然後昨天才真的聽到（本当？　すごいね！　私は一昨日知って、昨日聴きました）」

ザイの言葉に頷く人や「哈哈《ハハ》」と笑う人が見受けられる。ザイは引き続いてにこやかだ。

「まずこれから落語の評論家が皆さんに落語について話します」

そんなことを言って、舞台袖に控える父を一瞥する。と、一瞥にしては上半身を元気に捻り過ぎたせいかジーンズの後ろのポケットから何やら白いものが、ぽつんぽつぽつと三つぐらい落ちる。これに前列に座る一人が指を差し、ザイも「あ」と足元を見て声を出す。そこに女の人の声で「應該小饅頭吧！」ザイはしゃがんではこれらを拾い始めるが拾い終えるなり、わざわざ摘まんだ白い粒を頭上に掲げて、「真的！　是小饅頭」、満面の照れ笑いで肯定する。きっと台湾版のタマゴボーロの名称だろう。これも妙に笑いを誘う。

「該怎麼辦才好(どうしよう)?」とザイは苦笑い。そのまま「我拿小饅頭給那個人一下(あそこの人に渡してきます)」と皆に宣言するように言って舞台袖まで歩いて行く。これに客席からより大きな笑いが起こり、ザイが片手を振りながら再び姿を現すと今度は笑いばかりでなく拍手も発生する。仕切り直したザイが口元にマイクを近付ける。

「それでは今からボーロを渡した相手を呼んでみます」

そう言ったはずだ。そして舞台袖を見遣って「佐佐木老師《ズオズオムーラオスー》!」手を招く。

これで父の姿が現われれば、その手にはなぜかボーロが乗っている。それも手のひらの角度に露骨な配慮が見て取れる。きっと客席から見やすいようにやっているはずだが、冒頭から引っくるめて余計極まりない。だが、そんな本来なら要らぬ遊び心が結果を伴ってしまうのだからタチが悪い。拍手と笑いで一杯なのだ。しかもこの反応を受けてか、落語評論家は今度、さもオーバーな怒りの表情を作っては、歩みを極度に遅くする。どうやら味をしめたらしい。これでザイに近付いて行けば、末にはその隣で拳を振り上げるフリ。そしたら次には手中のボーロを自らの口に一遍に放り込む。それでまた笑いの大波が一つ起き、舞台上の評論家は満更でもない様子となる。やれやれである。先程までの気恥ずかしさを苛立ち混じりの羞恥心が突き破ってくる。

「皆様、こんにちは」

父の挨拶にザイの通訳第一声は、

さて、と私は席を外すつもりで脚に力を入れる。

「大家好《タージャーハオ》」

「あそこにいる息子が」

言葉に釣られて舞台を見遣るに評論家がこちらを指差しているではないか。

「台湾で皆様に親切にされて父として大変有難く思っております。しぇいしぇい、しぇいしぇい。ほら立て」

聞き間違えにしては立ち上がれという手によるジェスチャーがはっきりと激しい。おかげで、こちらを振り向いた顔で視界が埋め尽くされてしまう。四、五十の視線がもたらす圧力たるや。不本意にも立ち上がらざるを得ない状況を作られ、私は起立。そして礼。

「シェイシェイいだよ、ほら」

父の地声による促しに、

「謝謝《シェイシェ》」、「ドオシャ」

ひとまず公用語と台湾語で感謝を伝えておくが、有難いことに概ね柔和な笑顔を頂戴する。

着席だ。皆さんも前に向き直る。私は客席の集中が舞台に戻ったのを見届け、席を立つ。音を立てぬよう入口まで向かえば、開け放たれた中央に寄付金を募る文言と共に木箱が木椅子の上に置いてある。入場料代わりだろうか。詳しく言えば椅子と箱の間にはなぜか私のスケボーが上下で挟まれている。長さ八十センチのちょっとした規制柵代わりなのかもしれない。

角度を変えつつある日差しがあと少しで入口に入り込みそうだ。すでに日なたに様変わった五歩先の地面には紙コップが一つ、置きっ放しの状態で在る。その内側には繊維ばかりとなった檳榔の残り滓と赤橙色の汁がごっちゃになっている。ただでさえうるさい色味が日に照らされ、妙に輝いている。これを片しておこうと思うが早いか、向かいから口をもごもごしている人がやって来た。すれば案の定、紙コップめがけて檳榔の汁を一遍に吐き出し、そのまま会場に入っていく。

はて、壽一は今、どのへんだろうか。電話を掛けてみるが繋がらない。きっとスクーターに乗っていることだろう。私はお金の入った木箱を持ち上げ、スケボーだけを抜き取る。なにせ我がスケボーは地図でもある。地図のコピーをくっ付けている板なのだ。試しに確認すれば嘉義市を中心に据えたはずのコピーは結果的に雲林県南部までが写っており、それこそ都合よく「元長《ユエンツァン》」の地名もある。

手尺で計ってみる。はて、最後の電話から十五分ほど経過した今、県境を越して嘉義県に入った頃だろうか。元長から最短ルートで来るとすれば、地図上で最初に迎える嘉義県の街は渓口《シーコウ》である。この田んぼばかりの田舎町は他に例を見ないユニークな廟を有している。というのもその廟には南向きに座す鄭成功像が聳えており、これが七十五メートルもの高さなのである。

そんな巨像を目に収めるべく、佐々木という外国人が見渡す限り広がる水田の中を縫うようにスケボーで走り急いだのは五年前。それが本日は打って変わってそっちの方角からこの国の若者がスクーターでやってくるんだとさ。それも外国の古典芸能を演じるためだというのだから、いやはやなんと変哲な一日だろうか。今にして思えば映像の中で壽一が身に着けていた妙な恰好の着想は、あの巨大な鄭成功像から来てないだろうか。考えてみれば色までそっくりだ。

拍手だ。背後から拍手が聞こえた。そうだ、我が父は今、異国の地で落語の解説みたいなことをしているわけだ。場内に戻れば、父とザイが舞台から捌け行くところ。父のレクチャーは後々、この会を映像に収めているという江さんに見せて頂くとして、いよいよ師匠の番である。

早くも出囃子が流れ出す。少しの間も置かない。私は小走り、舞台袖に通じるドアを目指しに場内を壁伝いに急ぐ。舞台袖に入り込めば、目に入るのは舞台を眼差す四人の横面だ。ザイと父がこちらに気付く。二人は一仕事果たした充実感が表情に現れており、私が声を落として労いを伝えると、

「台湾の皆さんは優しい」

父が生身で抱いた所感をささやく。

それはそうと落語だ。舞台を見遣るに高座には師匠の姿が確とある。とうとう来たか、とその行動力に改めて感心するうちにお辞儀も済んで、いよいよだ。

キナリヒョウクンリ

ソーイランゾォホエキチンスイ

冒頭も冒頭、客席は真面目な表情と神妙な表情ばかりとなる。

サライキィビョウレェバイバイ

ボエガアションスイエサァテツラエ

次の一息で客席の表情に明るさが戻った。あ、やっぱり通じるんだ。そう思ったそばから一笑いが起こる。私は嬉しさのあまりザイの肩に腕を回し、ついつい揺すってしまう。ザイも熱のある小声で「すごッ」

そこでポケットの中でケータイが動き、私はすかさず舞台袖の空間を最奥へと移動する。期待を胸に「喂《ウエイ》」、電話に出てみるが、到着の連絡だと思ったのは独り合点だったようで、電話口の喋りは途切れなければ輪を掛けて早い。はて、「フォンリー」なる単語が不思議と頻出するが、これはパイナップルを意味するあの「鳳梨」のことだろうか。この期に及んで我が聴解力に自信が持てない。そもそも時間ばかりでなく声量の制約もある現在だ。

「等一下(ちょっと待って)」

そう断ってザイに託す。

「哈囉《ハロ》〜」

ザイは挨拶を済ますなり、相槌を打ち始める。これが専ら相槌なのだ。出る幕のない私はこの会話の行く末も師匠の様子もどちらも気になり、振り返ったり向き直ったりを繰り返す。そうこうするうちにザイの相槌も喋りも台湾語に切り替わっている。

ベェエズビワンホワラァ

子供の声色で師匠が発す。

シアンゾアテオンライライ

問いかけるようにザイが発する。師匠の台湾語が無邪気で明るいのに比べ、ザイの台湾語は幾分戸惑っている。会話が一方的であることがありあり判る。

「ザイフイラ」

ザイの一言で電話が終わり、

「ササキぃ」

渋い顔して話し出す。

「壽一さんはパイナップルを箱で持って行こうっと思ったらしい。けどぉ、スクーターだと少しのパイナップルですから途中で家に戻ってからトラックに変えた。なので電話によるとトラックで来るらしい」

一体どういうわけだろう。トラックで来るとは結構な量だ。路上販売の量じゃないか。雲林というと野菜と米のイメージが強いが、はて、実家はパイナップル農家でもやっているのだろうか。いやいやいや、そんなことより大事なことがあるだろう。どう来ようと別にいいのだ。一体、あとどれぐらいで到着するのか。そもそも本当にやって来るのだろうか。

「三十分だって」

ザイは私が訊ねる前に――信用できるものかはさておき――教えてくれる。そして呆れた口調で断じるに「バカですよ、この人」

両手一杯、ではなく、トラック一杯の愛を、いや鳳梨を。ここが台湾であればこそ、予期できる親切心ではあるものの状況が状況である、引き続き時を稼ぐ必要がある。私は床に置かれた楽器を避《よ》けながら十歩ほど歩き、高座に釘付け状態のソニックに五分で良いから、と演奏時間の延長を願い出る。了承をもらって振り返れば、ザイが先程と同じ位置でケータイを見ている。

「ソニックに五分長くやってもらうことにしました」

近寄って報告するなり、

「ササキ、やばいぞ」

そんな風に言う。思わず「何が?」と訊いてしまうが、

「お兄ちゃんが来るらしい」

おや、会の進行と関係ない話だ。

「わざわざ桃園《とうえん》から来てくれるの？　じゃ、新幹線に乗ってる？」

ついつい問いを重ねる私に、

「いえ、違いますよ」

ザイは冷静に否定した後、

「ササキをぶん殴りに来るらしいんです」

「ほ、ぶん殴るの？」

「そう、ぶん殴る」

記憶が正しければ「ぶん殴る」という動詞をザイが使ったのはこれが初めてではないか。妙に面白くも感じられるが、それはそうと「ぶん殴る」とは穏やかではない。どういうことか詳しく訊ねようとすれば、「ちょっと待って」とザイは電話を掛ける。で、繋がる。壽一との会話の名残か、普段ならば中国語で通話している兄妹が今現在、台湾語だ。それもあって、より内密めく通話はこちらの内面のどこかしらを煽り、私は少なくともそわそわして来る。けれども、推察しようにもできないから終わりを待つしかない。

師匠が泣いている。詳しくは『初天神』の子供がうぇーんうぇーんといった具合に泣いている。泣き声に日本語、台湾語もへったくれもない。師匠はお客の反応が良いことに、よりオーバーに泣いている様子だ。これが聴き手の親近感をぐっと束ね、会場をどーんと圧倒している。客席の笑いはどんどん重なって行き、仕舞には大きな拍手がどっと押し寄せる。

打って変わって微妙なのがこちらの状況だ。ザイは尚も相槌多めの対応となっており、自分から話すと言っても、兄の言葉を詳しく確かめるように言葉を挟む程度。ただ、その言葉すらも遮られる形で妹はまた相槌を繰り返す。二分ほどだろうか。電話が切れると、

「ササキ、お兄ちゃんによれば来るらしい」

「うんうん」

「お兄ちゃんがササキを殴るために来るらしい」

「うんうん、それは聞きました。で何で？」

「あれですよ、私が送った写真で私とササキが一緒に住んでることが知って、怒ってるんですよ。すみませんね」

ザイは、てへ、と言った様子で内容の割に驚いていない。

「え、ザイの家は伝統的な家だから結婚する前に一緒に住むのはダメってやつか？」

「そうそう。私の写真にササキの服がたくさん映ってた。それでバレてしまったらしい。伝統的な家ですから怒ってる」

私はどうやら、「伝統」の語義を狭い範囲で知ったかぶっているのかもしれない。

「だからササキ、もしお兄ちゃん来たら上手に誤魔化してくださいよ」

「誤魔化したら殴られないの？」

「いやぁ、いきなり殴るかもしれないなぁ」

拍手が起こった。高座が終わった。大きな拍手が打ち鳴らされている。舞台袖の面々もそれぞれ力強く両手を叩いている。師匠がお戻りだ。きっとお疲れになられたに違いない。黒色の着物でもしとって見え、オールバックに透ける頭皮が汗で輝いている。もちろん夢子ばかりでなく、それぞれが「お疲れ様です」と迎える。

「良かった。台湾の、お客様方に、熱心に、していただきました」

息切れ気味で仰る師匠にザイが近くの丸椅子を差し出す。

「ザイちゃん、ありがとう、ございますね。いやぁ、本当に良かった」

師匠が似たような感想を繰り返す間、弟子は舞台を行き来して座布団、めくり、マイクスタンドと大切なものを一旦引っ込める。

「ありがとうございます」

師匠は感謝を口に父、ザイ、私と握手を求める。それからまた「いやぁ良かったぁ」と独り言のように呟く。

お次は音楽の時間である。ソニックは手を挙げながら舞台へ出ていくとまず舞台中央で胡坐をかく。その様子を見て気づいたが、今現在師匠の尻の下にある丸椅子はソニックが演奏のために用意した物に違いない。予行練習がそうであった。けれども気付いて遅し、である。ソニックはすでに今にも音を奏でんばかりの構えだ。鍵盤楽器にも弦楽器にも見える楽器は、形状といい、サイズ感といい大正琴を想起させるが、ソニックはその楽器を現在赤ん坊を抱くような持ち方で左腕に保持している。

演奏が始まった。が、これがまた妙な音色だ。弦を弾いているというのに――似た音を探れば――ゲートボールにゲートボールが当たる音とよく似ている。それも無駄に小気味良いとあって、変哲な音の連なりが随分と滑稽で面白い。どうやら場内に私と感想を共有している方がいるらしく、所々にけらけらといった笑いが起きている。もしかすると、この楽器は別に台湾に由来するものではなく、演奏家兼収集家であるソニックが独自で手に入れた珍品なのかもしれない。そうでなければ笑いは起こるまい。はたまた、あえて人が笑うように弾いているかもしれない。もともとサービス精神豊かな男だ。この線もありえなくもない。

それはそうと時刻は三時三十三分である。待ち人はどうなってるんだろうか。もちろん落語をしに来る方の待ち人のことである。もう一方の待ち人は理由が理由ということもあり、こちらとしては待ち望んでいないのだが、仮に来るとしても、握り拳がパイナップルに先着するなんてことは止してもらいたい。なんたって手頃な握り拳など経験上出会ったためしがないのだから。無論、どちらに軍配が上がるか読めたものではないが(私と兄の行方ではなく、待ち人二人の事である)、今はただトリの到来を願うばかりだ。

そうこう思い呆けているうちに一つ目の楽器による演奏が終った。そしてソニックが次に手にしたのは舞台袖から引っ張り出してきたシタールのようでシタールではなさそうな楽器である。これで演奏が始まれば、変な言い方だが音楽然としている。音色が先程よりずっと真面目なのだ。

とは言え、ここまでまんじりともせず音楽を聴くのは初めてだ。むずむずしてくる。むずむずしてくると言えば私は雨中に側溝を楽しんだ夜から小便をしていない。尿意がないのだ。もう触診が怖いなど行っている場合じゃないかもしれない。帰国次第泌尿器科に駈け込んだ方が良さそうだ。ひょっとしたら汗として身体の外に流れ出ているのだろうか。実際Tシャツの袖を捲れば肩から二の腕の外側に汗が伝う。脇でなく、二の腕の外側と来た。なんだか妙だ。動揺しているのだろうか、異国の地で彼女の兄に殴られることに。けれども、そんなことは落語やら狂言やら能やら文楽やらに的を絞った際には見出せないだけの話で、いたって月並みな情景でしょうに。問題は兄の握り拳にどう対応するか、ここにかかっているということだ。相手が相手だけに殴り返すなんてもってのほか。応戦の気配すら漂わせては失礼にあたる。無論、そんなつもりは露ともないが、出来得ればザイ家との未来を見据えた善処を叶えたい。だとすれば、適した殴られ方、はたまたその後に適した振舞い等々……ここは台湾だ、よく考えてみよう。

なにしろ相手はザイの兄なのだ。妹が心優しいことを思えば、兄とて同様であることは不思議ではない。なんだかんだで優しいはずだ。とすれば、怒っていると言ったって、もはや怒ってないレベルだろう。プラマイ0というわけだ。うん、その通りだ。そう考えておこう。優しい人間がなぜ殴りに来るのかなんていう反問は捨てちまうに限る。この際無益だ。一利もない。すべてはこちらの工夫次第だ。具合良く行ったなら我々の迎える終局はスケボーと同じになるに違いない。とどのつまりコケた後、成功《メイク》すること必至！なんと幸せな予定調和であろうか。

そりゃそうと壽一は何してる。気配すらないじゃないか。電話を掛けようとすれば場内拍手だ。ソニックが楽器と共に舞台袖に引き上げる。客席の皆さんの表情は先程までと打って変わり、物静かなものになっている。現在三時三十八分である。本来ならばソニックの演奏終了は五分延ばしてもらって三時四十分となるわけだったが、結果は十三分。二分も惜しい今、配慮頂けたか、頂けなかったのか分らぬ微妙な時間だ。とりあえずソニックに礼を伝えておくが、さて、舞台を控える者がいなくなった今、間を繋ぐ術はどこにあるのだろうか。事情を知らぬ客席は幕間のお喋りに興じ始めるが、これがざわつきに変わる前に手を打たねばなるまい。とは言っても、がらんどうの舞台に誰を送り出せば良いのだろうか。

じゃ、スケボーもあることだし、中級者の領域にも手が掛かっていない私がそのポンコツさを見てもらうのはどうだ。これはこれで一笑が起きるかもしれない。いや、あまり健全な笑いとは思えない。じゃ、月島に電話を繋いでフランス語の自己紹介でもしてもらおうか。いや、落語にも台湾にも掠ってすらいねぇ。仮にやってもらったところで頼んだこちらが腹立ってきそうだ。だったら師匠にもう一席落語をお願いしてみようか。いやいやいや、もう外国語《にほんご》しか残っていないじゃないか。こうなると、いっそのこと握り拳でも良いから早く来て欲しくなるが、こちらはプロレスというよりセメントの公算が大きい、笑えない可能性大だ。

「落語落語、こんなこと含めて落語」

そんなことを唱えつつ改めて客席を確認しておく。すると先程からのお喋りに加え、顔を振ったりして現況を確かめる様子がちらほら現れ始めた。そこで私は踵を返し、師匠と父の元へと赴く。二人に現状を伝え、素直にどうしましょうか、と問うてみる。師匠は無念を口にするものの、進行に関しては言いにくそうだ。こちらにお任せしたいといった雰囲気。一方、師匠の念願は叶ったことだし、壽一君には会の後でも会えるんだし、との意見は父によるもの。

「それじゃ、現状を報告した上で一旦中入りを取ってもらうことにしましょう。私は私で壽一の落語が聴いてみたくはあるので。けれども休憩が明けても来ないのであれば、その時は正式にお開きということでいかがでしょう」

こう話して二人の了解を得た後、袖からもう一度客席を窺う。ざわつきが増しただけで壽一の気配はどこにもない。それじゃザイにお願いして、中入りを告げてもらおう。

と、光った。回れ右をしようとした寸前の視界に一つ、きらりと光った。何が？　待ち人の姿ではなく、前列に座る母娘だ。母娘は何かのついでにやって来たような風情で、実際に落語会だというのにバドミントンのラケットを手にしている。それも助かることに娘さんの小さな手にはシャトルが――それこそ花を持つごとく軽く、それでいて確と――保持されている。

私は回れ右をして、手招きと共にザイを急かす。これで肩を組めば、「あそこ見て」と目を促す。そして耳打ち。ザイは相槌を繰り返した挙句に了解を示し、マイク片手に舞台へ戻る。

「皆さん、音楽はどうでしたか」

そんなことを公用語で訊く。

「讚（いいね）」

「うん、私も感動しましたよ。師匠の台湾語、上手でしたね。日本人の台湾語初めて聞きました、ビックリでしたね」

ザイが感想を述べるなり、客席に賛辞めいた言葉が多く飛び交う。そして、このリアクションが落ち着いた頃、

「ウワァ」

ザイが、どの言語のものとも分らぬ感嘆詞を放ち、

「妹妹《メイメイ》！」

前列の女の子に予定通り、声を掛けてくれる。

「妹妹も来てくれたのね、妹妹は何歳ですか」

女の子は恥ずかしそうに「十歳」と小さく応答する。

「妹妹、十歳なのに大人に混じって落語を聴いたの？　すごい、すごいね」

ザイの褒め方が上手い。相手に合わせて明らかに口調を変えている。

「みなさん、そう思うでしょう？」

客席から同意の反応が多発する。

「妹妹、あなたはバドミントンをするの？」

ザイに問われて姉妹は恥ずかしそうに頷く。ザイは続けて、

「お姉ちゃんも大好きだよ。隣にいるのが妹妹のママ？」

こう訊いた後、「媽媽《ママ》、哈囉《ハロ》～」と手を振る。有難いことにママは笑顔で手を振り返してくれる。

「妹妹、お姉ちゃんは一つお願いがあるんだけど、妹妹のバドミントンをするところを見せてもらって良い？」

予定通りだ。突然のオファーに対し、子供は恥ずかしそうに首を斜めに傾げ、その状態のままママに視線を送る。母娘は二言三言のやりとりを経た後、ママの方が娘の太ももを軽くトントンと二回ほど叩く。するとどうだ。

「好啊《ハオア》（いいよ）」

妹妹は覚悟を決めたように凛々しく応え、ぴんと立ち上がる。その可愛らしい振舞いに、ぱちぱちと優しい拍手の湧き起った客席はママが続々と母娘を迎えるかのように拍手がどっと大きくなる。しめたッ！と同時にすみませんといった気持ちがなくもない。ザイを見遣ると舞台の中央と袖で目が合う。気のせいか苦笑の控えたような笑みを浮かべている。いやはや、同じような心地なのかもしれない。

さて、舞台と客席の間には二メートル程度のスペースがある。母娘はこのスペースで四、五メートル程の距離を取った後、妹妹の方からトン、下手で柔らかく打たれたシャトルが緩やかにママの方へと飛んでいく。今度はママの番だ。トン、打ち返されたシャトルは中空を高めに飛んでいき、いささか強いのではないかといった嘆息を客席にもたらしつつも、結局は娘の掲げたラケットの、それこそ振り下ろすに適した所へ確と落下していく。見事なまでの我が子想いのコントロールに割れんばかりの拍手が湧き起こる客席。妹妹が打ち返す。ラケット面からハリと柔らかさのある音で、トン。この音が左に右に心地が良い。

「何これは？」

隣にやって来た父が至極真っ当な疑問を口にする。

「落語だよ落語、これ込みで落語だよ」

ラリーから目を離さずに応じれば、

「上手ですね」

師匠もやって来た。

「あちこちにコートがあって、バドミントン人口が多いんですよ」

「ほぉ、そうでしたか」

「こうしている間に来てくれると良いんですが」

「ええ」

「この間《かん》に姿を現わさなければ先程言った通り中入りということで」

打ち損ねられた往復十回目のシャトルが舞台に落ちる。無論、みんなで拍手だ。

「じゃ、妹妹、三十回、三十回できるかな」

シャトルはザイが拾い上げ、同時に今度は前もってキリの良い数を提示する。これに妹妹が応えて、「好啊（いいよ）」

　これでラリーが再開されるや、「ジ」、「ナァン」、「サ」とザイがマイクで先導し、客席も一緒になって台湾語によるカウントが始まる。

「今年も疫病が流行らなくて良かったなぁ」

　盛り上がりの端っこで父がぼそっと独り言のように呟く。

「そうですねぇ」

「来年も来れたら良いですねぇ」

「仰る通りですねぇ」

　父と師匠が数に合わせて手を打ちながら言葉を交わす。晩夏に揃って一年を総じるような声色だ。

　ラリーは「ヌンザッ《二十》」を越えた。あと五往復だ。私はすっかり口を閉じ、見守る一方となる。

「リイザラッ《二十六》」

　場内の声がより大きい。

「リイザチィ《二十七》」

　中空でシャトルが震えて見えるのは気のせいか。当初は笑顔だった妹妹もいつの間にやら真剣な顔つきだ。

「リイザッポエ《二十八》」

　いよいよだ。

「リイ《二》ザッ《十》ガァオォ《九》」回目のラリーをママが返し、打ち上がったシャトルが緩やかに娘の方へ向かっていく。見つめるばかりの私に——知り得る数少ない——台湾語を口に出来る興奮が訪れつつる。さあ、中空のシャトルが真下を向いた。これを妹妹の勢いをつけたラケットが面をもって迎え、

「サァア《三》ザッ《十》！」

多くの声が重なった。場内、弾けんばかりの拍手だ、それこそ万雷といって好いくらいの。

「すごい、すごい、妹妹」

ザイも感心気味でマイク越しに連呼する。その言葉は引き続き台湾語ではあるが、この際、意味の分からぬ私でも分かった気になれる。姉妹が席に戻っても妹妹に対する拍手は小さくなる気配がない。近くの人などは御本尊の頭を撫でにこぞって近寄る。妹妹本人は恥ずかしさの入り混じった笑顔で隣のママを見たり、俯いたりを繰り返しながら賞賛の時間を過している。

私はひたすら感謝だ。高いところからで申し訳ないが妹妹に向かって頭を下げておく。そこで思い至るのだ。——お開きで良いかもしれない。師匠の台湾語落語も楽しんでもらえたようであるし、何も悪くはないじゃないか。この温かい雰囲気で終われば後味も良かろう。師匠と壽一の再会もこの後でもできることはあるし。そこで私はザイを迎えるべく両腕を広げんとす。

と、視界の隅に男が、いる。殊更挙動の大きい男が一人、大向こうにお出ましだ。入口で足を止めては場内を見渡し、今一度、走り出す。極度のガニ股のせいで動きが大きく、これが妙な迫力を作り出す。それゆえ私は一瞬、ザイの兄かと思ってしまうがどうやら違うらしい。なぜならそのT

シャツの胸元に見覚えある繁体字の長々しい文字列がプリントされているからだ。男の目は一途だ。石ころでもあったりしたら見落として転んでしまいそうだ。それほど真剣な眼差しを舞台に注いだまま向かって来る。だったらパイナップル抜きで早めに来い。そんな感想はこの際、捨てておこう。

許壽一、否、台灣阿一世界偉人財神文化神総統三笑亭台夢、いや、三笑亭台夢、ようこそ。

「師匠ッ！　師匠ッ！」

私が連呼するが早いか台夢は勢いのまま舞台にジャンプだ。右足を掛けるなり、力ずくでのぼり切る。この姿を目に入れた師匠は、

「ええッ」

感嘆の声を放つと私の横をすり抜け、両腕を広げては台夢を目掛けるように舞台へ出ていく。ザイは小走りだ。舞台を明け渡すように戻ってくる。広々としたスペースは今や二人のものだ。師弟は勢いそのままにハグと相成る。これには——二人の文脈知らぬ——客席にも拍手が湧き起こる。私も祝いの心でこれに加わる。なんだかんだで揃った主役、台湾の地で再会する師弟。なんとも乙な夏ではないか。

「おい、ササキ」

横を向けば、ザイが顔を寄せてきて、我が耳元でぶらぶらぶら。指摘されて気付くに、師弟のハグが確かに少々長い。客席は客席で同感なのかもしれない。どなたも微動だにせず、前方の光景に釘付けの御様子。座っている人、立っている人、いずれにしてもめっきり静まり返っている。

いやはやハグが長い。少々どころではなくなった。台湾語にカタカナを充てる無理に同じく、もはや「ハグ」なんてカタカナでは容易くはち切れ、中身が漏れ出しそうだ。現在、一体となった身体は離れることなく、妙な密度が生じている。こちらは音ではなく様態の話だ。くねくねと波打つ動きはまるでお互いがお互いをお互いに捜し合っているようにも映る。それも眺めるほどに空白の月日云々からではなく、もっと独特な情に支えられたもののように思えてくる。無論、日本を不在にしていた私には当時の二人にどのような情が育まれていたか知る由もないし、何があったところで不思議ではあるまい。そもそも台夢をきっかけに弟子の一人が破門になっているくらいなのだから。眺める程に、師弟の間によほどの物語が隠されているように思えてきて、一度この抱擁を引っぺがし、その中身に耳を押し当てたくもなってくる。無論、落語への取っ掛かりがなんであったか、も含めてだ。

抱擁が続く。続くばかりでなく、様態が変わってきている。さながら犬とそれをあやす飼い主の愛撫のようだ。それもどうしたことか、犬が、どう見ても師の方だから妙である。先程まで師匠の背中を這っていた弟子の右手はいつの間にか首筋を経て頭へと場を移し、摩る動作に余念も遠慮もない。坊主の頭ならまだしも肝心の頭はオールバックなのだ。熱烈な右手はすでに次の場所へ向かっている。あらゆる所に行きかねない、足のように自由な手だ。

「哈哈哈《ハハハ》」

突然、笑い声が洩れた。高い声で小さく、だ。それはバドミントンの姉妹によるもので、これが身動きのない静かな会場にあって結構響く。すると、この声をきっかけに新しい動きを見せたのは舞台上の師匠であって、突然拳を作った両手を胸元に寄せるなり、大胆にも犬の真似に移行する。鳴きはせず、もっぱら素振りのみ。それでも事足りるほど見事な犬が出来上がる。敢えて鳴き声をつけないところなんか品位すら感じてしまう。師匠はこの犬真似を妙に長く引っ張る。すれば席に笑いばかりでなく拍手も甦ってくる。

「師匠、台夢出番です」

場が温まったのを見届けた今、私は舞台に出て行って二人に告げる。

「三笑亭台夢來了《サンシャオティンタイモンライラ》！　來了《ライラ》！」

私は台夢を舞台袖へと促し、ザイはマイクで連呼する。夢子は夢子で早足でめくりに座布団、はたまたマイクスタンドと舞台を整えていく。「急げ急げ」、師匠が弟子(仮)を促している。それは言葉ばかりに非ず、師匠自ら台夢を脱がしにかかり、夢子も大慌てでトランクから着物を取り出す。なにせ状況に勢いがある。「久しぶり」と挨拶する間も許れない。師匠が打っちゃった台夢のTシャツが私の足元近くを滑っていく。ほぼ素っ裸になった台夢は――着せられた経験がおありか――勝手を知っている様子で両腕をまっすぐ横へ伸し、そこへ夢子が着せに掛かる。

本物の弟子が、仮の弟子に着物を纏う手伝いをするなんて、どんな気持ちだろうか。訊ねてみたいが暇がない。ひとまず台夢への無沙汰の挨拶同様、後回しだ。見れば、師匠が足袋を二枚片手に握っている。着付けが完成したのを見計らい、師匠自ら弟子の足に足袋を履かせるつもりのようだ。

床に膝を付いては「足」と一言、手のひらで壽一の踝辺りをぴしゃッと叩く。すると台夢は度を越した特別扱いを受ける身で、

「痛いなぁ」

この言葉に私は驚き、同じく一驚した様子の夢子と目が合った。「ははは」、笑い声をあげるのは父とザイ。失礼というより結果的に単に面白いものとなっているはずで、

「ったく、ねえ。困った奴ですよ」

師匠が誰よりも低いところから父を仰いで言う。その表情は嬉しげだ。父は手を二回叩いて、

「さあ、頑張って」

台夢が足袋を履かせてもらいながら頷く。着替えが終わり、夢子が師匠の出囃子CDを再びセットする。すっかり着物を纏った台夢は師匠に肩を叩かれたのを合図に、いよいよ高座へと歩き出す。勢い余って裾から膝小僧が突き出そうな歩き方だ。けれども緊張した様子もなく、満面の笑みで堂々と袖から出ていく。一応拍手はあるが、なんだか恐る恐るだ。そこまでの積極性はなく師匠のものに比べたら形式的なレベルだ。とは言え、演者は無事に座布団まで辿り着き、座ってはお辞儀、顔を上げたら、さあ始まった！

それが、である。マクラ抜きでいきなり始まった高座がイマイチ聞き取れない。これが事前に予定演目として聞いていた『御神酒徳利』なのだろうか。日本語であることは間違いなさそうだが幾分不思議な活舌だ。仮に日本語が堪能な人がいたところで分からない気がする。実際のところ客席

にあるのは神妙な面持ちだけだ。翻って本人ばかりはいたって愉しそう。言葉は不明瞭でも上下は慣れたものだ。顔の角度が随分と安定している。おまけに細かい所作も顎の角度も美しく、パッと見、それっぽい。場内は静まり返っているが、政見放送で弁当を食い、紙吹雪を撒き散らす度胸の人だ、まったく動じていない。それは師匠も同様で仁王立ちのまま弟子の高座に見入っている。

「以前、台夢が二つぐらい噺を覚えたと仰っていましたが」

私が潜めた声で訊ねれば師匠は高座から目を離すことなく、

「これがそのうちの一つ、『出来心』になります。なぜかこれだけ携えて、やってきました。不完全でしたからやり直させましたが」

私は師匠から高座に目を移す。

「ちなみにもう一つは何なのでしょうか」

「せっかくなんで『置泥』にしてやりましたよ」

師匠を見れば師匠は師匠でこちらを向く。満面の笑みをもてして、

「いたずら心というやつです。泥棒繋がりということで」

思わず笑ってしまうが、そんなことを聞いたが最後、聴解力がぐっと上がるのだから勝手な耳である。俄然『出来心』に聞こえてくる。そしてまた、この耳にザイの声が聞こえてくる。というより耳元で名を呼ばれ、肩も叩かれる。

「そろそろお兄ちゃんが来ますよ、次の駅」

おっと忘れていた。私には所用があるわけだ。

「お願いしますよね」

「ほんとに、ほんとに来るの？」

「来るでしょう。お兄ちゃん、伝統的な人なので」

出たぞ。ザイ家の伝統芸能「伝統的」。一緒に舞台袖の奥から階段を下って、ドアを開ける。これが静かにやったつもりでも七、八人のお客さんに一瞥される。きっと集中の的を失いつつあるに違いない。ザイと並んで壁伝いに入口へ向かいつつ、

「ほんとに？」

小声で今一度訊ねる。

「お兄ちゃん、曲がることが大嫌いですからね。来ますでしょうな」

笑わずの場内が自分の数十歩先の顚末を暗示にも取れて幾分気懸りでもあるが、そうなったらそうなったでそれを含めて台湾だろう。なんてことはない。幸福な予定調和だ。私もザイの兄も師匠と台夢に同じく、いっそのこと抱き合うに違いない。そんな自己慰安の一時に耳から変化が入り込み、私はつい「あッ」と声が出る。壽一の落語が切り替わったのだ。詳しくは言語が、である。足を止めて振り返る私に、同じく振り返ったザイが、

「これ、さっきの師匠と同じだ。『はつじんてん』」

ネタも替わったのか。

「へぇ」

会場の片隅で相槌を打てば、同じタイミングで客席から一声が上がった。これがまた高座を目掛けたものらしく、壽一は耳にするなり噺を中断だ。そして矢継ぎ早に一言、視線を見据えた先へ己の言葉を遠投する。きっと疑問形の内容に違いない。方向的には場内の後方、それも私の隣と来ている。ザイは受け取った言葉に何やらよく通る地声で応答を返す。言葉はあっと言う間に客席の頭上を飛んで行き、これを受け取った台夢はぼそっと、

「ＯＫ」

何語か分らぬイントネーションだが納得を示す。

「やっぱりそう。『はつじんてん』が変えた」

ザイが教える。これがまた不思議なことに師弟で噺も言語も同じになったというのに同じようには聞こえてこない。それでいて師匠と同様しっかりウケ出しているのだから一層不思議だ。これなら台湾における波乱含みの落語会がめでたい終局を迎えられそう……だというのに、兄の正義心とやらは一体何なのだろうか。おかげでせっかくの貴重な高座を見届けられそうにない……と言ったって、ま、到着してしまったんだから仕方ないのかもしれない……とか前向きに捉えよう。なにせ賑々しい落語の現場を背に初対面に出かけられるのだから過剰に贅沢とも言えるじゃないか。まさに一生のうちにあるかないかの経験だ、景気よく行かねばなるまい。

「ササキ」

「はい」

ザイに呼ばれて入口に向き直る。いやはや将来のためだ。ザイのみならず、ザイ家を潜る前に破門されぬため。行かぬわけには行かない方向へと歩いている、と考えよう。その先にはこの国の投票場も控えているかもしれない。そう考えても愉快だ。つまりは永住権取得からの投票権の発生だよ、外国人夫としてな。だからこそ待ち受ける握り拳を台無しするわけにはいかないという話だ。

さあ、あとは殴られに行くばかり。


インナァラン　ションガァイ　シャミミギィア
そろそろ子供が団子をねだる頃だろうか。買ってもらいたい、買わせたくないという、親子の可愛い鍔迫り合い。これから私に待ち受ける一方的な寸劇とは大違いだ。

「じゃ、お待ちください」

私は入口で言う。

「はい、はい」

ザイが入口で応える。

「ちゃんとぶん殴られてくださいね」

ザイの命である。せっかくなら勢いをつけた方が景気が良かろう。それに事が早く済んだら、最後のお辞儀ぐらいは間に合うかも知れない。拍手に包まれてのお辞儀はぜひとも見届けたい。私は投げ銭箱の下からスケボーを引き抜いては小股で小走りを開始する。たッたッたッ、さあ、今だ。摘まむように持っているスケボーの板を左手から離す。そしたら落ちゆく板が地面に触れた瞬間、左足から飛び乗る。せーのッ、とここで確かめておきたいことが思い浮かんだ。そこで一旦立ち止まり、回れ右をしたら、すたすたザイの元へ。

「ザイ、お兄ちゃんは背が高いって言ってたよね？」

「ずっとずっと」

はて、百七十八センチの妹を持つ兄の恰幅は如何ばかりか。回れ右をして今一度、小走りを始める。勢いをつけて板に乗る準備だ。さあ、もっと速く、たたたッたッ。と、ここでまた確かめたいことが思い浮んで後戻り、

「お兄ちゃんはザイの二歳上だったよね」

「そうよ」

ということは十ほど歳の離れた兄に殴られるというわけか、なるほど。私は今度こそ、たたたッと駆けて、ひょいッ。やっとスケボーの上に乗り切る。左に右にずらりと並んだ自転車やスクーターの間を滑り抜けていく。随分と初速をつけ過ぎたようだ。二十五メートル先のT字路と折り合いが付けられるか、不安になるほど。しかも駐輪場の突端にはねじ込むように駐車された台夢のものと思われる軽トラックが一台、あれじゃ、膨らみをもってT字路を右折できそうにない。とは言え、日和っていいては始まらない。見よ、荷台にはパイナップルが山積み。二十、三十個どころではない。

現地の人間が土産にするパイナップルなのだから品質は間違いないはずで、だとすればザイ兄への手土産に持って来いかもしれない。

高速回転するベアリングが足元でシャーシャー、音を立てる。とりあえずスピードそのままに軽トラを過ぎてはT字路の中で重心を徹底的に右へと傾ける。するとカーブは直角に叶い、身の方も無事で済む。おまけにパイナップルを掴み取ることにも成功している。

勢いのままに郵便局と農協を通過すれば早くも駅前が見えてくる。現在、小さいロータリーには客待ちのタクシーが二台と迎え待ちの若者がそれぞれ単独で数人いるばかり。そこにザイの兄がいないことは明らかで、学校のジャージを着る高校生の他——貴重な休日を帰郷に充てたと思われる——迷彩色のズボンを穿く兵役生しかいない。そのどれもがスクーターやら車やら、とにかく迎えを待っている顔つきであって、少なくともこれから人をぶん殴る予定の人間の顔はしていない。それでも試しにあの人かなぁと思って歩み寄れば違うらしく、それじゃこの人かなぁと思えばやはりそうでもないらしい。どの人も揃って「何だお前」とでもいう顔で後ずさり。そういうわけで私は二階の改札口へと行き先を切り替え、スケボーを降りては一段とばしに階段を駆け上がる。スケボーはいつもながらに右の小脇に抱え、本日は珍しく左手にパイナップルだ。それも肉厚な葉を一握りに人捜し中でということでパイナップルがまるで提灯のようだ。けれども提灯を持つ身にしては私は殴られる方であるわけで、仮に私が追手だとすれば、この追手は不思議なことに己が来たことを周囲に聞こえるように大声で伝えるのだ。

「哥哥《ググ》！　佐佐木來了《ズオズオムーライラ》！　佐佐木來了《ズオズオムーライラ》！」

お兄ちゃん、佐々木が来たよ、という風に。ところが声を張ってみるものの、階段の上り口に姿を現わす者はいない。二階に到着したって同じこと。改札内にもホームにも誰もいなければ、いたって簡素な構内を風が通り抜けるだけだ。試しに二階を横切り、南口にも行ってみるが迎え待ちの人間がちらほらいるばかり。

「哥哥《ググ》！　佐佐木來了《ズオズオムーライラ》！　佐佐木來了《ズオズオムーライラ》！」

階段を駆け上がってまた北口へ戻る。なんだか一握りにしているパイナップルが討ち取った誰かの首かのように思えてくる。階を横切って目が合うのは改札在中の駅員だ。階段を下りたらまた北口に出るが、またしても、それらしき人は見当たらない。変化と言えば迎え待ちの人間が三人減り、タクシーの運チャンが駅舎の日陰で喫煙を始めた程度。

仕方ない。私は一旦、駅を離れることにして、北口を眺めながらしばらく後ろ歩きで遠ざかる。ザイから聞いたのは「お兄ちゃんが来た」というふうに過去形だった気がするが、はて、何か聞き間違えたのだろうか。千國戲院の角を曲がり、一旦トラックの荷台にパイナップルを返しておく。

駐輪場の真ん中で台夢の落語が聞こえ始める。嗚呼、生気のある音だ。近付くほどに生気をより帯びてくる。自信を持って飛び、跳ね、駆け、耳にするこちらは何かを振舞われているような気持ちになってくる。それこそ耳にするにつけ、栄養がもたらされているような感じと言って良い。そんな落語の出所に現在、俯いてケータイをいじるザイの姿あり。お兄ちゃんと連絡中だろうか。私の予想では今頃、お兄ちゃんなりの脅しであったことが明かされ、妹が怒りのメッセージでも打ち込んでいるに違いない。これで落語に戻って会が終わったなら台夢に訊きたいことが盛り沢山だ。私はすっかり呑気な心地、なけなしの台湾語ボキャブラリーの中から「こんにちは」という意味の言葉を選んで口腔から放つ。

「リーホウ」

が、ザイに届いた様子がない。なのでもう一回、と大きく息を吸った瞬間、後ろから目の覚めるような音が響き、風圧まで感じる。思わず肩がすくみ、足も止まる。これがまた重量あるものが地面に倒れた鈍い音に加え、なぜかスケボーの地面を叩く音が重なっている。全身でびっくりしたのも束の間、

「哥《グ》ゥッ！」

ザイが叫んだ。それは間違いなく「お兄ちゃん」と呼んだはずで、ということはつまり、私の後ろには今、ザイの兄がいるに違いなく、はたまた今しがた耳にした音の中にスケボーの音が混じっていたということは私がいつの間にか駅に忘れてきたスケボーが何かしら、そのお兄ちゃんに関与しているに違いない。

私は振り、返る。と、目に入ったのは百八十センチではきかない程の大男がコンクリの地面にうつぶせに倒れている姿。これがまた大柄極まりなく、畳と様子が重なるほどである。お兄ちゃんはまだ衝撃の渦中のいるらしい。その巨体はまだ事態を飲み込んでいる最中であるかのように押し黙

ってピクリともしない。かたや我がスケボーは駐輪所を静かに移動している。巨体から離れるように勝手に滑り進み、スクーターに当たって、裏返る。

ひとまずのお兄ちゃんの安否を確認せねばならない。とは言いつつ、私の歩調はその様子を窺いながらの分、どうもゆっくりだ。頭では挨拶をどうしようかとも考えている。何せ殴られる可能性も秘めた初対面なのだから。背後からはザイの足音と台夢の落語だ。こんな時に限って賑々しく届くのは子供の泣き声と来ている。さて、落語を語るにもふさわしい養分を含んだ言語は私が口にする際にも魅力を最大限に発揮してくれるだろうか。

お兄ちゃんの身体が僅かに動き出した。ゆっくりした動きではあるが伸びきった両腕と両脚の、それぞれ肘と関節に角度が現れる。やがて指がはっきり五本に広がり、この手のひらでコンクリの路面を捉え、今から上半身を起こそうというところ。

「哥《グ》ッ」

そこへ走り来るザイから今一度の呼びかけだ。と、まるで妹の声を力に変えたと思えるような連動具合で兄の身体が反応する。四つん這いの姿勢から両手が地面を離れ、膝が畳まれ、一連の挙句の果てに上半身が起き上がる。さながらお辞儀を終えて身を起こした噺家のごとく、つまりは顔が現れた。

ここで私は意表を突かれる。いや、二メートルはあろうかという身体のことではない。倒れても大きいと分かる人間は正座するとて同じわけで、その姿が畳一畳分のサイズ感を持っていたところで納得の範疇だ。意表は顔なのだ。これがまたコケたのが自分であったかと錯覚するほど、痛みに歪んだ顔が私に似ている。

一驚のうちに単語を忘れた私はとにかく先ず手を差し出す。すると意外にも拒絶されることなく握り掴まれる。そうして地面に広大な汗染みを残して立ち上がった兄は、こちらの一寸先が案じられるほどの全貌をしているが、それにも増して驚くべきは私たちの顔が揃いも揃ってこの国、否、冬瓜のように長いということだ。いやはやスケボーと置き換えても何ら問題ない。いや、かえってそっちの方がしっくり来るはず。なんなら取って来てみようか。

《了》

【著者】

真木由紹

…まき・よしつぐ…

1982年群馬県生まれ。立教大学大学院文学研究科比較文明学科修士課程修了。第28回太宰治文学賞最終候補。現在、日本語学校講師。

Sairyusha

台湾《たいわん》および落語《らくご》の！

二〇二三年一月三十日　初版第一刷

著者――真木由紹
発行者――河野和憲
発行所――株式会社 彩流社
〒101-0051
東京都千代田区神田神保町3-10大行ビル6階
電話：03-3234-5931
ファックス：03-3234-5932
E-mail：sairyusha@sairyusha.co.jp
印刷――明和印刷（株）
製本――（株）村上製本所
装丁――Zoe Zhan

ISBN978-4-7791-2866-0 C0093

http://www.sairyusha.co.jp

フィギュール彩

〔既刊〕

⑫ 大人の落語評論

稲田和浩◉著

定価(本体 1800 円+税)

ええぃ、野暮で結構。言いたいことがあれば言えばいい。書きたいことがあれば書けばいい。文句があれば相手になるぜ。寄らば斬る。天下無双の批評家が真実のみを吐く。

⑱ 忠臣蔵はなぜ人気があるのか

稲田和浩◉著

定価(本体 1800 円+税)

日本人の心を掴んで離さない忠臣蔵。古き息吹を知る古老がいるうちに、そういう根多の口演があればいい。さらに現代から捉えた「義士伝」がもっと生まれることを切望する。

⑲ 談志　天才たる由縁

菅沼定憲◉著

定価(本体 1700 円+税)

天才の「遺伝子」は果たして継承されるのだろうか？　落語界のみならずエンタメの世界で空前絶後、八面六臂の大活躍をした立川談志の「本質」を友人・定憲がさらりとスケッチ。